KB116584

안네의 일기

옮긴이 서유리

상명대학교 독어독문학과 졸업, 독일 하이델베르크대학교 독일어 교습법
과정 수료, 한국외국어대학교 통번역대학원 한독과 졸업.
클림트 작품 해설집 번역을 했으며, SBS 〈출발 모닝와이드〉 독일·오스트
리아 현지 촬영 통역을 비롯해 독일 프랑스 방송사 Arte 다큐멘터리 촬영
통역 등 활발한 통·번역 일을 하고 있다.
역서로 『독일인의 사랑』 『젊은 베르테르의 슬픔』이 있다.

안네의 일기

—

1판 1쇄 2004년 7월 12일
2판 1쇄 2015년 4월 15일
3판 1쇄 2017년 12월 26일
3판 3쇄 2024년 5월 10일
지은이 안네 프랑크
옮긴이 서유리
펴낸이 김영재
펴낸곳 책만드는집

—

주소 서울 마포구 양화로3길 99, 4층 (04022)
전화 3142-1585·6
팩스 336-8908
전자우편 chaekjip@naver.com
출판등록 1994년 1월 13일 제10-927호

—

* 잘못 만들어진 책은 구입하신 서점에서 바꾸어 드립니다.

—

ISBN 978-89-7944-641-8 (04800)
ISBN 978-89-7944-591-6 (세트)

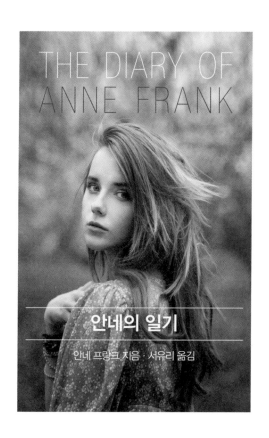

THE DIARY OF
ANNE FRANK

안네의 일기

안네 프랑크 지음 · 서유리 옮김

책만드는집

책머리에

안네는 자신의 일기가 출판될 것을 예상해서 일기에 등장하는 인물의 이름을 가명으로 사용했다. 판 펠스 부부는 판단 부부, 프리츠 페퍼는 알버트 뒤셀, 미프 히스는 미프 판산텐 씨라고 각각 이름을 바꿨다.

이 책에서는 본인이 이름을 밝히기를 꺼리는 경우는 가명을 쓰거나 이니셜을 사용했고 그 나머지는 실명을 사용했음을 밝혀둔다.

—옮긴이

The Diary of

1942년

ANNE
FRANK

1942년 6월 12일 Friday

나는 지금까지 아무에게도 그렇게 해보지 못했지만 네게 는 모든 일들을 다 털어놓을 수 있었으면 해. 네가 내게 큰 의지가 되었으면 좋겠다.

1942년 6월 14일 Sunday

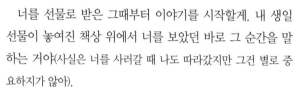

너를 선물로 받은 그때부터 이야기를 시작할게. 내 생일 선물이 놓여진 책상 위에서 너를 보았던 바로 그 순간을 말 하는 거야(사실은 너를 사러갈 때 나도 따라갔지만 그건 별로 중 요하지가 않아).

6월 12일 금요일. 나는 아침 6시에 잠에서 깨었단다. 그럴 만도 하지. 그날이 내 생일이었거든. 하지만 6시에 일어나서 는 안 되기 때문에 호기심을 꼭꼭 눌러 참고 있는 수밖에 없 었단다. 그러나 6시 45분이 되자 도저히 더 이상은 참을 수가 없어서 식당에 가보았어. 모르체(고 양이 이름이야)가 고개를 까딱까딱하면서 나에 게 인사를 했어.

7시가 조금 지나서 아빠, 엄마께 가서 인사를 드리고, 선물을 풀어보러 거실로 나갔어. 그 중

제일 먼저 눈에 띈 것이 바로 '너'였어. 너는 내가 받은 가장 멋진 선물 중 하나였어. 장미꽃 한 다발과 모란 몇 송이와 조그만 화초도 있었어. 아빠와 엄마는 파란색 블라우스와 놀이 기구와 포도 주스와—내 생각에는 주스에서 술맛이 좀 나는 것 같애(포도로 와인을 만들잖니)—퍼즐과 조그만 용기에 든 크림을 사주셨어. 그 밖에 2플로린 50짜리 지폐 한 장(플로린은 네덜란드의 화폐 단위—역주), 책 두 권을 살 수 있는 도서 교환권, 〈카메라 옵스쿠라〉라는 제목의 책 한 권(이 책은 마르고트 언니가 갖고 있는 책이야. 그래서 내가 다른 것으로 교환해 왔어)도 받았어. 또 집에서 직접 만든 과자 한 접시가 있었고(이건 물론 과자 만드는 재주가 뛰어난 내가 만든 거지) 사탕이 아주 많았고 엄마가 만든 딸기 파이도 있었어. 또 이건 우연일 테지만 외할머니 편지가 때마침 도착했어.

나중에 한넬리가 부르러와서 우리는 같이 학교에 갔어. 나는 노는 시간에 버터를 얹은 팬케이크를 선생님들께도 드리고 아이들에게도 나누어주었어. 노는 시간이 끝나고 곧바로 공부를 해야 했어.

체육 수업이 있어서 집에는 5시에 돌아왔단다(사실 나는 팔다리가 자주 탈골이 되기 때문에 체육 수업을 받을 수 없는데 그날은 그냥 수업에 참석했어). 내 생일이니까 농구를 하자고 내가 제안했어. 집에 돌아와 보니까 산네 레이더만이 벌써 와 있었어. 내가 일세 바그너와 한넬리 고슬러와 자클린 판 마르센을 집에 데리고 왔어. 걔들은 우리 반 아이들이니까. 그전에는 한넬리와 산네가 나의 가장 친한 친구였어. 사람들은 우리가 같이 있는 걸 보면 늘 이렇게 말하곤 했단다.

「안네와 한네와 산네가 왔구나.」

자클린 판 마르센은 내가 유대인 고등학교에 있을 때 알게 된 애인데 지금은 나와 제일 친한 친구가 되었어. 일세는 한넬리와 가장 친하고, 산네는 지금 다른 학교에 다니고 있는데, 거기서 새 친구들을 사귀었어.

1942년 6월 20일 Saturday

나 같은 애한테는 일기를 쓴다는 것이 참 희한하게 느껴져. 지금껏 뭔가를 써본 일이 한 번도 없을 뿐더러 나중에 나를 비롯해서 그 누구도 13살짜리 여학생이 털어놓는 이야기에 흥미를 느낄 것 같지도 않아. 사실 그런 건 아무래도 상관없어. 나는 여러 가지 다양한 일들에 대해 내가 정말로 어떤 생각을 하고 있는지 한번쯤 써보고 싶어. 아니 쓰는 것보다는 말로 표현하고 싶어.

'종이는 사람들보다 인내심이 강하다.'

조금 우울한 기분에 빠져 지내던 어느 날, 아무런 의욕이

나지 않아서 두 손으로 머리를 움켜쥐고 집에 그냥 있을까 아니면 나갈까 생각하다가 결국은 집에 남았어. 서글픈 기분에 잠겨 있는데 이 격언이 머릿속에 떠올랐어. 맞아, 종이는 참을성이 있어. 그리고 '일기' 라는 거창한 제목의 두꺼운 종이 커버가 달린 이 노트를 내가 평생 그 누구에게도 보여주지도 않을 거니까 그 누가 뭐라고 할 것도 아니고 말야. 혹시 내가 정말 진정한 친구라고 할 만한 사람을 갖게 된다면 보여줄지도 모르지.

내가 일기를 쓰게 된 이유가 바로 그거야, 나한테는 친구가 없다는 거.

좀 더 분명하게 해두기 위해서 설명을 해야겠지? 13살짜리 소녀가 외톨이라고 느낀다면 아무도 이해하지 못할 테니까. 그리고 그건 사실과 다르기도 하고 말야. 내게는 사랑하는 부모님도 계시고, 16살 된 언니도 있어. 그리고 친구를 다 따지면 적어도 30명은 되고, 또 나를 쫓아다니는 남자애들도 한 무리나 있어. 걔들은 내게서 한시도 눈을 떼지 않고 수업시간에도 조그만 거울로 내 모습을 비춰보곤 한단다.

내게는 가족도 있고 집도 있어. 언뜻 보기에 아무것도 부족한 것이 없이 다 있는 것 같이 보여. 하지만 진정한 친구는 한 명도 없어. 친구들과는 재미있게 잘 지내기는 하는데 그게 전부야. 그저 일상적인 일들이나 재재거리는 정도지. 그애들에게 가까이 다가가게 되지가 않아. 그게 문제란다. 어쩌면 애들과 친해질 수 없는 원인이 내게 있는지도 몰라.

어쨌든 아이들과 친해지기 힘든 것이 엄연한 사실이란다. 그래서 일기가 필요한 거야. 그리고 나의 상상 속에서 내가 그리는 진정한 친구라는 생각을 확고히 하기 위해서, 절대로 남들이 쓰는 것처럼 일어난 일들만 줄줄이 늘어놓는 일기는 쓰고 싶지 않아. 일기장을 나의  진정한 친구로 삼을 거야. 그 친구를 '키티'라고 부를 거야.

이런 바보! 내 이야기를 하지 않았네. 그런 일을 잊어버리면 절대 안 되지.

대뜸 아무 설명도 없이 키티에게 내 마음을 털어놓기 시작하면 아무도 이해를 못 할 거니까 좀 힘들어도 지금까지 내가 살아온 이야기를 먼저 해야겠지?

내가 알고 있는 이 세상의 아빠들 중에서 가장 멋진 우리 아빠가 25살인 엄마와 결혼한 것은 아빠가 36살 때였어. 마르고트 언니는 1926년에 독일 프랑크푸르트에서 태어났고, 나는 1929년 6월 12일에 태어났어.

나는 4살까지 프랑크푸르트에서 살았어. 우리가 순수 유대인이기 때문에 아빠는 1933년에 네덜란드로 오셨고 거기서 잼을 만드는 오펙타라는 네덜란드 회사의 사장으로 임명되셨어. 우리 엄마 에디트 프랑크 홀랜더는 아빠를 찾아서 9월에 네덜란드로 오시고 언니와 나는 외할머니께서 사시는 아헨으로 갔어. 마르고트 언니는 12월에 네덜란드로 오고 나는 2월에 왔는데, 누군가가 언니의 생일 선물이 놓인 탁자 위에 나를 올려놓았었지.

그리고 얼마 지나지 않아서 나는 몬테소리 유치원에 들어가서 6살까지 다니다가 초등학교에 들어갔어. 6학년 때 퀴페르스 교장 선생님을 만났는데, 내가 마르고트 언니가 다니는 유대인 중등학교에 입학을 하는 바람에, 가슴 아프게도 학년 말에 교장 선생님과 헤어지게 돼서 선생님과 나 둘 다 울었어.

독일에 남아 있는 친척들이 히틀러의 유대인 탄압 정책의 대상이 되기 때문에 우리는 가슴을 졸이면서 살았어. 여러 차례 유대인 박해가 시작된 1938년에 외삼촌 두 분이 무사히 북아메리카로 도망을 가셨고, 외할머니는 우리 집으로 오셨어. 그때 외할머니는 73세였어.

1940년 5월부터는 좋은 세월이 끝나고 어려움의 연속이었어. 전쟁과 네덜란드의 항복에 이어 독일군이 입국하고 그 결과 우리 유대인들의 비참한 생활이 시작됐어. 유대인 박해 법이 줄줄이 생겨났고, 우리는 점차적으로 이동의 자유도 빼앗기게 되었어. 유대인들은 노란 별을 달고 다녀야 해. 갖고 있는 자전거도 반납해야 하고, 전차나 버스는 물론이고 자기 차를 타고 다녀서도 안 돼.

유대인은 3시부터 5시까지만 물건을 살 수 있고, 유대인 미용실만 이용할 수 있고, 오후 8시부터 다음날 오전 6시 사이에는 밖으로 돌아다니면 안 돼. 유대인은 극장과 영화관 또는 다른 여가시설에 가서도 안 돼. 수영장에도 갈 수 없고 테니스나 하키, 조정, 기타 다른 운동도 할 수 없으며 관중 앞에서 하는 그 어떤 스포츠도 해서는 안 돼. 또한 오후 8시 이후에 자기 집이나 친구 집 정원에 나와 있어서도 안 돼. 유대인은 기독교인의 집에 갈 수가 없어. 유대인은 유대인 학교에 가야 해. 모두가 다 그런 식이야. 우리는 이것도 하면 안 되고 저것도 하면 안 되고 그저 근근히 살아가고 있단다.

자크는 늘 나에게 이렇게 말하고는 해.

「나는 아무것도 못 하겠어. 그게 금지된 게 아닐까 하는 생각이 들거든.」

1941년 여름에는 외할머니께서 심하게 아프셔서 수술을 해야 했어. 그러는 바람에 가족들이 내 생일을 잊어버렸어. 1940년에도 그랬지. 그때는 네덜란드에서 전쟁이 막 끝난 때였거든. 외할머니는 1942년 1월에 돌아가셨어. 내가 외할머니를 얼마나 생각하고 있으며 아직도 얼마나 사랑하고 있는지 아무도 몰라. 바로 그해 1942년에, 내 생일 축하 파티를 열어서 그 전에 못했던 축하를 함께 해주었는데, 축하 파티 때 외할머니를 추모하는 촛불을 우리 곁에 밝혀두었었지.

지금으로써는 우리 네 가족이 모두 아무 탈없이 지내고 있어. 자, 이것이 내 일기를 시작하는 엄숙한 날인 오늘 1942년 6월 20일 이전에 있었던 일들이야.

소중한 키티.

지금부터 바로 편지를 쓰기 시작할게. 아빠와 엄마는 나가시고 언니는 친구들이랑 탁구를 치러 친구 집에 가서 지금은 한가해. 나도 요즘엔 탁구를 얼마나 많이 치는지 여자아이들 다섯 명이 탁구 클럽까지 만들었어. 클럽의 이름은 '작은곰자리 빼기 2'야. 이 이름을 지으려고 상당히 고심을 하기는 했지만 사실은 실수로 지은 이름이야. 우리는 아주 독특한 이름을 지으려고 했어. 작은곰자리에 별이 다섯 개 있는 줄 알았지 뭐야. 그런데 큰곰자리처럼 작은곰자리도 별이 일곱 개나 있다는 거야. 그래서 '빼기 2'를 덧붙인 거란다.

다섯 명 모두 다 아이스크림을 좋아해. 특히 여름에야 더 말할 필요도 없지. 게다가 탁구를 치면 더우니까 탁구만 끝나면 유대인도 갈 수 있는 제일 가까이 있는 아이스크림 가게 두 군데, 오아시스와 델프스를 차례로 들르는 것이 일이란다. 보통은 지갑이나 돈이 없어도 돼. 오아시스에는 항상 사람들이 우글대는데 언제 가더라도 우리가 아는 아저씨든 우리를 쫓아다니는 남자애든 우리가 일주일을 먹고도 남을 만큼 많은 아이스크림을 사줄 사람은 항상 있거든.

내 나이에 벌써 쫓아다니는 남자애 이야기를 하니까 놀랍지? 아, 슬퍼(사실 어떤 때는 그리 슬픈 일도 아니지만). 학교에

서는 그런 애들을 피할 도리가 없단다.
남자애 하나가 집에 바래다주겠다고
나서서 나와 대화를 나누게 되는 순
간부터 이미 나는 그애가 십중팔구
는 당장 나한테 홀딱 빠져서는 내게
서 한시도 눈을 떼지 않을 거라는 사실
을 장담할 수 있어. 어느 정도 시간이 지나면 그애의 감정이
조금 식는단다. 내가 열에 들뜬 그애의 눈빛에는 거의 신경
도 쓰지 않고 태연하게 자전거 페달만 밟거든. 상대방이 너
무 열정적이다 싶으면 난 자전거를 심하게 흔들리게 한단
다. 그러면 내 책가방이 떨어지지. 그럼 남자애는 내려서 그
가방을 주울 수밖에 없지. 나는 그 사이에 새로운 이야깃거
리를 생각해 내. 그런 애들은 가장 얌전한 애들이고, 개중에
는 물론 손으로 키스를 보내거나 팔을 붙잡거나 하는 아이
들도 있단다. 하지만 나한테는 안 통해. 그럴 때면 나는 자
전거에서 내려서 더 이상 그애와 같이 가지 않겠다고 하거
나, 집으로 가버리라고 분명하게 말하거든.

　자, 이젠 우리 사이에 기본적인 우정이 생겼지? 그럼 내일
보자. 안녕.

　안네.

1942년 6월 21일 Sunday

소중한 키티.

우리 반 아이들이 모두 바들바들 떨고 있단다. 그 원인은 뻔하지 뭐. 곧 학급위원회가 소집될 예정이기 때문이야(학급위원회는 교사, 학부모, 학생, 진로 및 학습 상담교사 등으로 구성되며 학생의 진급 결정을 내리기도 한다—역주). 누가 진급하고 누가 낙제할지에 대해 반 아이들 절반이 내기를 하고 있단다. 우리 뒷자리에 앉은 세이엔(C. N.)과 자크 코커노트라는 두 남자애 때문에 나와 내 옆자리에 앉은 헤이제트(G. Z.)는 우스워서 죽을 지경이란다. 그애들은 방학 때 쓸 돈 전액을 상대편에게 걸었어.

「너는 진급할 거야.」

「아니야.」

「그렇대두.」

「아니라니까.」

「글쎄 맞다니까.」

아침부터 저녁까지 그러고 앉아 있단다. 헤이제트가 아무리 조용히 좀 하라고 눈짓을 보내도 소용없고, 내가 한 마디 쏘아줘도 전혀 효과가 없단다. 내 생각에는 반에서 4분의 1 정도는 낙제할 것 같애. 낙제할 만큼 멍청한 애들이 있으니까. 하지만 혹시 알아? 선생님들은 변덕이 심하시니까, 이번만큼은 좋은 방향으로 변덕을 부리실지도 또 모르지. 내 친구들이나 나는 별문제 없이 잘 될 거야. 난 사실 수학이 조금 걱정이 되지만 두고 보면 알겠지. 그때까지는 서로 격려하며 지내야지.

나는 선생님들과는 사이가 좋은 편이란다. 남자 선생님이 일곱 분, 여자 선생님이 두 분, 모두 아홉 분이야. 수학을 가르치시는 키 작고 나이 드신 케이싱 선생님은 내가 너무 떠들어서 한동안 내게 매우 화가 나 계셨어. 몇 번 연거푸 주의를 주시더니 급기야는 내게 벌을 내리셨어. '수다쟁이'라는 제목으로 작문을 지어오라는 거였어. 수다쟁이에 대해서 뭐라고 쓰겠니? 두고 봐, 내가 뭘 쓰는지. 어쨌든 벌칙을 적어넣은 뒤에 수첩을 책가방에 넣고는 침착하게 있으려고 애를 썼단다.

저녁때 숙제를 다 마치고 나서 작문 제목 위로 눈길이 갔어. 나는 펜을 입에 물고 주제에 대해서 생각하기 시작했어. 글자를 될 수 있는 한 크게 쓰면서 아무 소리나 하는 거야. 누구든 다 할 수 있는 일이지만 왜 수다를 떨지 않으면 안 되나 하는 그럴 듯한 이유를 대는 것이 큰 일이었어. 이리저리 궁리를 하다보니까 갑자기 한 가지 생각이 나더라고. 벌로 받은 세 쪽을 가득 채우고 나니 만족할 만했어. 나의 논리는 이런 거였지. 수다를 떠는 것은 여자들의 특성이다. 앞으로는 조심하려고 최선을 다하겠다. 하지만 수다를 떠는 습관에서 완전히 벗어날 수는 없을 것 같다. 우리 엄마도 나보다 더 심하지는 않더라도 나만큼은 수다스럽기 때문이다.

유전으로 받은 성격은 바꾸기가 쉽지 않다.

　케이싱 선생님께서는 내 논리가 매우 재미있게 느껴졌던 모양이야. 나는 그 다음 수업 시간에 다시 떠들었고 그때도 또 벌을 받았어. 이번 주제는 '구제불능의 수다쟁이' 였어. 그 작문도 써서 냈지. 그 후 두 시간은 얌전히 있었어. 그 다음 시간에 또다시 선생님께서 내가 너무 떠든다고 생각하신 거야.

　「안네 프랑크, 떠든 벌로 '오리 아가씨가 꽥꽥꽥거립니다' 라는 주제로 작문을 써오도록!」 하시는 거야. 반 아이들이 모두 웃어 댔어. 수다라는 주제에 대해서 더 이상 쓸 게 없어서 걱정이 되었지만 나도 덩달아 웃었어.

평범하지 않은 무언가를 생각해야만 했어. 시를 쓰는 재주가 있는 친구 산네가 첫 줄부터 마지막 줄까지 전부 다 시로 쓰도록 도와주겠다고 나섰어. 나는 물론 뛸 듯이 기뻤어. 케이싱 선생님께서는 어이없는 주제를 내주시면서 나를 웃음거리로 만들려고 하셨지만, 나의 시가 최후의 승자를 가려주었지. 시는 아주 성공적이었어! 엄마 오리, 아빠 백조, 세 마리의 오리 새끼에 관한 이야기야. 오리 새끼들이 하도 꽥꽥대니까 아빠 백조가 새끼들을 물어 죽였다는 이야기지. 다행히도 케이싱 선생님께서 시에 담긴 농담을 좋게 받아들이셨어. 평까지 덧붙여가면서 그 시를 반 아이들에게 읽어주셨어. 다른 반 애들에게도 읽어주셨단다. 그때부터 케이싱 선생님은 내가 떠드는 일이 있어도 절대로 벌을 주지 않으시고 항상 농담을 섞어서 꾸중을 하신단다. 안녕.

안네.

 1942년 6월 24일 Wednesday

소중한 키티.

더위가 기승을 부리고 있어. 숨이 턱턱 막히는 찌는 듯한 날씨야. 이렇게 끓는 더위에도 어디나 걸어서 다녀야 한단다. 전차를 타는 것이, 더군다나 승강장이 설치된 곳에서 전차를 타는 일이 얼마나 큰 행복인지 이제야 알겠어. 하지만 우리 유대인에게는 전차를 타는 것이 금지되어 있어서 걸어 다녀야 해.

어제 낮 열두 시에서 두 시 사이에 얀 라위컨스트라트 거리에 있는 치과까지 걸어가야 했어. 학교가 있는 스타츠팀머타위넨에서 아주 먼 곳이야. 오후 수업시간에는 너무 피곤해서 잠이 들 뻔했단다.

다행히 시원한 음료수를 주어서 얼마나 고마웠는지 몰라. 치과 간호사는 정말 친절해. 현재 우리에게 금지되지 않은 유일한 교통수단은 배 하나뿐이란다. 요제프 이스라엘 부두에 조그만 배가 있기에 우리가 강을 건너게 해달라고 하니까 뱃사공이 우리를 태워주었어. 우리 유대인이 비참하게 사는 것이 네덜란드 사람들 잘못은 절대 아니란다.

학교에 가지 않으면 얼마나 좋을까? 내 자전거는 부활절 방학 때 도둑맞았고, 엄마 자전거는 아빠가 교회 친구에게 빌려주셨어. 그렇지만 방학이 성큼성큼 다가오고 있어. 이제 일주일만 있으면 고생도 끝이야.

어제 아침에는 아주 기분 좋은 일이 있었어. 자전거 주차장 앞을 지나는데 누군가 나를 부르는 거야. 뒤를 돌아보니까 그 전날 빌마의 집에서 보았던 예쁘장한 남자애였어. 빌마의 사촌이야. 빌마는 처음에는 아주 친절하고 좋아보였고 사실 지금도 친절하긴 한데 하루 종일 남자애들 이야기만 하는 통에 이제는 아주 짜증이 다 난단다.

그애가 조금 수줍어하는 태도로 나한테 다가오더니 자기는 '헬로 실버베르크'라고 자기 소개를 하는 거야. 얘가 왜 이러는 걸까 생각하면서 약간 놀랐어. 하지만 곧 그 이유를 알게 되었지.

「너도 나랑 같은 방향이니까 너랑 같이 가고 싶어」라고 하기에 좋다고 대답했지. 우리는 곧바로 동행하게 됐어. 헬로는 16살인데 재미있는 이야깃거리를 무궁무진하게 갖고 있어. 오늘 아침에 그애가 나를 기다리고 있었어. 아마 앞으로도 그럴 것 같애. 안녕.

안네.

1942년 7월 1일 Wednesday

소중한 키티.

지금까지 너에게 편지를 쓸 시간이 없었단다. 목요일에는
오후 내내 친구들 집에 있었고, 금요일에는 집에 누가 찾아
왔고, 그 다음날도 또 무슨 일이 있고 그런 식이었어. 헬로
와 나는 지난 일주일 동안 가까워질 만한 시간을 가졌어. 그
애는 내게 자기 이야기를 많이 했어. 그애는 독일 겔젠키르
헨 출신이고, 네덜란드에는 부모님 없이 혼자 왔다. 그애는
지금 할아버지, 할머니와 함께 살아. 그애의 부모님은 벨기
에에 계시는데 그애에게는 그곳으로 갈 기회가 없대. 헬로
에게는 우르술이라는 여자 친구가 있었어. 나도 그 여자애
를 아는데 그야말로 온화하고 아무 개성이 없는 아이의 전
형이란다. 헬로는 나를 만나면서 우르술이 너무 지루해서
졸릴 지경이라는 사실을 깨닫게 되었어. 그러니까 내가 그
애한테는 잠을 쫓아주는 약인 셈이지. 정말이지 내가 다른
사람에게 무슨 도움을 줄 수 있을지는 미처 다 상상할 수 없
을 정도라니까! 자크가 토요일 밤에 우리 집에 와서 잤어.
그런데 오후에는 자크가 한넬리 집에 갔어. 그래서 난 심심
해서 죽을 지경이었단다.

저녁에 헬로가 우리 집에 오기로 되어 있었어. 그런데 6
시쯤에 그애한테서 전화가 왔어. 내가 전화를 받았지.

그애가 말했어.

「안녕하세요. 헬무트 실버베르크인데요, 안네 있어요?」

「그래, 헬로냐! 나 안네야.」

「안네야, 잘 있었니?」

「응, 잘 지내.」

「섭섭하게도 오늘 저녁에 거기 갈 수 없다고 말하려고. 그래도 너하고 말을 하고 싶어. 괜찮다면 10분 내에 너희 집에 갈게.」

「좋아. 빨리 와!」

「그래, 금방 갈게.」

나는 전화를 끊고 서둘러서 옷을 갈아입고 머리를 매만졌어. 그리고는 들뜬 마음으로 창문에 매달리다시피 하고 있었지.

드디어 그애가 왔어. 믿기 힘든 일이지만 나는 계단을 미친 듯이 뛰어내려가지 않고, 그애가 초인종을 누르기를 얌전히 기다리고 있었단다. 내가 내려가니까 그애가 곧바로 자기가 무슨 일로 왔는지 말을 꺼냈어.

「안네야, 할머께서 네가 너무 어리니까 자주 만나지 말고 우르술 집에 놀러가라셔. 그런데 너도 이미 알고 있을지 모르지만, 이제 난 우르술하고 같이 다니지 않는단 말야.」

「아니, 그게 무슨 소리야. 너희 싸웠니?」

「아니야. 내가 우르술에게 이야기했어. 어쨌든 우리는 잘 맞지 않으니까 같이 다니지 않는 것이 좋겠다고. 하지만 그애가 우리 집에 놀러오거나 내가 그애 집에 놀러가는 것은 상관이 없다고 했지. 그애가 다른 남자애에게 관심이 있는 줄 알고 그렇게 말한 건데 사실은 그게 아니었어. 아저씨는 우르술에게 사과하라고 하지만 나는 그러고 싶지가 않았어. 그애랑 끝내고 싶어. 그럴 만한 이유가 있거든. 그런데 할아버지, 할머니께서 나보고 우르술 집에 가라고 하시면서 너희 집에는 안 된다는 거야. 하지만 나는 생각이 달라. 그렇게 할 생각도 없고. 나이 드신 분들 생각은 보수적일 때가 있어. 그 뜻을 그대로 따를 수만은 없어. 나한테 할아버지, 할머니가 없으면 안 되지만 그분들도 내가 없으면 안 돼. 수요일 저녁에는 시간이 있어. 할아버지, 할머니께서 내가 목각을 배우러간다고 믿고 계시거든. 사실은 유대 민족주의 당 클럽에 나가고 있어. 할아버지, 할머니께서는 유대 민족주의에 반대를 하시기 때문에 나도 거기 가서는 안 되지만 말야. 나는 뭐 열렬한 편은 아니고 겨우 찬성하는 정도지만 관심은 있어. 그런데 요즘은 클럽이 제대로 돌아가는 것 같지 않아서 그만두려고 해. 이번 주 수요일에 마지막으로 가고 그만이야. 그 후에는 수요일 저녁, 토요일 오후와 저녁, 일요일 오후에는 시간을 낼 수 있어.」

「할아버지, 할머니께서 원하지 않으시는데 그분들 몰래 나를 만나려는 건 아니겠지?」

「사랑은 명령해서 되는 게 아냐.」

우리는 말을 하면서 블랑케포르트 서점 앞까지 왔어. 그곳에서 페터 쉬프가 남자애 둘과 같이 있는 것이 보였어. 페터가 나를 보고 인사를 한 것이 오랜만의 일이어서 매우 기분이 좋았어.

월요일 아침에 헬로가 우리 부모님에게 인사를 하러 왔어. 나는 빵과자와 사탕을 사왔어. 그 외에도 홍차며 비스킷이며 이것저것 많이 있었지만 헬로나 나나 그곳에 얌전히 앉아 있을 생각이 없어서 둘이 산책을 하러 나갔어. 헬로가 저녁 8시 10분에 나를 집에 데려다주었어. 아빠는 내가 그렇게 늦게 들어오다니 너무 지나치다고 하시면서 크게 화를 내셨어. 앞으로는 7시 50분까지 집에 들어오겠다고 약속했어. 헬로가 다음 주 토요일에 자기 집에 오라고 나를 초대했어.

헬로가 언젠가 저녁때 빌마의 집에 갔었는데 빌마가 물었대.

「너는 우르술하고 안네 중에서 누가 더 좋으니?」

헬로가 대답했대.

「네가 알 바 아니야.」

그러고 나서 두 사람은 저녁 내내 아무 말도 하지 않는데 헬로가 집에 갈 때가 되어서야 「물론 안네가 더 좋지. 잘 있어. 아무한테도 말하면 안 돼」라고 말하고 가버리더라는 거야. 어느 모로 보나 헬로가 나를 사랑하는 게 분명해. 헬로가 나를 사랑한다니까 기분이 좋아. 언니가 헬로를 보면 괜찮은 아이라고 할 거야. 내 생각도 마찬가지야. 사실 나야 더 좋게 이야기할 수도 있지만……. 엄마는 헬로에 대해서 칭찬이 늘어지셔. 인간성 좋고, 예의 바르며 게다가 귀엽대. 헬로가 그 정도로 식구들 마음에 든다니까 만족해. 하지만 친구들은 안 그래. 헬로는 내 친구들이 유치하대. 헬로 말이 옳아. 자크는 헬로를 두고 나를 끊임없이 놀려대고 있어. 내가 헬로를 사랑하는 것은 절대로 아니지만 내게도 친구를 사귈 권리는 있는 거야. 거기에 대해서 아무도 이러쿵저러쿵할 수는 없는 거라고.

엄마는 늘 내가 나중에 누구와 결혼할 것인지 알고 싶어 하셔. 엄마는 모를 거야. 내가 페터와 결혼할 생각이라는 걸. 내가 눈 하나 깜짝하지 않고 항상 아니라고 하니까 말야. 나는 페터를 그 누구보다도 사랑해. 그리고 페터가 항상 다른 여자애들과 다니는 것은 페터가 자기 감정을 숨기려고 일부러 그러는 것이라고 생각하려고 끊임없이 애를 쓴다. 아마 페터도 나와 헬로가 서로 사랑하고 있다고 생각할지도 모르지. 사실은 그게 아니야. 헬로는 그저 친구일 뿐이야. 아니면 엄마가 말씀하시듯이 나를 보호하는 기사이거나. 안녕.

안네.

소중한 키티.

금요일 유대인 극장에서 있었던 상장 수여식은 무사히 끝났어. 내 성적은 그리 나쁘지 않았어. 평균 점수 아래로 내려간 것은 대수에서 5점을 받은 것 딱 하나야. 다른 과목은 7점이 보통이고, 8점이 둘, 6점이 둘이야. 식구들은 만족했어. 엄마와 아빠는 점수에 대해서 아주 다른 생각을 갖고 계셔. 엄마, 아빠는 점수가 좋고 나쁜 것에는 신경을 쓰지 않으셔. 내가 건강하고 착하고 재미있게 잘 놀면 그 나머지는 저절로 따라온다고 하시지.

내 생각은 그 반대야. 난 나쁜 점수를 받는 건 싫어. 나는 중등학교에 입학할 때 조건부로 입학했단다. 원래는 몬테소리 학교의 7학년에 들어가는 것이 정상인데 유대인 어린이들은 유대인 학교에 가야 했어. 엘테 교장 선생님은 한동안 망설이시더니 리스 고슬라와 나를 시험적으로 받아들이셨어. 리스도 이번에 상급 학급으로 진학하기는 했지만 매우 어려운 기하학 시험을 봐야 했단다.

불쌍한 리스. 리스의 집은 차분하게 공부할 환경이 못 돼. 어린 여동생이 하루 종일 리스의 방에서 놀기 때문이야. 리스 동생 가비는 곧 두 살이 되는데 너무 버릇없이 자랐어. 가비는 자기가 원하는 것을 얻지 못하면 소리를 질러대기 시작해. 리스가 동생 가비를 돌보지 않으면 이번에는 리스 엄마가 소리를 치셔. 그런 환경에서 어떻게 공부를 잘 할 수 있겠니? 학교에서 리스에게 아무리 특별 지도를 해도 소용이 없단다. 리스네 집안에서는 뭐가 딱딱 맞게 돌아가는 것이 없어. 리스의 외할아버지께서 바로 옆방에 사시는데 식사는 항상 리스네 집에서 하셔. 게다가 가정부와 아기가 있고, 리스 아빠는 항상 정신이 흐릿해 보이고, 리스 엄마는 언제나 신경질적이고 화가 나 있어. 리스 엄마는 임신 중이야. 그런 난리 법석 속에서 가뜩이나 아둔한 리스가 정신이 반쯤 나갈 만도 하지.

마르고트 언니도 보통 때처럼 훌륭한 성적표를 받았어. 만약 우등 진급 제도가 있다면 언니는 분명 우등생으로 상급 학급에 진급했을 거야. 언니는 정말 신동이라니까!

요즘은 아빠가 집에 계실 때가 많아. 이제 사무실에 가실 필요가 없기 때문이야. 자신이 쓸모없는 사람이라고 느끼는 것은 슬픈 일일 거야. 클레이만 씨가 아빠 대신 오펙타 사의 사장이 되셨고, 쿠글러 씨가 히스&코 사의 사장을 맡았어. 히스&코 사는 인공 조미료를 만드는 회사인데 1941년에 설립되었어.

며칠 전에 광장 주위로 산책을 하던 중에 아빠가 이제부터 숨어서 살아야 한다는 이야기를 꺼내셨어. 아빠는 세상과 완전히 단절된 상태에서 사는 것이 힘들 거라고 말씀하셨어. 왜 우리가 숨어살아야 한다고 말씀하시는 거냐고 물었더니 아빠가 대답하셨어.

「일 년 전부터 옷이며 식량이며 가구를 다른 사람들 집으로 옮겨온 건 알지? 이제 잡히지 않고 좀 더 안전하게 살려는 거야. 사람들이 우리를 잡으러오기를 기다리고만 있을 것이 아니라 우리가 떠나려는 거야.」

「그런데 언제 가는 거예요, 아빠?」

아빠의 어두운 목소리 때문에 걱정이 돼서 물었어.

「걱정하지 마라. 아빠가 다 알아서 할 테니. 너는 아직 시간이 있을 때 마음 편히 놀고 지내렴.」

그게 전부였어. 이 우울한 이야기가 될 수 있으면 늦게 실현되었으면 좋겠어! 초인종이 울리고 있어. 헬로야. 이만 쓸게. 잘 있어.

안네.

1942년 7월 8일 Wednesday

소중한 키티.

일요일 아침부터 지금까지 마치 몇 년이나 지난 것 같애. 하도 일어난 일이 많아서 마치 세상이 뒤집힌 것 같아. 하지만 키티야, 난 아직도 살아 있단다. 그게 중요한 거라고 아빠가 그러셨어. 맞아, 난 아직도 살아 있어. 그렇지만 어디

서 어떻게 살고 있는지는 묻지도 마. 오늘은 내가 도대체 무슨 이야기를 하고 있는지 네가 전혀 이해하지 못할 것 같구나. 지난 일요일 오후부터 일어난 일들을 들어봐.

3시에 누군가가 초인종을 눌렀어(그 시간에 오기로 되어 있던 헬로는 조금 뒤에 왔어). 나는 테라스에서 햇빛을 받으면서 의자에 비스듬히 기대어 한가로이 책을 읽고 있었기 때문에 그 소리를 듣지 못했어. 마르고트 언니가 흥분한 모습으로 부엌 문 앞에 나타나더니 작은 소리로 말했어.

「아빠가 나치스 친위대로부터 최후의 소환장을 받으셨어. 엄마는 벌써 판 단 아저씨 집으로 가셨어.」(판 단 아저씨는 아빠의 친구이자 동업자의 이름이야)

내게 그 이야기는 너무도 충격적이었어. 소환이 무엇을 의미하는지 모르는 사람은 없거든. 벌써 수용소와 감옥의 독방이 눈앞에 보이는 듯했어. 아빠를 그곳으로 떠나보내야 한다는 거야.

「절대로 아빠를 그곳으로 보낼 수 없어.」

거실에서 엄마를 기다리고 있는 동안 마르고트 언니가 말했어.

「엄마는 판 단 아저씨에게 우리가 내일 우리의 은신처로 이사갈 수 있나 알아보러 가셨어. 판 단 아저씨 식구들도 우리와 함께 숨을 거야. 모두 일곱 명이 될 거야.」

침묵이 흘렀어. 우리는 한 마디도 더 할 수가 없었어. 아빠는 아무것도 모르고 유대인 복지시설을 방문 중이시지, 엄마는 오시지 않지, 날씨는 덥지, 우리는 초긴장 상태였어. 정말로 한 마디도 할 수가 없었지.

그때 갑자기 초인종이 울렸어. 내가 말했어.

「헬로일 거야.」

마르고트 언니가 나를 말렸어.

「문 열지 마.」

엄마와 판 단 아저씨와 헬로가 작게 나누는 말소리가 들려왔기에 우리는 안심했어. 그들은 안으로 들어오더니 문을 닫았어. 초인종이 울릴 때마다 나와 언니는 발끝으로 살금살금 내려가서 아빠가 아닌가 확인해야 했어. 다른 그 누구에게도 문을 열어주지 않았어.

어른들이 나와 언니를 거실에서 나가게 했어. 판 단 아저씨가 엄마와 둘이서만 이야기하고 싶어하셨거든.

우리 방에 나와 단둘이 남게 되었을 때 언니가 말했어. 출두 명령을 받은 것은 아빠가 아니라 자기라고. 그 말이 더 충격적이어서 나는 그만 울기 시작했어. 마르고트 언니는 이제 16살이야. 그렇게 어린 여자애에게 가족들과 떨어지라는 거야. 다행히도 언니는 가지 않을 거야. 엄마 생각은 확고해. 아빠가 저번에 숨어야 한다고 내게 말씀하신 것은 이런 일을 두고 말씀하신 건가 봐.

숨는다고? 어디에 숨는다는 거야? 시내에? 시골에? 집 안에? 오두막에? 도대체 어디에? 언제? 어떻게……? 감히 물어볼 엄두는 나지 않았지만 수많은 질문이 머릿속에 연이어 떠올랐어. 마르고트 언니와 나는 가장 필요한 물건들을 가방에 넣기 시작했어. 내가 제일 먼저 넣은 물건은 이 일기장이란다. 그 다음으로 머리 마는 롤, 손수건, 교과서, 빗, 오래 전에 받은 편지 등. 머릿속에는 온통 숨어 지내야 한다는 생각뿐이었기 때문에 가방 안에 되는대로 아무거나 마구 집어넣었어. 하지만 후회는 안 해. 내겐 옷보다는 추억이 더 소중하니까.

5시에 드디어 아빠가 돌아오셨어. 우리는 클레이만 씨에게 그날 저녁에 우리 집에 오시라고 전화를 했어. 판 단 아저씨는 미프 아줌마를 찾으러 가셨어. 미프 아줌마는 가방에다가 신발과 원피스와 재킷과 속옷과 양말을 담아서 집으로 가지고 가시면서 저녁에 다시 오겠다고 하셨어. 이후로 집안이 다시 침묵 속에 싸였어. 아무도 배고프다고 말하는 사람이 없었어. 날씨는 여전히 덥고 모든 것이 이상해 보였어. 우리 집 이층 큰방에는 골드슈미트라고 하는 삼십 대의 이혼한 남자가 세 들어 있었는데, 그 사람은 그날 저녁에 아무 할 일이 없다는 듯 우리가 무슨 말을 해도 가지를 않고 저녁 10시까지 들러붙어 있었어.

미프 아줌마와 얀 히스 아저씨가 11시에 도착하셨어. 미프 아줌마는 1933년부터 아빠와 같이 일을 해서 지금은 두 분이 친구 같으셔. 결혼한 지 얼마 되지 않은 아줌마의 남편

얀 아저씨도 이제는 아빠의 친구야. 또다시 신발, 양말, 책, 속옷들이 미프 아줌마의 가방과 얀 아저씨의 커다란 주머니 속으로 사라졌어. 11시 30분이 되자 아저씨와 아줌마가 가버리셨어.

피곤에 지친 나는 내 침대에서 자는 마지막 밤이라는 것을 알면서도 곧바로 곯아떨어져 잠이 들어버렸어. 엄마가 새벽 5시 반에 나를 깨울 때까지 계속 잤어. 다행히도 일요일보다는 더위가 수그러들었어. 하루 종일 비가 억수같이 퍼부었어. 우리 네 명 모두 마치 얼음 속에서 밤을 지내기라도 할 사람들처럼 옷을 잔뜩 껴입고 있었어. 될 수 있으면 많은 옷을 가져가려는 것이었지. 우리 같은 처지에 있는 유대인이 어떻게 옷 가방을 들고 집을 나서겠어?

나는 상의 내의 두 벌과 팬티 세 벌을 입고 그 위에 원피스, 재킷, 여름용 바바리, 양말 두 켤레, 겨울 신발을 신고, 머플러 또 그 외에 다른 것들까지 걸치고 껴입고 있었어. 집을 나서기 전부터 벌써 숨이 막힐 것 같았지만 그런 일에 신경을 쓸 겨를이 없었어. 마르고트 언니는 교과서를 가방에 잔뜩 집어넣더니, 주차장에서 자전거를 찾아와서는 미프 아줌마를 따라서 내가 모르는 어디론가 사라져버렸어. 사실 나는 우리가 갈 곳이 어딘지도 모르고 있었어.

우리도 7시 반에 문을 잠그고 떠났어. 내가 작별 인사를 해야 할 대상이라고는 나의 고양이 모르체밖에 없었어. 모르체는 이웃에서 살게 될 거야. 골트슈미트 씨에게 남긴 편지에 이웃에게 맡겨달라고 했으니까.

정돈되지 않은 침대, 먹고 남긴 것이 그대로 놓인 아침 상, 고양이 먹이로 부엌에 남겨놓은 5백그램짜리 고깃덩어리, 그 모든 것이 우리가 서둘러 떠났다는 인상을 풍기고 있었지만 우리는 그런 일 따위는 안중에 두지도 않았어. 우리가 바라는 것은 그곳을 떠나서 안전한 은신처를 찾는 것뿐이었어.

이 다음 이야기는 내일 들려줄게. 안녕.

안네.

1942년 7월 9일 Thursday

소중한 키티.

아빠, 엄마, 나 우리 셋은 가방과 온갖 생필품이 미어지도록 들어찬 가방을 들고 장대같이 쏟아지는 빗속을 걸었어. 이른 아침 일터로 나가는 노동자들이 우리를 측은한 눈으로 바라보았어. 우리에게 차를 타라고 권할 수 없는 것을 미안해하는 마음이 그들의 얼굴에 완연하게 나타나 있었어. 우리 가슴에 달린 노란 별만 보고도 모든 사정을 다 알았던 거야.

아빠와 엄마는 큰길로 들어서서야 숨어살 계획을 조금씩 털어놓기 시작하셨어. 우리는 이미 여러 달 전부터 집에서 가능한 한 많은 가구와 옷가지를 빼내 왔대. 그리고 7월 16일에는 떠날 계획이었대. 그런데 소환장이 10일 빨리 나온 거였어. 그래서 아직 새로 들어갈 집 정리가 다 안 되어 있지만 그곳으로 가기로 했다는 거야.

은신처는 아빠의 사무실 안에 있었어. 상황을 잘 모르면 이해하기가 좀 곤란할 테니까 설명을 좀 더 할게. 아빠 사무실 직원은 몇 명 되지 않아. 쿠글러 씨, 클레이만 씨, 미프 아줌마, 그리고 23살의 타이피스트 베프 포스카윌 언니가 전부야. 모두들 우리가 올 거라는 사실을 알고 있었어. 창고에 창고 주임이자 베프 언니의 아버지인 포스카윌 씨와 인부 두 명이 있는데, 포스카윌 씨는 아직 아무것도 모르고 계셨어.

건물 구조는 이렇게 되어 있어. 1층에 공장 물건을 넣어두는 커다란 창고가 있어. 창고는 여러 칸으로 나누어져서 계피, 정향, 후추 대용품 등을 빻는 방도 있고 저장실도 있어. 창고 문 바로 옆에 건물 출입구가 있어. 출입구 안쪽에 계단으로 통하는 쪽문이 하나 있어. 그 계단을 올라가면 반투명 유리로 된 문이 나와. 문에는 검은색 글씨로 '사무실'이라고 쓴 흔적이 남아 있어. 거기가 건물 앞채의 사무실이야.

사무실은 밝고 넓으며 빈자리가 없이 빽빽해. 낮에는 베프 언니와 미프 아줌마와 클레이만 씨가 그곳에서 일을 하지. 금고와 옷장과 물품을 보관하는 커다란 벽장이 있는 작은 방을 가로질러 지나가면 격리된 어둠침침한 자그마한 임원실이 나와. 예전에는 판 단 아저씨와 쿠글러 씨가 함께 사용하던 방인데 지금은 쿠글러 씨 혼자 쓰고 있어. 쿠글러 씨의 사무실은 복도를 통해서도 들어갈 수 있지만 복도에 면한 유리문은 안에서만 열게 되어 있어. 쿠글러 씨 사무실에서 좁은 복도를 통해서 석탄 창고를 지나 4개의 계단을 오르면 이 건물의 보석인 아빠의 전용 사무실이 나와.

어두운 색의 장중한 목재 가구가 들어차 있고 바닥에는 리놀륨과 양탄자가 깔려 있어. 라디오와 고급스럽고 우아한 램프도 있어. 아빠의 전용 사무실 옆에는 온수기와 두 군데에서 불이 나오는 레인지가 갖추어진 널찍한 부엌이 있고, 부엌 옆으로는 화장실이 있지. 여기까지가 2층이야.

3층으로 가려면 2층 복도에서 위로 연결된 나무 계단을 오르면 돼. 계단 위에는 층계참이라고 불리는 좁은 공간이 있고 층계참 오른쪽과 왼쪽에 각각 문이 하나씩 있어. 왼쪽 문은 길가에 면한 건물 앞채로 통하게 되어 있어. 그곳에는 양념 저장실, 중간 방, 앞채 방, 다락방으로 가는 계단으로 이어져 있어. 앞채에는 조금 전의 그 계단 반대편으로 기다란 계단이 하나 더 있어. 위험할 정도로 가파른 네덜란드식 계단인데 그 계단을 따라 내려가면 건물의 두 번째 출입구가 나와.

3층 층계참의 오른쪽에는 뒤채가 있어.
단순한 그 회색 문 뒤에 그렇게 많은 방
이 있으리라고는 아무도 상상을 못할
거야. 문을 들어서면 계단이 있고 그 계
단을 오르면 바로 거기야. 출입문 바로
정면에 가파른 계단이 있고 계단 아래 왼쪽에 좁다란 복도
와 방 하나가 있어. 그 방이 프랑크 가족의 거실 겸 침실로
사용될 곳이야. 그 옆에 조금 더 작은 방이 있는데 그곳은
프랑크 집안의 두 아가씨가 쓸 침실 겸 공부방이야.

계단 아래 오른쪽에는 세면대와 화장실이 딸린 창문 없는
방이 하나 있는데 그 방문은 우리 방(나와 마르고트 언니의 방)
으로 통하게 되어 있어. 계단 꼭대기까지 다 올라와서 문을
열면 그 낡은 건물 안에 그렇게 천장이 높고 넓고 밝은 방이
있었나 하고 놀라게 된단다. 그 방에는 요리용 레인지와 개
수대가 있어. 쿠글러 씨가 실험실로 쓰던 곳이라서 그런 설
비가 되어 있는 거야. 그곳이 바로 부엌인데, 부엌은 판 단
부부의 침실인 동시에 거실이자 식당이며 은신처 식구의 공
동 서재이기도 해. 복도 겸 작은 방은 페터 판 단의 방이야.
뒤채에도 건물 앞채와 마찬가지로 다락방이 있어. 이상으로
아름다운 우리의 은신처에 대한 소개를 마칠게. 안녕.

안네.

1942년 7월 10일 Friday

소중한 키티.

집에 대한 설명을 길게 늘어놔서 네가 좀 지겨웠을 수도 있어. 하지만 내가 어디에 정착했는지 정도는 너도 알아야지. 이제부터 내가 은신처에 도착한 과정에 대해서 이야기할게.

우선 하던 이야기부터 마치자. 우리가 프린센흐라흐트 263번지에 도착했을 때 미프 아줌마가 즉시 우리를 안내하셨어. 우리는 아줌마를 따라서 기다란 복도를 거쳐 나무 계단으로 해서 곧바로 위쪽에 있는 뒤채로 갔어. 우리를 들여보내고 나서 아줌마는 문을 닫고 가시고 우리 가족만 남았어. 마르고트 언니는 자전거로 우리보다 먼저 도착해서 우리를 기다리고 있었어. 거실이고 방이고 말로 표현하기 힘들 정도로 난장판을 이루고 있었어. 지난 몇 달 동안 사무실로 보낸 종이 상자들이 바닥과 침대 위로 높이 쌓여 있었어. 작은 방에는 이불과 침대보가 천장까지 닿아 있었어. 대강이라도 침대를 정리하고 그날 저녁에 잠을 자려면 당장 달려들어서 어수선하게 널린 것들을 모두 치워야만 했어. 엄마와 마르고트 언니는 피곤하고 기진맥진하고 또 뭔지 알수 없는 이유로 매트조차 없는 침대 위에 그대로 쓰러지듯 누워버렸어. 우리 집에서 정리를 도맡고 있는 아빠와 나는 더 기다릴 것도 없이 바로 정리를 시작하고 싶어했어.

우리는 아침부터 저녁까지 종이 상자를 풀고 벽장에 물건을 집어넣고 못을 박고 물건을 정리했어. 덕분에 저녁에는 깨끗한 침대 위에서 그대로 쓰러지듯 잠들어버렸단다. 우리는 하루 내내 따뜻한 음식을 전혀 먹지 못했지만 그렇다고 일을 중단할 수는 없었어. 엄마와 마르고트 언니는 너무 지치고 긴장해서 무얼 먹을 생각이 나지 않았고, 아빠와 나는 너무 바빠서 먹지를 못했어. 화요일에는 아침 일찍부터 전날 하다가 다 못한 정돈을 다시 시작했어. 베프 언니와 미프 아줌마는 우리 배급표를 가지고 장을 보러갔어. 아빠는 대강 가렸으나 아직은 완벽하다고 할 수 없는 창문을 감쪽같이 가려서 위장을 했지.

　　우리는 부엌 바닥도 깨끗이 문질러 닦았어. 그날도 아침부터 저녁까지 열심히 움직였어. 수요일까지는 내 생에 일어난 커다란 변화에 대해서 생각해 볼 겨를이 조금도 없었어. 수요일이 되어서야 비로소 여기로 이사온 뒤 처음으로 그동안 일어난 일에 대해서 너에게 이야기도 하고, 지금까지 내게 어떤 일이 일어났는지 또 앞으로 어떤 일이 닥칠 것인지 생각하는 시간을 갖게 된 거야. 안녕.

　　안네.

소중한 키티,

아빠와 엄마와 마르고트 언니는 15분마다 울리는 베스터토렌의 종소리가 좀체 익숙해지지 않나 봐(베스터토렌을 문자 그대로 번역하면 '서쪽에 있는 탑'이란 뜻인데, 은신처가 있는 프린센흐라흐트 263번지 가까이에 있는 베스터케르크(서교회)의 종탑을 가리키는 말이다—원주). 하지만 난 괜찮아. 나는 처음부터 그 소리가 좋았어. 특히 밤에는 그 소리를 들으면 마음이 놓여. 숨어서 사는 것이 어떤 기분인지 알고 싶을지도 모르겠구나. 하지만 아직은 나도 잘 모르겠다는 말밖에 할 수가 없어. 이 집이 내 집이란 생각은 결코 들지 않을 것 같아. 그렇다고 여기서 사는 게 기분 나쁘다는 뜻은 절대로 아니야. 단지 가족적인 분위기의 숙소에서 휴가를 보내고 있는 느낌이라고나 할까. 조금 이상하게 들릴지도 모르지만 그게 숨어사는 생활에 대한 나의 소감이야.

뒤채는 습기가 차고 볼품은 없지만 그래도 이상적인 은신처야. 아마 암스테르담 안에, 아니 네덜란드 전체에서 여기처럼 설비가 잘 되어 있고 안락한 곳은 없을 거야. 우리 방은 벽에 아무런 장식이 없어서 너무 휑한 느낌을 주었는데, 다행히 아빠가 내가 모아둔 우편엽서며 스타들 사진을 가지고 오셨어. 내가 붓으로 풀을 발라가면서 벽을 온통 엽서와 사진들로 도배해서 방 전체가 커다란 그림같이 되었어. 그렇게 하니까 훨씬 밝아보여. 판 단 아저씨네 가족이 오면 창고에 쌓여 있는 목재들을 가지고 선반을 비롯해서 이것저것 만들 수도 있을 거야. 엄마와 마르고트 언니는 이제 좀 피로가 풀렸어. 어제는 엄마가 드디어 부엌에 가서 콩 수프를 끓이려고 레인지에 냄비를 올려놓고는 밑에 가서 이야기를 좀 하다가 깜빡하셨지 뭐니. 수프는 온통 타서 콩이 냄비 바닥에 새까맣게 눌어붙었단다.

어제 저녁 우리 네 식구는 아빠의 전용 사무실로 내려가서 런던 라디오 방송을 들었어. 나는 누가 우리 소리를 들을까 봐 너무나 겁이 났단다. 그래서 아빠에게 제발 같이 올라가자고 사정을 했어. 결국 엄마가 내 마음을 아시고 나를 위에 데려다주셨어. 그 외에 다른 일을 할 때도 우리는 이웃 사람들에게 들킬까 봐 매우 겁을 낸단다. 우리는 첫날 당장 커튼을 모두 꿰맸어. 하기야 커튼이라고 부르기도 뭐한 물건이야. 무늬며 형태며 질이 모두 다르며 빛도 바래고 어울리지도 않는 갖가지 천 조각을 이어붙인 것뿐이니까. 온 식구가 달려들었지. 특히 아빠와 나는 진짜 아마추어답게 아무렇게나 꿰맸어. 우리의 예술작품인 커튼을 창문에 압핀으로 박아놓았는데 숨어사는 생활이 끝날 때까지는 절대로 걷는 일이 없을 거야.

오른쪽에 있는 건물에는 잔담에 본사를 둔 케그 사의 자회사가 들어 있고 왼쪽 건물에는 가구 공장이 있어. 근무 시간이 지나면 직원들은 퇴근하고 없지만 그래도 우리 소리가 새어나갈 수 있어. 그래서 우리는 마르고트 언니가 감기가 심하게 걸렸는데도 밤에 기침도 못하게 하고 기침약을 한 움큼이나 먹였어.

화요일에는 판 단 아저씨네 가족이 이사를 올 거라서 너무 좋아. 좀 더 사람 사는 맛도 날 거고 지금처럼 조용하지도 않겠지. 밤에는 너무 조용하니까 신경이 날카로워져. 우리를 도와주는 사람들 중에 아무라도 여기서 우리와 같이 지내면 얼마나 좋을까?

여기가 그리 나쁘지는 않아. 음식도 해먹을 수 있고 밑에 있는 아빠의 전용 사무실에 가서 라디오도 들을 수 있으니까. 클레이만 씨와 미프 아줌마와 베프 언니는 우리에게 많은 도움을 주고 있어. 대황이며 딸기며 체리도 갖다주었어. 아직까진 그리 쉽게 싫증이 나는 일은 없을 것 같아. 읽을거리도 있고 여럿이 놀 수 있는 게임 기구도 살 거야. 물론 창문으로 바깥을 내다보거나 외출하는 것은 금지야. 낮 동안에는 발끝으로 걸어다녀야 하고, 말도 작은 소리로 해야 돼. 창고에서 우리 소리가 들리면 안 되니까. 우리는 어제 많은 일을 했단다. 공장에서 쓰라고 두 바구니나 되는 체리 씨를 발라냈어. 쿠글러 씨가 통조림을 만들 거야. 체리를 담았던 바구니로는 책꽂이를 만들 거야.

누가 날 부른다. 안녕.

안네.

1942년 7월 12일 Sunday

정확히 한 달 전에는 내 생일이라고 모두들 내게 친절했는데, 지금은 엄마와 마르고트 언니한테서 매일 조금씩 멀어지는 기분이야. 내가 오늘 일을 좀 열심히 하니까 모두들 내 칭찬을 하고 난리더니 5분도 채 안 돼서 다시 나를 들볶기 시작하는 거야.

그리고 나를 대하는 태도와 마르고트 언니를 대하는 태도가 완전히 달라. 마르고트 언니가 진공청소기를 망가뜨려서 하루 종일 전기를 쓸 수 없었거든. 그랬더니 엄마가 하시는 말씀이「마르고트야, 네가 일을 해보지 않아서 그런 거야. 청소기 코드를 뺄 때는 너무 힘을 줘서는 안 된단다.」

마르고트 언니가 뭐라고 대답을 했고 그걸로 그만이었어. 그런데 오늘 오후에 글씨를 알아보기 힘들어서 엄마가 장볼 물건을 적은 걸 내가 다시 쓰려고 했더니 엄마가 그러지 말라고 하시면서 혼을 내시는 거야. 그러니까 온 가족까지 끼어들어서 난리를 치는 거 있지.

나는 식구들과는 달라. 요즘은 그 사실이 더욱더 절실하게 느껴져. 식구들은 얼마나 감상적인지 몰라. 나는 차라리 혼자인 게 좋아. 식구들은 이렇게 넷이 있는 것이 얼마나 좋으며 가족이 얼마나 화목하게 잘 살고 있냐고 끊임없이 말하는 거야. 내 생각이 자기들 생각과 다를 수도 있다는 생각은 조금도 하지 않아.

아빠만은 가끔 내 생각을 이해해 주기도 하지만 보통 때는 엄마나 마르고트 언니 편을 들지. 나는 식구들이 다른 사람에게 내가 울보라는 말을 하거나, 재치 있다고 이야기하는 것이 제일 싫어. 게다가 만약 모르체 이야기까지 하면 정말 화가 난다니까. 모르체는 내가 너무나 좋아하는 고양이고, 나의 가장 예민한 부분이니까 말야. 매 순간 모르체가 얼마나 보고 싶은지 몰라. 내가 얼마나 모르체 생각을 하는지는 아무도 몰라. 모르체 생각만 하면 눈물이 나. 아, 귀여운 모르체. 내가 모르체를 얼마나 사랑하는데. 모르체를 이리로 데려올 계획을 세워보기도 해.

나는 언제나 멋진 상상을 해본단다. 하지만 전쟁이 끝날 때까지 우리가 여기 꼼짝 말고 있어야 된다는 것이 엄연한 사실이야. 외출은 절대로 안 되고. 이곳에 오는 사람이라고는 미프 아줌마, 아줌마 남편 얀 아저씨, 베프 언니, 포스카월 씨, 쿠글러 씨, 클레이만 씨뿐이야. 클레이만 씨 부인은 여기 오는 것이 너무 위험하다고 오시지 않아.

1942년 8월 14일 Friday

소중한 키티.

지난 한 달 동안 네게 소식을 전하지 못했어. 매일같이 네게 들려줄 만한 멋진 이야기가 없었거든. 7월 13일날 판 단 아저씨 가족이 이사를 왔어. 우리는 아저씨네가 14일에 이사 올 것으로 생각하고 있었어. 그런데 7월 13일과 16일 사이에 독일인들이 이곳저곳으로 마구 소환장을 발송하면서 숨통을 조여왔기 때문에 아저씨네 식구는 하루라도 빠른 것이 낫겠다고 판단했대.

9시 반에(우리는 아침을 먹는 중이었어) 페터가 도착했어. 페터는 판 단 아저씨의 아들이야. 곧 16살이 되는데 수줍음을 많이 타는 아이야. 같이 있으면 좀 지루하고 별로 재미도 없어. 30분쯤 뒤에 아줌마와 아저씨가 오셨어. 아줌마가 모자 상자 안에 실내용 변기를 넣어가지고 오셔서 우리 모두 폭소를 터뜨리고 말았어.

아줌마는 말씀하셨어.

「실내용 변기가 없으면 도무지 내 집 같지가 않아서.」

그때부터 실내용 변기는 침대 겸용 의자 밑에 떡 하니 자리를 잡게 되었어. 아저씨는 변기를 갖고 오시지는 않았지만 접게 되어 있는 차 탁자를 겨드랑이에 끼어 들고 오셨어. 처음으로 두 가족이 만난 날 우리는 기분 좋게 함께 식사를 했어. 삼 일째가 되자 우리 일곱 사람은 모두가 한 가족이 된 것 같다는 생각을 하게 됐지. 이미 예상했던 대로 판 단 아저씨 가족은 우리가 이곳에 온 후 일주일 동안 바깥 세상에서 일어난 일에 대해서 할 말이 많았어. 우리는 굉장히 흥미를 느끼면서 아저씨의 말을 들었어. 특히 우리 집과 골트슈미트 씨에게 일어난 일은 더욱 흥미진진했지.

판 단 아저씨가 말씀하셨어.

「월요일 아침 9시에 골트슈미트 씨가 좀 와 달라고 전화를 하더군요. 곧바로 달려갔지요. 골트슈미트 씨는 마치 정신이 나간 사람 같았어요. 프랑크 씨 가족이 남긴 편지라면서 골트슈미트 씨가 내게 편지 하나를 보여주더군요. 고양이를 이웃에 데려다주라고 적혀 있었어요. 그분이 그렇게 하겠다고 하기에 그러라고 했지요.

그분은 집 수색을 하러 나오지나 않을까 겁을 먹고 있었어요. 그래서 정돈도 할 겸 같이 방마다 샅샅이 뒤지고 식탁도 치웠지요. 그런데 부인의 책상 위에 마스트리히트 주소가 적힌 메모지가 놓인 것이 갑자기 눈에 띄는 거예요. 부인께서 일부러 남기신 거라는 걸 알 수 있었어요. 하지만 저는 짐짓 놀라는 척하면서 골트슈미트 씨에게 빨리 그 위험한 종이를 태우라고 했지요. 그 순간까지는 제가 프랑크 씨 가족이 떠난 데 대해서 아무것도 모르는 척했는데 종이를 보는 순간 좋은 생각이 떠올랐어요. 그래서 말했지요.

'골트슈미트 씨, 이제 보니 이게 무슨 주소인지 알 것 같습니다. 6개월 전쯤에 한 고위 장교가 사무실에 왔었어요. 프랑크 씨가 젊었을 때부터 잘 아는 분이었는데 필요한 경우에 프랑크 씨를 돕겠노라고 약속했거든요. 맞아요 그 장교가 마스트리히트에 머물고 있다고 했어요. 아마 돕겠다는 약속을 지킨 모양입니다. 무엇을 타고 갔는지는 몰라도 벨기에로 해서 스위스로 간 모양입니다. 혹시 프랑크 씨 친구들이 소식을 물어오면 그렇게만 말씀하시면 될 겁니다. 물론 잘 아시겠지만 마스트리히트에 대한 이야기는 하지 않는 것이 좋을 겁니다.'

그렇게 말하고 그곳을 나왔어요. 그런데 친구들 중에 그 이야기를 모르는 사람이 없이 좍 퍼졌어요. 내 귀까지 소문이 들려옵디다.」

우리는 그 이야기를 매우 흥미진진하게 들었어. 판 단 아저씨가 다른 사람들 이야기도 들려주셨는데 사람들의 상상력이 얼마나 재미있던지 한바탕 더 웃고 말았단다. 메르베데플레인에 사는 한 가족은 우리 가족 4명이 아침 일찍 자전거를 타고 가는 것을 보았다고 했대. 또 어떤 아줌마는 우리 가족이 군용 트럭에 오르는 것을 보았다고 했단다. 안녕.

안네.

소중한 키티.

우리의 은신처가 명실상부한 은신처로 변모했어. 3층 출입문 앞에 책장을 하나 놓는 것이 안전하겠다고 생각하신 쿠글러 씨 덕이지(숨긴 자전거를 찾기 위해 집을 수색하는 일이 잦기 때문이야). 물론 회전문처럼 열리게 되어 있는 책장이야. 포스카윌 씨가 그 책장을 만드실 거래(우리는 포스카윌 씨에게 일곱 명이 숨어살고 있다는 사실을 알려드렸어. 그분은 헌신적인 분이야). 밑으로 내려가려면 이제는 먼저 머리를 숙인 다음 펄쩍 뛰어야 해. 그렇게 삼 일이 지나자 모두들 이마가 혹투성이가 되었어. 문이 너무 낮아서 문틀에 이마를 부딪친 탓이지. 페터가 그곳에다 대팻밥이 든 헝겊을 대어서 부딪쳐도 많이 아프지 않게 만들었어. 제발 그 방법이 효과가 있었으면 좋겠어!

난 배우는 것이 별로 없어서 9월까지 방학으로 정했어. 아빠가 공부를 가르쳐주시겠다고 하셔. 그러기 위해서는 우선 교과서를 모두 사야 할 거야. 우리의 이곳 생활에는 별다른 변화가 없어. 오늘은 페터가 머리를 감았지만 그건 뉴스 거리도 아니지 뭐. 판 단 아저씨와 나는 항상 앙숙이야. 엄마는 나를 늘 어린애 취급하시는데 난 그걸 도저히 참을 수가 없어. 페터도 나한테 달리 친절해진 것도 아니고. 페터는 재미없는 아이야. 하루 종일 침대에 누워 있다가 망치질

한두 번 하고는 다시 자러간다. 바보 같으니!

오늘 아침에 엄마가 매일 하는 그 잔소리를 시작하셨어. 도저히 참을 수가 없어. 엄마 생각은 내 생각과 정반대야. 아빠는 가끔 나한테 잠깐씩 화를 내실 때도 있지만 그래도 다정한 분이셔.

바깥은 덥지만 맑은 날씨야. 이런 날이면 우린 무슨 일이 있어도 다락방에 올라가 접이식 침대에 누워서 맑은 날씨를 최대한 즐긴단다. 안녕.

안네.

1942년 9월 2일 Wednesday

소중한 키티.

판 단 아저씨와 아줌마가 심하게 다투셨어. 그렇게 싸우는 것은 처음 봤어. 엄마나 아빠라면 그렇게 소리를 치면서 싸울 생각은 절대 안 하실 거야. 싸운 이유도 별 게 아니고 말 한 마디 때문이야. 어쨌든 모든 사람이 다 같을 수는 없으니까.

페터한테는 물론 언짢은 일이지. 페터는 두 사람 사이에서 어쩔 줄을 몰라. 하지만 페터가 너무도 어리고 게으르니까 페터를 진지하게 대하는 사람은 아무도 없어. 페터가 어제는 혀 색깔이 빨갛지 않고 파랗다고 걱정이 대단하더니 그 희한한 증상은 곧바로 사라졌어. 이 도련님께서 오늘은 목의 근육이 뒤틀린다고 두꺼운 목도리를 목에 두르고 있어. 허리가 아프다고 징징대는가 하면 또 뭐 심장과 신장과 허파 사이에 통증이 있다나. 한 마디로 심기증 환자라니까!(내가 맞는 단어를 쓴 거지?)(심기증 환자란 자신의 상태에 항상 지나치게 주의를 기울이고 조금만 이상한 듯하면 '나는 병자다' 하고 생각하는 사람—역주)

엄마와 판 단 아줌마는 사이가 그리 좋은 편이 아니야. 서로 부딪치는 일이 적지 않아. 딱 한 가지 예만 들어볼게. 아줌마가 공동으로 쓰는 선반에서 침대 시트를 세 장만 남겨두고 모두 가져가 버린 일이 있었단다. 엄마의 시트를 은신처 식구 공용이라고 생각하는 게지. 아마 엄마가 아줌마와 똑같이 하신다면 아줌마 생각이 싹 달라지실 걸.

아줌마는 또, 우리 식기는 쓰지 않고 아줌마네 식기만 사용한다고 막 화를 내며 못마땅하게 생각해서 우리가 어디다 접시를 놔두었는지 알아내려고 애를 쓰셔. 사실 그리 먼 곳에 둔 것도 아닌데 말이야. 다락방에 오펙타 회사 광고 전단이 잔뜩 쌓인 뒤에 있는 상자 안에 들었거든. 우리가 여기 숨어 있는 동안은 접시를 꺼낼 수 없을 거야. 잘 된 일이지 뭐!

나는 늘 실수를 저지른단다. 어제는 아줌마 앞에 놓인 옴

폭 파인 접시 하나를 깨뜨렸단다. 아줌마가 화가 나서 「이럴 수가! 넌 조심 좀 할 수 없니? 이게 내게 남은 단 하나의 접시란 말이야!」 하시는 거야(잘 들어, 키티. 이곳에 계시는 두 부인께서 쓰시는 네덜란드어는 정말 엉터리란다. 본인들이 모욕이라고 생각할 테니까 남자 어른들 이야기는 감히 하지 않겠지만, 아마네가 남자들이 횡설수설하는 것을 들으면 배꼽이 빠지게 웃을걸. 어쨌든 그런 일에는 신경도 쓰지 말자. 엄마의 말이나 판 단 아줌마의 말을 옮길 때는 바른말로 고쳐서 적을 거야).

지난주에 은신처의 단조로운 생활을 깨는 조그만 사건이 하나 있었어. 여자에 관한 책과 페터로 인해서 생긴 일이야. 마르고트 언니와 페터는 클레이만 씨가 빌려오는 책은 거의

다 읽어도 돼. 하지만 여자에 대한 내용을 다루고 있는 그 책만은 읽힐 수 없다는 것이 어른들 생각이었어. 그런 결정이 나자 '그 책에 뭐가 있어서 못 읽게 하는 걸까?' 하고 즉시 페터의 호기심이 발동했지.

페터는 아줌마가 아래층에서 이야기를 하고 계실 때 아줌마가 갖고 계시던 그 책을 몰래 빼내 가지고 다락방으로 올라갔어. 이틀 동안은 무사히 잘 지나갔지. 판 단 아줌마가 아들이 한 짓을 뻔히 알고 계시면서도 아저씨가 그 실상을 알아채실 때까지 그냥 내버려두셨던 거야. 아줌마와 달리 아저씨는 화를 버럭 내시고 책을 빼앗으시고는 그것으로 사건이 일단락된 것으로 믿으셨어. 페터의 호기심

을 계산에 넣지 않았던 거지.

페터의 호기심은 아저씨의 호된 꾸지람에도 불구하고 전혀 수그러들지 않았어. 페터는 무슨 일이 있어도 유난히도 관심을 끄는 그 책을 통독하고야 말겠다는 결심을 하고 계획까지 세웠던 거야. 그 사이에 아줌마는 엄마의 의견을 물어보셨어. 엄마는 그 책이 마르고트 언니가 볼 만한 책은 아니지만 그렇다고 다른 애들에 대해서 자기가 뭐라고 말 할 수는 없다고 하면서 이렇게 말씀하셨어.

「판 단 부인, 마르고트는 페터와는 아주 다르지요. 마르고트는 여자애거든요. 보통 여자애들이 남자애들보다 더 성숙하잖아요. 그리고 마르고트는 진지한 책들을 자주 읽기 때문에 이젠 우리가 구태여 그런 책을 못 읽게 하지 않아도 억지로 읽으려고 애를 쓰지도 않아요. 또 마르고트가 훨씬 더 앞서가고 분별 있는 것도 사실이에요. 지난 4년 동안의 학교 성적을 보면 알 수 있다구요.」

아줌마도 엄마의 말씀에 동의는 하셨어. 하지만 성인용 책을 아이들이 읽게 내버려둬서는 안 된다는 의견은 버리지 않았지.

페터는 그 와중에 자기나 그 책에 대해 사람들이 완전히 잊고 있는 좋은 기회를 포착했어. 저녁 7시 반에 온 가족이 아빠 전용 사무실에서 라디오를 듣고 있었지. 페터는 그 소중한 책을 들고 다락방으로 기어올라갔어. 8시 반이 되기 전에 그곳에서 내려올 작정이었겠지. 그런데 책에 푹 빠져서 시간 가는 줄 모르고 있다가 그만 늦어버린 거야.

페터는 다락방 계단을 내려오다가 공교롭게도 그 순간에 방에 들어서고 있는 아저씨와 딱 마주쳤어.

그 다음은 말 안 해도 알겠지? 뺨을 때리고, 두들겨 패고, 욕설이 나오고, 책은 저만치 날아가고, 페터는 다시 다락방으로 기어올라가고…….

저녁을 먹으려고 모든 식구가 식탁에 둘러앉았을 때 페터는 내려오지 않았어. 아무도 페터에게 신경을 쓰는 사람이 없었어. 거기서 저녁도 먹지 못하고 잠을 자야 할 판이었지.

우리가 유쾌하게 대화를 나누면서 저녁 식사를 하고 있는데 갑자기 날카로운 휘파람 소리가 들려왔어. 모두들 포크를 식탁 위에 내려놓고 겁에 질려 창백한 얼굴로 서로를 바라보고 있는데 페터가 난로 연통에 대고 소리를 질렀어.

「나는 상관없어. 안 내려간다고!」

판 단 아저씨가 후닥닥 자리에서 일어나느라 냅킨을 떨어뜨리고, 얼굴빛이 붉으락푸르락해지면서 소리 지르셨어.

「이놈이 그만두지 못 해!」

아빠가 최악의 사태가 날까 봐 걱정이 되셔서 아저씨의 팔을 잡았고, 두 분은 흥분해서 페터에게 뭐라고 해가면서 함께 다락방으로 올라가셨어. 페터는 결국 자기 방으로 보내졌고, 페터의 방문이 닫히자 우리는 다시 식사를 계속했어. 아줌마가 아들을 위해서 빵 한 조각을 남겨두려고 하셨지만 아저씨는 막무가내였어.

「당장 사과하지 않으면 다락방에서 재울 거예요.」

우리는 반박했어. 페터가 저녁도 못 먹고 자는 것으로도 벌은 충분하며, 만약 그러다 감기라도 걸리면 의사를 부를 수도 없는데 어떻게 하냐고 했지.

페터는 사과를 하지 않고 자청해서 이미 다락방에 올라가 있었어. 판 단 아저씨는 그냥 가만히 계셨어. 하지만 그 다음날 아침에 아들 침대에서 잠을 잔 흔적이 있는 것을 발견하셨지. 페터가 7시에 다락방에 올라갔지만 우리 아빠가 다정한 말로 설득한 결과 페터가 다시 방으로 내려왔던 거야. 그 후로 3일 동안 찡그린 얼굴을 하고 고집스레 말들을 하지 않고 지내더니 지금은 모두들 정상으로 돌아왔어. 안녕.

안네.

1942년 9월 21일 Monday

소중한 키티.

오늘은 은신처의 최근 소식을 전할게. 나의 침대 겸용 의자 위에 램프를 설치했어. 총격이 있을 경우에 내가 줄을 당겨서 전등을 끌 수 있게 되어 있지만 지금은 사용할 수가 없어. 우리 창문이 밤낮 반쯤 열려 있기 때문이야.

판 단 아저씨와 페터가 채색된 나무로 진짜 방충망까지 달린 아주 편리한 식품 저장고를 만들었어. 지금까지는 그 물건을 페터 방에 두었는데 좀 더 온도가 낮은 다락방으로 옮기고, 식품 저장고가 있던 자리에는 장식장을 놓았어. 나는 페터에게 그 자리에 예쁜 식탁보가 깔린 탁자를 놓고, 지금 탁자가 있는 자리에는 벽장을 달라고 충고했지. 그렇게 꾸미면 아주 쾌적할 거야. 하지만 나라면 그런 데서 자고 싶은 생각은 나지 않을 거야.

판 단 아줌마에게는 두 손 들었어. 아줌마는 내가 끊임없이 수다를 떤다고 늘 혼낸단다. 나는 그럴 테면 그러라지 하고 신경 안 써. 아줌마가 별나게도 이제부터는 냄비를 닦지 않겠다고 하셨어. 음식이 조금 남아 있으면 그것을 유리 그릇에 옮겨 담지도 않고 상할 때까지 그냥 둔단다. 오후에 마르고트 언니가 설거지할 냄비가 많이 있을 때면 아줌마는 「어머, 마르고트! 할 일이 많구나」 하고 말한단다.

클레이만 씨는 매주 여학생용 책을 사다주셔. 〈욥 터 횔〉 시리즈는 아주 마음에 들고, 그 책 말고도 시세이 판 마르크 스펠트 것은 대체적으로 다 좋아. 〈어느 여름의 미친 짓〉은 네 번이나 읽었는데 거기 나오는 기괴한 장면을 생각하면 지금도 웃음이 나온다니까.

나는 아빠가 우리 집 가문의 계보(조상 때부터 내려오는 혈통을 그림으로 나타낸 것 - 역주)를 그리는 것을 도와드리고 있는데 아빠가 한 사람 한 사람에 대한 이야기를 일일이 들려주셨어.

난 학교 공부를 다시 시작했어. 그 중 프랑스어 공부를 많이 해. 하루에 불규칙 동사를 다섯 개씩 암기하고 있어.

페터는 한숨을 쉬어가면서 영어 공부를 시작했어. 교과서 몇 권이 도착했어. 나는 집에서 노트와 연필과 지우개와 스티커를 잔뜩 가지고 왔어. 핌(핌은 아빠의 별명이야)은 프랑스어와 다른 과목 지도를 해주시는 대신 네덜란드어를 가르쳐 달라고 하셔. 나도 그게 별로 나쁠 것도 없다는 생각이야. 하지만 아빠가 정말이지 엄청난 실수를 하실 때도 있단다.

나는 라디오 오렌지(런던에 있는 네덜란드 망명 정부의 라디오 방송-원주)를 자주 듣거든. 그런데 최근에 베른하르트 왕자의 연설 방송이 있었는데, 1월쯤에 왕실에서 아기를 낳게 된다고 했어. 그 소식을 들으니 아주 기분이 좋아. 여기 사는 사람들은 내가 네덜란드 왕가를 얼마나 사랑하는지 모른단다.

저번 저녁에 내가 너무 무식하다는 말이 나왔어. 그래서 그 다음날에는 열심히 공부를 했단다. 난 14살이나 15살에 중학교 1학년으로 남아 있는 것이 너무 싫거든. 회화 시간에는 내게 허용된 책이 거의 없다는 말을 들었어. 엄마가 지금 〈왕과 시종과 부인〉이라는 책을 갖고 계시는데 내게는 그 책도 물론 금지되어 있어(마르고트 언니는 읽을 수 있는데 말이지). 나는 물론 나의 똑똑한 언니도 아직은 성인이 아니야.

또 내가 철학과 심리학과 생리학에 대해 무식하다는 소리도 들었어. 하기야 그런 과목에 대해서는 전혀 모르니까. 하지만 내년이면 조금은 배우게 되지 않을까?(이 어려운 단어들을 찾느라고 서둘러서 사전을 뒤졌단다!)

내가 겨울에 입을 옷이라고는 긴 팔 원피스 하나와 조끼 세 벌뿐이라는 비참한 현실을 알게 되었어. 아빠가 흰색 털실로 스웨터를 짜 입어도 좋다고 허락하셨어. 털실 옷은 별로 예쁘지는 않지만 그 대신 따뜻하기는 하겠지. 다른 사람들 집에 우리 옷을 맡겨두었는데 불행히도 전쟁이 끝나야 찾을 수 있어. 물론 그때까지 그대로 남아 있다면 말이지.

좀 전에 네게 아줌마 이야기를 했잖아. 그런데 아줌마가 오시기에 빨리 일기장을 덮었더니 아줌마가 이렇게 말하는 거야.

「안네야, 네가 쓰고 있는 것 좀 보자.」

「안 돼요, 아줌마.」

「마지막 한 장만 볼까?」

「그것도 안 돼요.」

정말 겁이 나서 혼났어. 마지막 장에 아줌마 이야기를 좋지 않게 썼거든.

이렇게 매일 무슨 일인가 생긴단다. 하지만 내가 너무 게으르고 피곤해서 너에게 다 들려주지 못하고 있단다. 안녕.

안네.

소중한 키티.

아빠가 아시는 한 분이 계셔. 드레허 씨라고 하는 75살 된 노인인데 귀가 어둡고 가난하고 병이 든 데다가 27살이나 어린 부인까지 혹처럼 달고 있어. 그 부인도 가난하면서 팔과 다리에는 팔찌며 발찌를 줄줄이 달고 있어. 진짜인지 모조품인지는 몰라도 어쨌든 잘 살던 시절의 잔재야.

드레허 씨는 지금까지 얼마나 아빠를 귀찮게 했는지 몰라. 아빠가 정말 천사같이 참을성 있게 그 할아버지에게 전화에 대고 일일이 대답하시는 것을 보고 늘 존경해 마지않았단다. 우리 집에 살던 당시 엄마는 아빠에게 아예 3분마다 「예, 드레허 씨. 아니오, 드레허 씨」를 반복하는 녹음기를 틀어놓으라고 말씀하실 정도였어. 아빠가 아무리 자세히 설명을 해도 어차피 그 할아버지께서 알아듣지 못하셨으니까 말야.

그 할아버지께서 오늘 사무실로 전화를 해서 쿠글러 씨에게 좀 들르라고 하셨대. 쿠글러 씨가 내키지 않아서 미프 아줌마를 보내겠다고 말씀하셨는데 미프 아줌마가 가지 않겠다고 하셨대. 그러니까 드레허 부인이 세 번이나 전화를 하셨어. 미프 아줌마가 오후에 사무실에 나오지 않는다고 미리 말했기 때문에 미프 아줌마는 베프 언니 목소리를 흉내 냈어. 그래서 전화가 오기만 하면 아래층에 있는 사무실이

나 위층의 은신처나 온통 웃음바다가 되는 거야. 이제는 전화 벨소리만 울리면 베프 언니가 「자, 드레허 부인 전화입니다!」 하는 거야. 미프 아줌마는 이제 전화기를 들기 전부터 웃기 시작해서는 전화기에 대고 푸하하 웃으면서 예의 없이 대답을 하는 거야. 봐라, 얼마나 보기 좋으니? 이 세상에 이런 직장이 어디 있겠니? 사장이 직원들과 같이 미친 듯이 웃어대는 거야!

나는 저녁때면 가끔씩 판 단 아저씨 집에 수다를 좀 떨러 간단다. 거기 가면 좀약 향이 나는 당밀이 든 빵과자를 먹으면서 즐겁게 지내(그 빵과자가 든 상자를 좀약이 잔뜩 든 옷장 안에 두었기 때문에 좀약 냄새가 배었어).

언젠가는 페터 이야기가 나왔어. 내가 페터가 자주 내 뺨을 쓰다듬는데 난 그게 싫다고 말씀드렸더니, 페터 부모님은 페터가 나를 좋아하는 것 같은데 내가 혹시 페터를 좋아할 수는 없냐고 물으시는 거야. 나는 속으로 '오, 불쌍도 해라!' 라고 생각하면서 「어머! 싫어요」라고 말했단다. 나는 페터가 무뚝뚝하고 또 여자애들을 많이 만나보지 않아서 그런지 수줍음을 탄다는 말씀도 드렸어.

내 생각에는 '은신처 위원회' 남자분들의 상상력이 매우 뛰어난 것 같아. 그분들이 우리의 친구이며 우리의 비밀 재산 관리인인 오펙타 회사 세일즈맨 브로크스 씨에게 우리의 편지를 보내기 위해서 생각해 낸 방법이 어떤 건지 한번 들어봐!

동봉한 양식을 작성해서 회신 봉투에 넣어 답장하라는 내용을 타자로 쳐서 오펙타 회사의 간접 거래처인 젤란트주(네덜란드 남서부의 주–역주)의 한 상인에게 편지를 한 통 보내. 그 봉투에 아빠가 주소를 쓰시는 거야. 그 봉투가 젤란트주에서 돌아오면 양식을 빼내고 그 대신 아빠가 손으로 쓴 편지를 넣어. 브록스 씨가 의심하지 않고 편지를 읽을 수 있게 한 거지. 젤란트주를 선택한 이유는 그곳이 벨기에에서 가깝고, 그곳에 가려면 특별한 허가가 나야 하는데 위장 편지는 쉽게 통과하기 때문이야. 아마 브록스 씨처럼 평범한 세일즈맨에게는 그런 허가가 나지 않을 걸(이 대목을 보면 브록스 씨에게는 안네의 가족이 숨어사는 장소를 비밀로 한 것 같다. 브록스 씨가 이런 편지를 받으면 안네의 가족이 벨기에에 살고 있나 보다 하고 생각할 것이다–역주).

어제 저녁에 아빠가 또다시 한바탕 코미디를 연출하셨단다. 아빠가 잠결에 그만 침대 아래로 굴러 떨어지셨어. 그래서 발이 시려 하시기에 내가 실내화를 신겨드렸어. 5분 뒤에 보니까 아빠가 실내화를 침대 옆에 벗어놓고 불빛이 거슬리는지 이불로 머리를 뒤집어쓰고 계시더라구. 그런데 불을 끄니까 아빠가 가만히 코를 이불 바깥으로 내미는 거야. 얼마나 우습던지. 잠시 후 페터가 마르고트 언니를 '마르고트 엄마'라고 부른다는 이야기를 하고 있는데 갑자기 잠드신 줄 알았던 아빠 목소리가 깊은 곳에서 들리는 거야. 「커피」
라고. '커피 엄마'라고 말씀하시려던 게야.

무시(고양이)가 점점 나를 따르고 다정하게 굴어. 하지만
아직은 이 고양이가 무서워.

안네.

 1942년 9월 29일 Tuesday

소중한 키티.

숨어사니까 참 희한한 경험을 다 한단다! 생각해 봐. 욕조
가 없으니까 나무로 된 통 안에 들어가서 씻어야 해. 게다가
더운물이 있는 곳이라고는 사무실(아래층 전체를 말하는 거야)
밖에 없으니까 일곱 명이 돌아가면서 한 명씩 이용하는 수
밖에 없어. 그런데 일곱 명이 하나같이 취향이 다르고 또 남
들 앞에서 몸을 내보이는 걸 아주 싫어하는 사람도 있고 하
니까 각자 자신에게 맞는 곳을 찾아서 목욕을 한다.

페터는 부엌문이 유리로 되어 있는 데도 신경 쓰지 않고
부엌에서 목욕을 해. 그리고 목욕하기 전에 한 명씩 일일이
찾아다니면서 30분 동안 부엌 앞에 오면 안 된다고 다짐을
받고 다녀. 그런 대비책만으로 만족하고 있어. 판 단 아저씨
는 위층에 있는 아저씨네 방에서 목욕을 해. 따로 떨어진 곳

이니까 한적하게 목욕을 하려고 더운물을 몇 층씩 길어나르는 불편을 감수하시는 거야. 아줌마는 좋은 자리를 찾을 때까지 당분간 목욕을 하지 않고 지내. 아빠는 전용 사무실을 이용하시고, 엄마는 벽난로 가리개 뒤에서 목욕을 하시고, 언니와 나는 앞채에 있는 사무실을 사용한단다. 언니와 나는 토요일 오후에 커튼을 내리고 컴컴한 어둠 속에서 목욕을 해. 둘 중에 순서를 기다리는 사람은 커튼 사이로 창밖을 내다보면서 지나가는 사람의 이상한 행동을 보고 재미있어 한단다.

지난 주부터 앞채 사무실이 싫증이 나서 지금 좀 더 쾌적한 욕실을 물색 중이야. 페터가 내게 좋은 아이디어를 하나 주었어. 사무실 옆 화장실에 목욕통을 갖다 놓고 목욕을 하라는 거야. 거기라면 앉을 자리도 있고 전등을 켜도 되고 열쇠로 문을 잠글 수도 있고 누구의 도움 없이도 물을 버려도 되고 또 몰래 훔쳐보는 사람도 없을 거야.

일요일에 그곳을 처음으로 이용했어. 화장실에서 목욕을 한다니 좀 이상하게 보일지는 모르지만 그 어떤 곳보다 더 마음에 들어.

수요일에 사무실 옆 화장실의 수도 파이프와 하수도관을 복도로 옮기는 공사를 하러 수리공이 왔었어. 겨울이 되어 배관이 얼어터지는 것을 방지하기 위해서 공사를 한 거야.

수리공이 와 있다는 것이 우리에게는 그렇게 불편할 수가 없었어. 하루 종일 물을 흘려보낼 수도 없었고, 화장실에 가는 것도 삼가야 했으니까 말이야.

어떻게 그 난국을 헤쳐나갔는지 구체적으로 이야기하는 것이 그리 점잖은 일은 못되겠지만 말야. 내가 뭐 그런 이야기를 생략하고 넘어갈 정도로 새침데기가 못 되니까 다 말할게.

숨어사는 생활을 하면서부터 아빠와 나는 요강 대용으로 유리병을 사용해 왔어. 배관 수리공이 아래층에 와 있는 동안 우리는 그 유리병을 사용했어. 그 유리병에 우리가 본 용변을 하루 종일 넣어두는 수밖에 없었지. 나는 하루 종일 움직이지도 못하고 말도 못하고 지내는 것보다는 그 방법이 차라리 나은 것 같아. 수다쟁이에게 조용히 하는 것이 얼마나 힘든 형벌인지 넌 잘 모를 거야. 물론 우리는 소곤거리며 이야기를 나누지 않을 수 없었지. 움직이지도 못하는데 말까지 못하고 지내자면 더욱더 견디기 힘드니까 말야.

삼 일 동안 눌러앉아 있다보니까 엉덩이가 완전히 굳어버려서 얼마나 아프던지. 저녁에 체조를 좀 했더니 진정됐어. 안녕.

안네.

1942년 10월 1일 Thursday

소중한 키티.

어제 나는 너무나 무서워서 새파랗게 질렸어. 8시에 초인
종이 요란하게 울려댔어. 나는 즉시 누군가가 왔구나 하고
생각했어. 내가 누구를 말하는지는 너도 짐작할 거야. 애들
이 장난으로 누른 것이거나 우체부일 거라고 하는 말을 듣고
야 조금 진정이 되었어. 지금은 쥐 죽은 듯이 조용해. 레핀존
이라는 조그만 유대인 약사가 쿠글러 씨를 위해서 부엌에서
일을 하고 있는 중이거든. 그 사람은 이 건물 구조를 샅샅이
잘 알고 있어. 혹시 그 사람이 전에 실험실로 쓰던 곳을 한번
둘러보려고 들르지나 않을까 해서 모두들 계속 두려움에 떨
고 있단다. 우리는 찍소리도 못하고 있어. 잠시도 가만히 있
지 못하는 안네가 몇 시간 동안이나 꼼짝도 하지 않고 있어
야 하리라는 것을 3개월 전만 해도 누가 상상이나 했겠어.
게다가 그 고통을 그렇게 잘 참아낼 줄이야!

29일은 판 단 아줌마의 생일이었어. 대대적인 파티는 아
니었지만 그래도 아줌마는 꽃과 조촐한 선물도 받고, 좋은
일들도 있었어. 아저씨가 빨간 패랭이 꽃다발을 선물하셨
어. 이제껏 늘 그렇게 해오셨나 봐.

아줌마 이야기가 나온 김에 말인데, 아줌마가 글쎄 아빠
의 환심을 사려고 치근대는 거야. 그 일을 생각하면 계속해
서 짜증이 나. 아줌마는 아빠의 뺨과 머리를 쓰다듬기도 하

고, 치마를 위로 올리기도 하고, 또 딴에는 농
담도 하고 핌의 주의를 끌려고 애도 쓴단다.
다행히도 핌은 아줌마를 아름답다거나 재미
있다고 생각하지 않으시고 아줌마의 아양에
도 넘어가지 않으셔. 하지만 너도 알다시피 난
원래 질투심이 많은 애라서 도저히 참을 수가
없어. 어쨌든 엄마는 아저씨 앞에서 그런 식으로
행동하지는 않거든. 엄마에게도 대놓고 그렇게 말씀드렸어.

페터는 때때로 재미있는 생각을 해낸단다. 페터와 난 적
어도 한 가지는 같은 취미를 갖고 있어. 변장을 해서 남을
웃기는 거야. 실제로 둘이 변장을 하고 식구들 앞에 나서보
기도 했어. 페터는 몸매를 그대로 드러내는 아줌마의 원피
스를 입고, 나는 모자까지 구색을 갖추어서 페터의 정장을
입었어. 어른들은 허리가 끊어져라 웃었고 우리도 뒤질세라
웃어댔어.

베프 언니가 베이엔코르프 백화점에서 마르고트 언니와
내가 입을 치마를 사왔는데 옷감이 정말 형편없어. 감자를
담는 자루를 만드는 천 같다니까. 예전에는 그런 물건을 감
히 시장에 내놓을 생각도 못했을 텐데, 지금은 이런 물건이
각각 24플로린과 7.75플로린이나 한단다.

좋은 일이 생길 것 같애. 마르고트 언니와 페터와 나를 위
해서 베프 언니가 어떤 협회에 통신 속기 강좌 등록을 했어.
내년에는 우리가 완벽한 속기사가 될지도 몰라. 두고 보라

고. 어쨌든 그 속기법을 배우는 것이 내게는 아주 중요하게 생각돼.

집게손가락이 끔찍하게 아파(다행히도 왼손이야). 그래서 다림질도 할 수 없어. 잘 됐지 뭐!

판 단 아저씨가 마르고트 언니와 식성이 다르기 때문에 불편하다고 나보고 옆자리에 와서 앉으라고 하셔. 나한테는 잘 된 일이야. 요새 조그만 검은 고양이가 마당에 돌아다녀. 그 고양이를 보면 나의 사랑하는 모르체 생각이 나.

식사 때면 나에 대한 엄마의 잔소리가 끊이지 않아. 그래서 내가 자리를 옮겨 앉게 된 것이 좋다는 거야. 이제부터는 마르고트 언니가 그 수모를 당해야 할 걸. 아니, 언니야 모범생이니까 엄마가 잔소리를 할 일이 없겠지 뭐! 요즘은 언니 보고 모범생이라고 놀려대는 게 내 취미야. 그러면 언니는 바로 화를 낸단다. 어쩜 언니가 달라질지도 몰라. 이제 달라져야 할 때도 됐지 뭐.

오늘의 잡동사니 소식을 마감하는 판 단 아저씨의 재치 있는 농담 한 마디!

「999번 움직이다가 1번 쩔뚝 하는 것이 뭐게? 발이 천 개 달린 벌레가 발 하나에 목발을 짚고 걷는 거래!」

안녕.

안네.

1942년 10월 9일 Friday

소중한 키티.

오늘은 우울하고 절망적인 소식뿐이란다. 우리 유대인 친구들이 무더기로 잡혀갔어. 게슈타포(독일 나치스 정권하의 정치 경찰-역주)는 정말 인정사정없이 사람들을 잡아간단다. 사람들을 가축 운반용 기차에 실어서 드렌테주에 있는 베스터보르크라는 큰 유대인 수용소로 끌고 가.

미프 아줌마가 그곳에서 탈출한 사람의 이야기를 들려주었어. 베스터보르크는 끔찍한 곳인 것 같아. 사람들에게 먹을 것도 거의 주지 않고 물 사정은 더욱더 좋지 않대. 수용된 사람이 수천 명인데 물은 하루에 한 시간밖에 안 주고 세면대와 화장실은 하나뿐이래. 남자고 여자고 어린아이고 할 것 없이 모두 같이 자고 여자와 아이들은 대부분 머리를 빡빡 밀고 있대. 수용소에 있는 사람들은 까까머리인 데다가 유대인 특유의 신체적 특징을 갖고 있어서 금방 발각되기 때문에 그곳에서 도망치는 것은 거의 불가능하대.

네덜란드 내에서 이미 그 지경이라는데, 아주 외진 먼 지역으로 끌려간 다음에는 무슨 일이 일어날까? 우리는 끌려간 사람들 대부분이 학살당할 거라고 추측할 뿐이야. 영국 라디오에서는 가스로 살해한다고 보도하고 있어. 아마 그것이 가장 신속하게 죽이는 방법인가 봐.

나는 충격에 사로잡혀 있어. 미프 아줌마가 들려주는 끔

찍한 이야기를 들으면 정말 가슴이 아파. 미프 아줌마 자신
도 매우 불안해하고 있어. 하루는 몸이 불편한 유대인 할머
니가 미프 아줌마의 집 앞에 앉아 계시더래. 할머니를 태우
고 갈 차를 가지러간 게슈타포를 기다리고 계시는 것이었
대. 그 할머니는 영국 비행기를 겨냥한 총격 소리와 눈부신
조명탄 불빛을 보시고 새파랗게 질려 있었대. 그런데도 미
프 아줌마는 감히 할머니에게 집 안으로 들어가자고 할 수
가 없더래. 그 누구라도 그렇게 하지 못했을 거야. 독일인들
이 절대로 가만두지 않을 테니까 말야.

베프 언니 역시 우울해 하고 있어. 약혼자인 베
르튀스가 독일로 끌려갈 거래. 베프 언니는 비행
기가 우리 집 위로 날아갈 때마다 흔히 1백만 킬
로나 되는 폭탄을 싣는다는 비행기가 베르튀스
머리 위로 폭탄을 모두 다 떨어뜨리지나 않을
까 해서 바르르 떨어. 그럴 때 '1백만 킬로의 폭
탄이 다 필요할 리 없지. 폭탄 하나면 충분할 걸'
따위의 농담을 하는 것은 너무 짓궂은 일인 것 같아.

독일로 떠나는 젊은이는 베르튀스만이 아니야. 젊은이들
로 가득찬 기차가 매일 떠나고 있어. 기차가 중간에 설 때면
차 밖으로 몰래 빠져나와서 숨는 사람도 있다지만 성공하는
사람은 매우 적을 거야.

나의 슬픈 이야기는 아직 끝나지 않았어. 너 혹시 '인질'
이라는 말 들어본 적 있니? 최근에 나온 공공시설 파괴에 대

한 형벌이라는데, 인간이 상상할 수 있는 가장 끔찍한 일이
야. 감옥에 갇혀서 죽을 날만 기다리는 상류층의 죄 없는 시
민을 가리키는 말이란다. 누군가가 시설을 파괴했는데 범인
을 잡지 못하면 게슈타포가 인질 네다섯 명을 끌어내서 벽
앞에 일렬로 세우고 총살하는 거야. 신문에 인질의 사망 기
사가 나는 일이 자주 있단다. 독일인들은 인질을 죽이는 만
행을 저지르고는 '사고'로 인해서 죽었다고 보도하고 있어.

  독일인들은 대단한 민족이야. 나도 그 중 하나라니! 아니,
히틀러가 우리의 국적을 빼앗은 지가 이미 오래되었으니 이
제는 독일인이 아니지. 이 세상에 독일인과 유대인처럼 철
천지원수 지간은 다시 없지. 안녕.

  안네.

1942년 11월 2일   Monday

  소중한 키티.
  금요일 저녁에 베프 언니가 와서 저녁 시간을 재미있게
보냈어. 베프 언니는 포도주를 좀 마셔서 그런지 잠을 잘 자
지 못했어. 그 외에 별다른 일은 없었어. 어제 나는 머리가
지끈거려서 일찍 자리에 누웠어. 마르고트 언니가 또다시
내 신경을 건드리기 시작했어.

오늘 오전 중에는 뒤죽박죽이 되어버린 사무실 서류를 정리하는 일을 시작했어. 그 일을 하다보니까 거의 미치겠더라구. 그래서 마르고트 언니와 페터에게 도와달라고 했더니 둘 다 게으름을 피우는 거야. 그래서 서류를 그냥 제자리에 가져다놓았어. 내가 바본가? 혼자서 그 짓을 하고 있게?

안네 프랑크.

추신 : 중요한 소식을 깜빡했구나. 어쩌면 나도 곧 생리를 시작하게 될지 몰라. 내 팬티에 끈적끈적한 것이 묻어 있었는데 엄마가 그렇게 말씀하시더라구. 초조할 정도로 그 일이 기다려져. 그건 아주 중요한 일이거든. 생리대를 사용할 수 없다는 것이 유감이야. 생리대는 구할 수 없고, 엄마가 쓰는 탐폰은 아이를 낳은 여자들에게만 적합하단다.

 1942년 11월 5일 *Thursday*

소중한 키티.

마침내 영국인들이 아프리카에서 몇 차례 승리를 거두었고, 스탈린그라드는 아직 독일군대에게 함락되지 않았어. 이 소식을 들은 남자들은 굉장히 즐거워하고 있어. 그 덕에 오늘 아침에는 커피와 홍차까지 마실 수 있었어. 그 외에 특별한 소식은 없어.

　이번 주에는 책을 아주 많이 읽었어. 하지만 공부는 거의
안 했어. 그렇게 해야 오랫동안 지속할 수 있는 법이야. 내
일은 페터의 생일이야. 페터의 생일 이야기는 나중에 다시
할게. 요즘 엄마와 내 사이가 조금 나아졌어. 그렇다고 서로
마음을 터놓고 이야기할 정도는 아직 아니야. 아빠는 뭔가
에 몰두해 계시는데 무슨 일인지 말씀은 하려고 하지 않으
셔. 그래도 아빠는 여전히 상냥하단다.

　며칠 전부터 난로를 피워서 실내에 연기가
자욱해. 나는 중앙 난방이 훨씬 좋아. 그렇
게 생각하는 사람이 나 혼자만은 아닌 것 같
아. 마르고트 언니는 단적으로 말해서 가증
스러워. 밤낮없이 나를 극도로 신경질 나게
만든다니까.

　안네 프랑크.

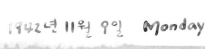

1942년 11월 9일　Monday

소중한 키티.

　어제는 페터의 생일이었어. 페터는 이제 16살이야. 나는
8시부터 위층으로 올라가서 페터의 생일 선물을 살펴보았

어. 선물 중에는 게임 기구, 면도기, 라이터가 있었어. 페터는 담배를 거의 피우지 않지만 페터가 담배를 피우는 모습은 멋져. 그 누구보다도 히트를 친 것은 판 단 아저씨야. 판단 아저씨가 1시에, 영국군이 튀니스와 알제와 카사블랑카와 오랑(넷 모두 아프리카 북부 지중해 연안에 있는 도시-역주)에 상륙했다는 소식을 전했어. 전쟁의 마지막 장이 시작되었다고 모두들 말했어. 영국 사람들도 그런 이야기를 하면서 좋아했었는지 처칠 영국 수상이 이렇게 말했대.

「영국군의 상륙은 결정적인 사실이다. 하지만 그것이 마지막 장의 시작이라고 생각해서는 안 된다. 나는 그것이 단지 첫 장의 끝을 알리는 사건이라고 말하고 싶다.」

그 차이를 알겠니? 하지만 낙관적으로 볼 만한 이유가 분명히 있어. 러시아의 도시 스탈린그라드가 독일인 손에 넘어가지 않고 석 달째 버티고 있어.

현재 은신처 사람들의 주 관심사를 고려해서 식량에 대해서 한 마디 해야겠어(위층 사람들은 정말로 대단한 식도락가들이야). 우리에게 빵을 대주는 빵집 주인은 클레이만 씨가 아는 분인데 아주 친절해. 물론 집에 살던 시절과는 비교가 안 되지만 그래도 충분한 양을 공급받고 있어. 식량 배급권은 불법으로 구입하는데 가격이 계속 오르고 있어. 27플로린이던 것이 지금은 33플로린이란다. 종이 위에 고작 글자 몇 개 찍힌 것이 그렇게 비싸단다!

이미 갖고 있는 통조림 100개 외에 쉽게 상하지 않는 식량을 비축해 두기 위해서 콩 135킬로그램을 샀어. 전부 우리가 먹을 것은 아니고 사무실 직원들도 같이 먹을 거야. 콩을 자루에 넣어서 좁은 복도(비밀 문 뒤에 있는 복도)에 걸어두었는데 콩의 무게 때문에 콩 자루 꿰맨 자리가 군데군데 터졌어.

그래서 콩을 다락방으로 옮기기로 하고 페터에게 올려다놓으라고 시켰어. 모두 6개의 자루 중에서 5개를 옮기고 마지막 자루를 들어올리는 순간 박음질한 자루 밑 부분이 뜯어져나가면서 강낭콩이 비처럼, 아니 우박처럼 공중으로 튀어오르면서 계단 위로 흩어졌어. 자루 안에 25킬로그램의 콩이 들어 있었으니 마치 세상이 무너지는 것 같은 소리가 났어. 사무실에서는 낡은 건물 전체가 머리 위로 무너져내리는 줄 알았대. 페터는 잠시 동안 공포에 질려 있더니, 내가 계단 아래서 발목까지 빨간 콩의 파도 속에 잠겨 외딴섬처럼 혼자 허둥대고 있는 것을 보더니 그만 웃음을 터뜨렸어.

우리는 즉시 콩을 주워 담기 시작했어. 그런데 콩이 어찌나 작고 매끄러운지 여기저기로 마구 굴러서 틈이 있는 곳이면 아무 데고 틀어박히는 거야. 지금도 사람들이 위층에 올라갈 때마다 가는 길에 콩을 한 움큼씩 주워서 아줌마께 갖다드릴 정도라니까! 참 편찮으시던 아빠가 이제 거뜬해지셨다는 말을 잊을 뻔했구나. 안녕.

안네.

추신 : 조금 전에 라디오에서 알제가 함락되었다는 방송을 했어. 모로코와 카사블랑카와 오랑도 며칠 전부터 영국군 수중에 들어갔어. 이제 튀니스만 남았어.

1942년 11월 10일 Tuesday

소중한 키티.

신나는 뉴스야, 여덟 번째 식구가 들어온단다! 사실 우리는 이곳에 한 명 더 살 만한 자리가 있다고 늘 생각해 왔단다. 단지 쿠글러 씨와 클레이만 씨의 짐이 더 무거워진다는 것 때문에 주저하고 있었을 뿐이야. 그렇지만 바깥 세상에서 들려오는 유대인에 관한 소식이 점점 더 험악해지는 것을 보고 아빠는 쿠글러 씨와 클레이만 씨의 의사를 조심스럽게 물어보았어. 두 분은 전적으로 찬성이셨어. 두 분은 일곱 명이나 여덟 명이나 위험은 마찬가지라고 말씀하셨대. 지당하신 말씀이야.

일단 그렇게 결정을 내린 후에 아는 사람들 중에서 우리와 같이 숨어살 만한 사람을 찾아보았어. 그건 그리 어려운 일이 아니었지. 아빠는 일단 판 단 아저씨의 친척은 제외했어. 결국 우리가 선택한 것은 알버트 뒤셀이라는 치과의사야. 뒤셀 씨는 기독교인 여자와 함께 사는데 아주 미인에다가 뒤셀 씨보다 훨씬 젊대. 그리고 이건 별로 중요한 문제는 아니긴 하지만, 아마 결혼은 하지 않은 사이인가 봐. 뒤셀 씨는 제대로 교육을 받은 침착한 사람이라는 평판을 받고 있어. 또 그리 가깝게 지내본 것은 아니지만 뒤셀 씨가 판단 아저씨 가족이나 우리 가족에 대해서 모두 친절했다는 것 같애. 미프 아줌마도 뒤셀 씨를 알고 지내니까 뒤셀 씨를 이쪽으로 안내하는 일은 미프 아줌마가 맡기로 했어.

뒤셀 씨는 내 방의 마르고트 언니가 자던 자리에서 주무셔야 할 거고 마르고트 언니는 접이식 침대를 사용할 거야. 우리는 뒤셀 씨에게 썩은 이빨을 때울 준비를 해가지고 와달라고 부탁할 거야. 안녕.

안네.

1942년 11월 17일 Tuesday

소중한 키티.

뒤셀 씨가 도착했어. 모든 일이 예정대로 진행되었어. 미프 아줌마가 뒤셀 씨에게 11시에 우체국 앞 근처에 있으면 어떤 남자가 찾으러갈 거라고 말해 두었대. 약속한 시간에 뒤셀 씨가 약속한 장소에 서 계시는데 클레이만 씨가 다가

오셔서, 약속한 사람이 지금 올 수 없다고 하면서 사무실로 가서 미프 아줌마를 만나보라고 하셨대. 클레이만 씨는 전철을 타고 오시고 뒤셀 씨는 걸어오셨대.

11시 20분에 뒤셀 씨가 출입문에 와서 노크를 했어. 미프 아줌마가 가슴에 단 노란 별이 보이지 않도록 뒤셀 씨에게 외투를 벗게 하고는 아빠의 전용 사무실로 안내했어. 전용 사무실에서 클레이만 씨가 그를 기다리고 있었어. 청소하는 아줌마가 갈 때까지 그들은 잡담을 나누었대. 미프 아줌마가 전용 사무실을 사용할 일이 있다는 핑계로 뒤셀 씨를 2층으로 모시고 온 다음에 비밀 문으로 쓰는 책장을 밀고 은신처로 들어서니까 뒤셀 씨의  눈이 동그래졌어. 그때 우리 일곱 명은 위층에서 코냑과 커피를 앞에 놓고 식탁에 둘러앉아 새로 오는 식구를 기다리고 있었거든.

미프 아줌마가 뒤셀 씨를 거실로 안내했어. 뒤셀 씨는 우리 집에서 본 가구가 거기 놓여 있는 것을 보긴 했지만 바로 한 층 위에 우리가 있으리라고는 상상도 못하고 계셨어. 미프 아줌마가 그 사실을 알려주자 뒤셀 씨는 기절초풍할 정도로 놀라셨어. 다행히도 미프 아줌마는 시간을 오래 끌지 않고 뒤셀 씨를 바로 위층으로 안내했어.

뒤셀 씨는 의자에 그대로 주저앉더니 한 마디도 하지 않고 이 상황을 차분히 파악이라도 하려는 듯이 우리를 돌아가면서 한 사람씩 쳐다보셨어. 그러더니 더듬거리며 말씀하셨어.

「아니, 그런데…… 당신들은 벨기에로 가지 않으셨나요? 군인이 오지 않았나요? 군용차는요? 도망을 가셨다면서요? 실패하셨나요?」

우리는 모든 걸 사실대로 말했어. 우리 뒤를 쫓는 사람들이나 독일인들을 따돌리기 위해서 군인이며 자동차 이야기를 꾸며낸 장본인이 바로 우리라고 말했더니 뒤셀 씨는 우리의 교묘한 수법에 놀라서 또다시 말문이 막히셨어.

뒤셀 씨는 하루 종일 다른 일은 아무것도 하지 않고 그저 놀란 눈으로 주위를 둘러보고, 또 실용적이고도 안락한 은신처를 찬찬히 훑어보기도 하셨어.

우리는 함께 점심을 먹었어. 뒤셀 씨는 잠깐 낮잠을 주무시고는 우리와 차를 마셨어. 그러고 나서 미프 아줌마가 미리 옮겨놓았던 소지품을 정리하고 타이핑한 은신처 규칙(판단 아저씨 작품)을 받고 나서야 비로소 자기 집처럼 편안히 느끼셨어.

다음은 은신처 규칙의 내용이야.

– 은신처 소개 및 사용 안내

유대인 및 유대인과 비슷한 처지에 있는 자의 일시적 거주를 전문으로 하는 시설.

연중 무휴 개방 : 암스테르담 도심에 쾌적하고 조용한 녹지에 위치. 가까운 곳에 위치한 이웃은 없음. 전차 13번과 17번 노선 통과. 자동차나 자전거로 접근 가능. 독일 당국이 이런 교통수단을 금지하는 경우에는 걸어서 와도 무방함. 아파트와 방(가구 달린 것도 있음). 언제나 사용 가능하며 식사 제공도 가능.

집세 : 없음.

식사 : 지방이 없는 건강식.

수도 : 욕실에 수돗물 공급(불행히도 욕조는 없음). 그 외에 바깥 벽과 안쪽 벽 여러 곳에 수도 시설이 있음. 훌륭한 난로 구비. 온갖 종류의 음식물을 위한 널찍한 수납 공간. 현대식 금고 두 개.

방송 청취 시설 : 런던, 뉴욕, 텔아비브 외에 다수 방송국과 직접 연결되어 있는 개인 라디오 방송국. 라디오 방송국 시설은 저녁 6시부터 모든 입주자에게 개방됨. 채널 선택은 자유이나 독일 방송 청취는 클래식 음악 방송같이 극히 예외적인 방송에 국한함. 은밀히 독일 방송을 듣고 독일 측 정보를 퍼뜨리는 행위는 엄격히 금지함(정보의 출처 불문).

휴식 시간 : 오후 10시부터 오전 7시 반까지. 일요일은 오전 10시 15분까지. 상황 변화에 따라서 지도부의 명령으로 낮에도 휴식 시간을 취할 수 있음. 공공의 안전을 위하여 휴식 시간은 엄격하게 지켜야 함.

휴가 : 휴가는 바깥에 나가게 될 때 얻을 수 있다는 점을

생각하여 새로운 명령이 내릴 때까지 일시적으로 중지함.

대화 : 언제나 낮은 소리로 이야기해야 함. 모든 문화 언어의 사용이 허용됨. 따라서 독일어는 당연히 사용할 수 없음.

독서와 여가 : 과학 서적이나 고전을 제외한 독일어 책을 읽는 것은 금지됨. 기타 모든 책은 허용함.

체조 : 매일 실시.

노래 : 낮은 소리로 오후 6시 이후에 한해 가능.

영화 : 주문제 상영.

수업 : 통신 속기 강좌 매주 시행. 영어, 프랑스어, 수학, 역사 수업은 수시로 실시. 수업료는 학생이 네덜란드어 교습 등을 해서 갚아야 함.

가축에 대한 특별한 양질의 서비스 제공(단 해충은 예외. 해충을 위해서는 특별 허가가 필요함).

식사 시간 : 아침 식사 9시. 단 일요일과 공휴일은 11시 30분에 아침 식사.

점심은 비교적 잘 갖춘 식사이며 시간은 1시 15분부터 1시 45분까지.

저녁은 더운 음식 또는 찬 음식으로 하며 시간은 정보 부서의 지시에 따라 결정.

물자 공급 지원에 대한 보답 : 언제라도 필요할 때 사무실의 작업 지원.

목욕 : 입주자 전원은 일요일 오전 9시부터 목욕통 사용 가능. 목욕 장소는 화장실, 부엌, 전용 사무실, 앞채 사무실 중에서 본인 취향에 따라 선택.

알코올 음료 : 의사의 처방이 있을 때만 마실 수 있음.

이상 끝. 안녕.
안네.

1942년 11월 19일 Thursday

소중한 키티.

우리가 기대했던 대로 뒤셀 씨는 매우 친절한 분이야. 뒤셀 씨는 나와 한 방을 쓰는 것에 대해 당연히 찬성이야. 다른 사람이 내 물건을 쓰는 것이 좋지만은 않지만, 때로는 좋은 일을 하기 위해서라면 참고 받아들일 줄도 알아야 하는 거야. 그래서 기쁜 마음으로 희생하고 있어. 우리 친구 중한 명을 구할 수만 있다면 다른 것은 부차적인 문제라고 아빠가 말씀하셨어. 아빠 말씀이 전적으로 옳아.

뒤셀 씨는 청소부 아줌마가 오는 시간은 언제며, 욕실과 화장실은 언제 사용할 수 있는지 등등 즉시 내게 질문 공세를 퍼부으셨어. 네가 들으면 우스울지도 모르지만, 숨어살 때에는 그런 일들이 그렇게 간단하지만은 않단다. 낮에는 아래층에서 우리 기척을 느끼지 못할 만큼 조용하게 있어야 하고, 청소부 아줌마 같은 외부인이 올 때면 두 배로 신경을 써야 해. 나는 뒤셀 씨에게 그런 내용을 자세하게 설명해 드렸어. 그런데 놀랍게도 뒤셀 씨는 이해를 하는 게 매우 더뎠어. 두 번씩 같은 질문을 하시고 이미 설명해 준 것도 기억하지 못하는 거야.

아직 충격에서 벗어나지 못하셔서 그렇지 시간이 지나면 나아질지도 몰라. 어쨌거나 모든 것이 잘 되어가고 있어. 뒤셀 씨가 우리가 오랫동안 알고 싶어하던 바깥 세상 소식을 많이 전해 주셨어. 그분이 말해 준 것은 너무 슬퍼. 친구며 아는 사람들이 수도 없이 끔찍한 곳으로 떠나갔어. 매일 저녁마다 녹색 또는 회색의 군용차가 지나가면서 집집마다 초인종을 울리고 혹시 집안에 유대인이 있는지 물어본대. 만약 유대인이 있으면 가족 전체를 차에 태우고, 없으면 그냥 지나쳐간대. 어디 숨지 않고는 아무도 그런 운명을 피할 수가 없어.

그들은 명단을 가지고 다니면서 약탈할 물건이 많이 있을 만한 집만 골라서 초인종을 울리는 일도 자주 있대. 자기들이 끌어가는 사람 머릿수대로 한 명당 얼마씩 받기도 한대. 마치 예전에 행해지던 노예 사냥 같애. 하지만 웃을 일이 아니야. 너무 슬픈 상황이야. 밤 어스름이 내릴 때쯤에 죄 없는 선량한 사람들이 우는 아이들과 함께 줄지어 가는 모습을 자주 볼 수 있어. 그 사람들은 게슈타포의 명령에 따라 계속해서 걸어야 해. 때로는 두드려 맞고 학대받고 그러다 지쳐서 마침내 쓰러지기도 하면서 말야. 노인, 어린이, 임산부, 병자, 그 누구도 예외가 없어. 모두들 죽음을 향해 끌려가는 거야.

우리는 여기서 얼마나 안락하고 평온하게 살고 있는 건지 몰라. 우리에게 그토록 소중한 사람들, 우리가 아무것도 해 줄 수 없는 그 사람들에 대해서 진정으로 걱정도 하지 않고 이렇게 편히 살면서 그 사람들이 당하는 비참한 모습을 보고 걱정을 한다는 것이 말이 안 되지. 내게 소중한 친구들이 매맞고 어쩌면 죽었을지도 모르는데 이렇게 편한 침대에 누워 있다는 게 한없이 미안할 따름이야.

나와 그토록 친하던 사람들이 이제는 이 세상에서 가장 잔인한 사람들의 손에 내맡겨져 있다는 생각을 하니까 무서워져. 그것도 단지 그들이 유대인이라는 이유 하나로 말야. 안녕.

안네.

1942년 11월 28일 Saturday

소중한 키티.

우리가 전등을 너무 많이 켜서 배정된 전기 사용량을 초과했기 때문에 앞으로 더 절약해야 해. 전기가 끊길 수도 있어. 15일 동안 전등 없이 살아야 한다니 기가 막힐 노릇 아니니? 하지만 무슨 수가 있을지도 몰라. 독서하기에 너무 어두운 4시나 4시 반부터 우린 바보 같은 짓들을 하면서 시간을 보낸단다. 수수께끼, 어둠 속에서 체조하기, 영어나 프랑스어로 말하기, 읽은 책에 대한 감상 발표 같은 것을 하는데 하다보면 그 일도 싫증이 나.

어제 저녁부터 나는 한 가지 새로운 소일거리를 발견했어. 성능이 좋은 망원경을 갖고 이웃집의 불 켜진 방을 들여다보는 거야. 낮 동안에는 커튼을 1센티미터라도 열면 안돼. 하지만 어두워지면 상관이 없거든.

나는 우리 이웃들이 그렇게 재미있는 사람들일 거라고는 상상도 하지 못했어. 가족이 탁자에 둘러앉아 영화를 보고 있는 집도 보았고, 치과의사가 안절부절못하는 할머니를 치료하는 것도 보았어.

아이들과 아주 잘 지내며 아이들을 아주 좋아한다는 평판이 있는 뒤셀 씨가 사실은 바른 행동에 대해서 끊임없는 설교를 늘어놓는 잔소리꾼이란다. 공교롭게도 이 일반 상식의 왕자님께서 비좁은 방을 함께 쓰는 은총을 베풀어주신(!) 귀한 존재인 나는 은신처의 아이들 셋 중에서 가장 버릇없기로 소문이 나 있어. 그런 내가 거듭되는 잔소리와 훈계를 교묘히 피한다거나 못 들은 척하는 일이 쉽겠냐고. 만약 뒤셀 씨가 고자질쟁이만 아니어도, 그것도 하필이면 엄마에게 미주알고주알 일러바치지만 않아도 그렇게 심각하지는 않을 거야. 내가 뒤셀 씨의 번개 세례를 받고 나면 엄마의 폭풍이 몰아치고, 운이 무척 없는 날은 아줌마까지 합세해서 5분 뒤에는 위층에서 우르르 쾅쾅 천둥이 치는 거 있지!

트집 잡기 좋아하는 은신처 가족들이 퍼붓는 잔소리 공격의 집중 세례를 받는 것이 쉽다고 생각지는 마라. 저녁에 누워서 하루 동안 내가 저지른 죄와 사람들이 지적하는 나의 단점에 대해 생각하자면 생각할 게 너무 많아서 정신이 하나도 없을 정도야. 그러면 나는 그날 기분에 따라서 마구 웃거나 울기 시작한단다. 그러다 보면 현재의 나와 다른 내가 되고 싶다는 생각을 하거나, 내가 나 스스로가 바라는 나 또는 나인 나와 다르구나 하는 아주 엉뚱한 생각을 한 채 잠들게 된단다.

아, 맙소사! 네 정신까지 없어지겠구나. 미안해. 하지만 난 썼다가 지우는 건 질색이야. 물자가 귀하기 때문에 종이를 버리는 건 금지되어 있어. 그러니까 이 마지막 구절은 제발 읽지 말아줘. 그 문장에 대해서 무슨 뜻일까 깊이 생각하지도 말아. 무슨 소린지 통 알기 힘들게 썼으니까 말야. 안녕.

안네.

소중한 키티.

올해는 성전봉헌절(유대력의 9월 25일(대략 12월 초)에 시작해서 8일 동안 진행되는 유대인의 연례 축제 — 역주)과 성니콜라스 축제(어린이들의 수호성인인 성니콜라스를 기념하는 날. 네덜란드의 성니콜라스 축제 관습이 미국으로 전파되면서 성니콜라스가 산타클로스로 바뀌었다 — 역주)가 거의 같은 때야. 성전봉헌절 바로 다음날이 성니콜라스 축제란다. 성전봉헌절은 아주 간소하게 지냈지. 선물을 교환하고 촛불을 켰는데, 초가 귀하기 때문에 촛불은 10분 동안만 켰지만 대신 노래를 불러서 그런대로 분위기는 살렸단다. 촛대는 판 단 아저씨가 나무로 만들었어.

토요일 저녁, 성니콜라스 축제는 그보다는 훨씬 훌륭했단다. 식사 내내 베프 언니와 미프 아줌마가 아빠와 귓속말을 주고받는 걸 보고 우리들의 호기심이 발동했어. 결국 우리는 세 사람이 무언가 몰래 준비하고 있다고 생각하게 되었지. 아니나 다를까, 8시에 우리는 모두 나무로 된 계단으로 해서 어둠에 잠긴 복도를 지나(나는 무서워서 벌벌 떨렸어. 차라리 안전한 위층으로 돌아가고 싶은 생각이 났어) 중간 방으로 갔어. 그 방에는 창문이 없기 때문에 불을 켜도 상관이 없어. 아빠가 큰 벽장을 열었어. 모두들 「어머 이쁘다!」 하고 소리를 질렀어.

위에 검은 피터(선물을 나누어주는 성니콜라스의 일을 돕는 사람-역주)의 가면이 달려 있고 선물 포장지로 장식을 한 바구니가 한 구석에 놓여 있었어. 우리는 즉시 그 바구니를 위층으로 가져왔단다. 바구니 속에는 한 사람 한 사람에게 맞는 시와 선물이 들어 있었단다. 성니콜라스의 시들은 너도 알고 있을 테니까 여기 적지 않을게. 나는 사람 모양을 한 브리오슈빵을 받았고 아빠는 책을 묶어서 들고 다니는 끈을 받았어. 어쨌든 각자에게 맞는 선물로 참 잘 골랐어. 그리고 우리 중에 지금까지 성니콜라스 축제에 축하 파티를 해본 사람이 아무도 없었기 때문에 모두들 그 일을 아주 기쁘게 받아들였어. 안녕.

안네.

The Diary of

1943년

ANNE
FRANK

소중한 키티.

오늘 아침에는 사람들이 계속 방해하는 통에 시작한 일을 다 끝내지 못했어. 우리는 새로운 일을 맡아서 하고 있단다. 육수 수프를 봉지에 담는 일이야. 수프는 히스&코 사에서 만든 제품인데 쿠글러 씨가 수프를 봉지에 담는 작업을 할 직원을 구하지 못했고 또 비용도 절약되고 해서 우리가 그 일을 하고 있어. 그 일은 마치 감옥에서 죄수들이나 하는 일 같아. 그 일을 하고 있으면 정말 지겹고 머리도 어지러운데 웃음이 나오는 것을 참기 어려워. 바깥에서는 끔찍한 일이 벌어지고 있어. 사람들이 밤낮없이 강제로 끌려가고 있어. 짐이라고는 달랑 배낭 하나와 돈 몇 푼을 가지고 가는데 그것마저도 도중에 빼앗긴대. 가족이 뿔뿔이 흩어져서 아빠와 엄마와 아이가 헤어지고, 아이들이 학교에서 돌아와 보면 부모가 온데간데없고, 엄마가 장 보러 갔다 와보면 집에는 들어가지 못하게 못질이 되어 있고 가족은 사라지고 없어.

네덜란드인 기독교도들도 불안 속에서 살고 있어. 기독교 집안의 아이들은 독일로 끌려가기 때문이야. 모두들 겁을 먹고 있어. 밤마다 수없이 많은 비행기가 네덜란드 상공을 날아서 독일 도시 위로 폭탄 세례를 퍼붓고 있어. 아프리카와 러시아에서는 매시간마다 수백 수천 명씩 죽어가고 있어. 아무도 바깥에 돌아다닐 수가 없어. 온 세계가 전쟁에 말려들었어. 연합군 측 상황은 조금 낫지만 아직 끝은 보이지 않아.

우리는 잘 헤쳐나갈 거야. 어쨌든 우리보다 못한 처지에 놓인 사람들이 수백만 명은 될 거야. 우린 아직 안전해. 비축해 둔 것을 먹으면서 평온하게 살고 있어. 우리는 얼마나 이기적인지 몰라. '전쟁이 끝나면'이란 이야기나 하고, 새 옷이나 새 신발을 살 생각이나 하고 있어. 전쟁이 끝났을 때 아직 구조될 가망이 있는 사람들을 도우려면 돈을 모아두어야 하는데 말야.

이곳 아이들은 외투도 모자도 없이 얇은 웃옷만 하나 달랑 입고 양말도 없이 맨발로 나막신만 신은 채 도와주는 사람도 없이 거리를 방황하고 있단다. 아이들은 굶주린 배를 움켜쥐고 당근을 씹으면서 다녀. 싸늘한 냉기가 도는 집을 나와 추운 거리를 지나 학교 교실로 들어가면 교실은 더 추워. 그래, 네덜란드는 완전히 망했어. 길거리에는 빵 한 조각만 달라고 손 벌리는 아이들이 우글거리고 있단다.

전쟁으로 빚어진 비참한 상황에 대한 이야기는 몇 시간을 해도 모자랄 거야. 게다가 그렇게 해봐야 기운만 빠질 거야. 이 역경이 끝날 때까지 최대한 침착하게 기다리는 수밖에 없어. 유대인과 기독교인 그리고 이 세상 모두가 기다리고 있어. 그 중에는 죽음밖에 기다릴 것이 없는 사람들도 많아. 안녕.

안네.

1943년 1월 30일 Saturday

소중한 키티.

화가 나서 미치겠는데 그런 티를 낼 수가 없어. 사람들이 나에게 퍼붓는 악담과 조롱 섞인 시선들, 모든 비난들이 팽팽히 당겨진 시위를 떠난 화살처럼 내 몸에 단단히 박혀서 나를 파고들고 있어. 나는 발을 구르고 소리치고 엄마를 한번 흔들어대거나 막 울거나 아니면 다른 그 어떤 짓이라도 해보고 싶어. 엄마와 마르고트 언니와 판 단 아저씨와 뒤셀 씨 그리고 아빠에게 「나 좀 가만히 내버려둬요. 하룻밤만이라도 베개를 눈물로 적시지 않게 해줘요. 내 눈이 벌겋게 충혈 되고 머리가 지끈거리지 않게 좀 해줘요. 모든 것에서 멀리 떨어져 세상에서 멀리 떠나게 좀 해달라구요!」 하고 마구 소리를 지르고 싶어.

하지만 그럴 수는 없어. 나의 이런 심정을 드러낼 수가 없어. 사람들이 자신들이 내게 남긴 상처를 들여다보게 할 수는 없어. 사람들의 동정이나 조롱 섞인 친절은 참기 어려울 거야. 그런 꼴을 보면 난 다시 소리를 지르고 말 거야.

모두들 내가 말을 하면 잘난 체한다고 하고, 아무 말도 없으면 가소롭게 보고, 대답을 하면 버릇이 없다고 하고, 좋은 아이디어를 내면 교활하다고 하고, 피곤하면 게으름뱅이라 하고, 한 숟갈이라도 더 먹을라치면 이기주의자라 하고, 어리석고 비겁하고 계산적이고 어쩌고저쩌고……. 나는 내가 지긋지긋한 아이라고 하는 소리를 하루 종일 듣고 있어. 그런 소리를 들을 때 나는 마치 전혀 신경 쓰지 않는다는 듯이 웃지만 사실은 정말 고통스러워. 사람들에게 반감을 불러일으키지 않는 성격으로 바꿔 달라고 신께 간청하고 싶은 심정이야.

하지만 그건 불가능한 일이야. 한번 만들어진 성격은 어쩔 수가 없어. 난 나쁜 애는 아니야. 그건 내가 알아. 나는 사람들을 만족시키려고 남들은 상상도 할 수 없을 정도로 노력하고 있단다. 나의 고통을 남들에게 내 보이기 싫기 때문에 웃음을 잃지 않으려고 애를 쓰고 있단 말이야.

엄마가 아무 근거도 없이 나를 또 혼 내서서 엄마에게 대들었어.

「엄마가 말하는 거 하나도 소용없다구요. 나한테 신경 쓰지 말아요. 난 구제 불능한 아이잖아!」

물론 엄마는 나보고 버릇이 없다고 하셨지. 사람들은 이틀 동안 내게 토라져 있다가 다시 다 잊어버리고 나를 그전처럼 대해 준다. 나는 하루는 상냥하다가 그 다음날에는 증오를 드러내고 그런 짓은 못해. 차라리 어중간하게 대하는 편이야. 그것도 올바른 것은 아니지만 말야. 나는 생각이 있어도 말하지 않고 다른 사람들이 나를 경멸하는 만큼 그 사람들을 경멸하려고 애를 쓴단다. 아, 제발 그럴 힘이라도 있으면 좋겠다! 안녕.

안네.

소중한 키티.

우리 엄마는 아이들의 대변자란다. 청소년에게 버터 추가
배급, 청소년 문제 등 하여튼 청소년에 대한 이야기만 나오
면 엄마는 무조건 아이들 편을 들고 그런 언쟁을 하면 거의
언제나 이기는 편이란다.

소혀 병조림 하나가 깨졌어. 고양이 무시와 모피가 한판
진수성찬을 벌였어.

너는 아직 모피를 모르지? 우리가 숨기 전부터 이곳에 있
던 고양이야. 창고나 사무실에 쌓아둔 물건에 쥐가 접근하
지 못하게 하는 일을 맡고 있지. 모피의 이름에 정치적인 의
미가 들어 있는데 간단히 설명해 줄게.

한동안 히스&코 사에는 고양이가 두 마리 있었어. 한 마
리는 창고, 다른 한 마리는 다락방을 지켰지. 그런데 두 마
리가 만나기만 하면 죽어라고 싸우는 거야. 창고를 지키는
고양이가 언제나 공격을 시작하지만 이기는 것은 항상 다락
방을 지키는 고양이야. 그래서 창고를 지키는 고양이는 독

일인이라고 해서 모피(네덜란드어로 경멸조로 '독일인'을 일컫는 '모프'라는 말에서 따온 것-원주)라는 이름을 붙였고, 다락방을 지키는 고양이는 영국인 또는 토미라고 불렀단다. 나중에 토미를 내보내고 이제는 모피만 남았는데 모피가 우리를 얼마나 웃기는지 몰라.

요즘은 붉은 강낭콩과 덩굴강낭콩을 얼마나 먹었던지 이제는 쳐다보기도 싫어. 강낭콩 생각만 해도 구역질이 다 난다니까.

이제 저녁때 빵이 나오지 않아.

아빠가 금방 기분이 좋지 않다고 말씀하셨어. 아빠가 슬픈 눈을 하고 계셔. 아, 불쌍한 아빠.

이나 바우디에 바케르의 〈문을 두드리는 소리〉를 손에서 놓을 수가 없어. 가족에 대한 이야기는 아주 잘 썼는데 전쟁이나 작가나 여성 해방에 관한 이야기는 별로야. 사실은 이 책에 대해서 크게 흥미를 느끼는 것도 아니야.

독일에 엄청난 폭격이 가해지고 있어.

판 단 아저씨는 저기압이야. 담배가 부족해서 그래.

통조림을 먹어야 하나 말아야 하나 하는 문제는 일단 우리에게 유리하게 결론이 났어.

이제는 내 발에 맞는 신발이 하나도 없어. 맞는 건 스키화 하나밖에 없는데 집 안에서 신을 수가 없으니까 짚으로 짜서 만든 6.5플로린짜리 신발을 하나 샀는데 일주일 만에 망가졌어. 어쩌면 미프 아줌마가 암시장에서 신발을 또 하나

구해 올지도 몰라.

아빠 머리를 내가 잘라드려야 하겠어. 핌은 전쟁이 끝나도 다른 이발소에는 가지 않겠다고 하셔. 그만큼 내가 머리를 잘 잘랐다는 말이지. 앞으로 아빠 귀에 상처 내는 일만 좀 줄어들면 좋겠어! 안녕.

안네.

1943년 3월 19일 Friday

소중한 키티.

한 시간 만에 즐거운 기분이 완전히 절망감으로 바뀌었단다. 터키 장관이 장차 중립을 포기하겠다는 성명만 발표했을 뿐 터키는 아직 참전을 하지 않고 있었어. 그런데 담 광장(암스테르담의 중앙 광장-역주)에서 신문팔이가 「터키가 영국 편에 가담했습니다!」라고 외쳐대더래. 사람들이 앞을 다투어 신문을 샀대. 그렇게 해서 용기를 북돋아주는 소식이 우리한테까지 전달된 거란다.

1천 플로린짜리 지폐의 유통이 금지되었어. 암거래를 하는 사람들도 힘들게 됐지만 '검은 돈'을 가진 사람이나 우리처럼 숨어사는 사람들이 더 곤란하게 됐어. 1천 플로린짜리

지폐를 바꾸려면 그 돈이 어디서 났는지를 대고 그 증거를
제시해야 한대. 세금을 낼 때는 1천 플로린짜리 지폐를 사용
할 수 있지만 그것도 다음 주까지만 가능하대. 5백 플로린짜
리 지폐도 무효라는 발표가 났어. 히스&코 사는 1천 플로린
짜리 지폐로 '검은 돈'을 갖고 있었는데 그것으로 나중에 낼
세금까지 모두 미리 내버렸어. 그렇게 해서 '검은 돈'을 전
부 세탁한 셈이야.

뒤셀 씨에게 치과용 드릴이 도착했어. 내가 정밀 검사를
받을 차례가 곧 돌아올 거야.

뒤셀 씨는 은신처 규칙을 따르지 않고 있어. 함께 살던 여
자에게 편지를 쓰고 있어. 그 외에 다른 사람들하고도 편지
를 주고받고 있단다. 뒤셀 씨는 은신처에서 네덜란드어를
가르치고 있는 마르고트 언니에게 네덜란드어로 쓴 편지를
검토해 달라고 부탁한단다. 아빠는 뒤셀 씨에게 편지를 쓰
지 못하게 했고, 마르고트 언니도 문장을 고쳐주는 일을 그
만두었지만 내 생각에는 뒤셀 씨가 얼마 되지 않아서 다시
편지를 쓸 것 같아.

전 게르만 민족의 총통(히틀러를 말함―역주)이 부상당한
병사들 앞에서 말했어. 그걸 들으니까 슬펐어.
이런 식으로 질문과 대답이 오고갔어.

「저는 하인리히 슈펠입니다.」

「어느 전투에서 다쳤는가?」

「스탈린그라드입니다.」

「어디를 다쳤는가?」

「두 다리가 동상에 걸렸고 왼쪽 팔에 골절상을 입었습니다.」

라디오에서는 이런 끔찍한 이야기를 꼭두각시놀음처럼 꼭 이런 식으로 보도했어. 마치 병사들이 부상을 입은 것을 자랑으로 생각하는 것처럼 느끼게 한다니까. 부상이 심할수록 더 좋다는 듯이 말이지. 총통의 손을 잡는 영광을 누리게 된 것이(악수할 손이 남았다면 말이지만) 너무 감격스러워서 말을 제대로 못하는 병사도 있었어.

내가 뒤셀 씨의 향 비누를 떨어뜨려 실수로 밟아서 한쪽이 떨어져나갔어. 아빠에게 뒤셀 씨 비누를 다른 것으로 바꿔 달라고 부탁드렸어. 뒤셀 씨는 한 달에 비누 하나밖에 배급받지 못하니까 그렇게 해야 돼. 안녕.

안네.

1943년 3월 25일 Thursday

소중한 키티.

어제 저녁에 엄마, 아빠, 마르고트 언니와 내가 조용히 보내고 있는데 갑자기 페터가 들어오더니 아빠 귀에 대고 뭐라고 하는 거야. 「창고에 있는 통이 뒤집어졌다」, 「문에서 수상한 소리가 들린다」와 같은 몇 마디를 알
아들을 수 있었어. 마르고트 언니도 같은 소
리를 들은 것 같았지만 내가 창백해져서 어
쩔 줄을 모르고 있으니까 나를 진정시키려고
애를 썼어.

　우리 셋이 기다리고 있는 동안 아빠와 페터
가 아래층으로 내려갔어. 2분이 채 못 되어서 판 단 아줌마
가 왔어. 라디오를 듣고 계시는데 핌이 라디오를 끄더니 아
무 소리도 내지 말고 위로 올라가라고 하셨대. 하지만 낡은
계단은 조심조심 걸을수록 더욱더 삐걱거리는 법이잖아. 5
분 있다가 페터와 핌이 얼굴이 새하얘져 가지고 돌아와서
무슨 일인지 설명을 했어. 두 사람이 계단 밑에서 망을 보면
서 기다리고 있는데, 한동안 아무런 일도 없더니 갑자기 마
치 건물 어디선가 문을 쾅 닫는 것 같은 소리가 두 번 들렸
대. 핌은 단번에 위로 뛰어올라오고, 페터는 뒤셀 씨에게 가
서 알렸어. 뒤셀 씨는 매우 조심조심하면서 계단을 올라오
셨는데도 걷는 소리가 크게 났어. 모두들 신발을 벗고 위층
의 판 단 아저씨네 방으로 올라가야 했어. 아저씨는 감기가
심해서 누워 계셨어. 우리 모두 아저씨의 머리맡에 모여 지
금 벌어지고 있는 수상한 일에 대해 작은 소리로 이야기를
했어. 아저씨가 기침 발작을 일으킬 때마다 아줌마와 나는
무서워서 정신이 다 나가버릴 지경이었어. 누군가가 아저씨
에게 기침약을 드리자는 좋은 생각을 할 때까지 그 지경이

었지. 아저씨가 약을 드시자마자 기침이 딱 그쳤어.

기다리고 기다려도 더 이상 아무 소리도 들리지 않았어. 그래서 우리는 조용하던 집안에서 발소리가 들리자 도둑이 '걸음아 나 살려라' 하고 도망을 친 걸 거라고 생각했어. 그런데 문제는 라디오 채널이 영국 방송에 맞추어져 있고 라디오 주위로 의자가 둥글게 배치되어 있다는 점이었어. 만약 도둑이 문을 따고 들어왔고 민방위대가 그걸 보고 경찰에 신고라도 한다면 무슨 사태가 벌어질지 모르는 일이었어. 판 단 아저씨가 일어나 옷을 걸치고 모자를 쓰시더니 아빠와 함께 조심조심 아래로 내려가시고, 페터가 만약을 대비해서 무거운 망치를 들고 뒤따랐어. 마르고트 언니와 나를 비롯한 여자들은 위층에 남아서 불안에 떨고 있는데 5분 뒤에 남자들이 올라와서 집 전체가 조용하다고 말하는 것이었어. 우리는 물도 버리지 말고 화장실 물도 내리지 말기로 하자는 데에 모두 찬성했어. 그런데 모두들 극도로 긴장을 하고 있었기 때문에 그 영향이 소화기관에 미쳐서 화장실에 일을 보러 가면 얼마나 냄새가 진동했는지 몰라.

문제가 생길 때는 하나만 생기는 법이 없지. 하필 이럴 때 마음을 안정시켜 주는 베스터토렌의 종이 고장날 게 뭐람. 게다가 그날 저녁에는 포스카일 씨까지 평소보다 일찍 퇴근을 하셨으니 혹시 베프 언니가 열쇠를 찾지 못한 것은 아닌지, 베프 언니가 출입문 잠그는 것을 깜빡 잊은 것은 아닌지 통 알아볼 데가 있어야지. 그렇지만 그리 늦은 시간도 아니었고 우리가 짐작하는 일이 실제로 일어났는지도 확실하지가 않으니까 당장 무슨 문제가 있나 알아볼 필요는 없었어.

또 도둑이 들었던 8시 15분부터 10시 반까지 수상한 소리가 전혀 들리지 않았으니 조금은 안심이 됐어. 잘 생각해 보면 아직 이른 시간이라 길거리에 행인도 있을 텐데 도둑이 문을 따고 들어올 가능성도 별로 없는 거였어. 우리 중 한 사람이, 옆 건물 케흐 공장의 창고 주임이 아직 공장에 남아 일을 하고 있는지도 모른다고 말했어. 우리가 당황해 있었고 옆 건물과 우리 건물 사이의 벽이 두껍지 않기 때문에 그곳에서 나는 소리를 우리 건물에서 나는 소리로 착각했을 수도 있는 거고, 위급한 상황에서는 이런저런 상상을 하게 마련이라고.

모두들 자리에 눕기는 했지만 잠을 자지 못하고 뒤척이는 사람도 있었어. 아빠와 엄마와 뒤셀 씨는 모두 눈을 뜨고 있었고, 나로 말하자면 조금 과장해서 한잠도 자지 못했어. 오늘 아침에 남자들이 아래로 내려가서 출입문이 잘 잠겼나 흔들어보았어. 그런데 모두가 정상이었어!

재미있는 일이라고 볼 수만은 없지만 어쨌든 그런 일이 지나가고 나니까 그 일이 모든 사람에게 풍부한 화젯거리를 제공해 주었어. 지난 후에야 그런 일을 웃어넘길 수도 있는 법이니까. 하지만 우리 이야기를 듣는 베프 언니만은 아주 심각했어. 안녕.

안네.

소중한 키티.

만우절이라고 거짓말을 할 기분이 통 나지 않는구나. 「엎친 데 덮친다」는 속담이 더 어울리는 날이야.

첫째, 우리를 도와주시는 클레이만 씨가 어제 심한 위출혈이 있어서 최소한 3주 동안 누워 있게 됐어. 클레이만 씨는 위출혈을 자주 겪는데 치료 방법이 없단다. 둘째, 베프 언니가 감기에 걸렸어. 셋째, 포스카윌 씨가 다음 주에 병원에 입원하게 됐어. 아마 위궤양으로 수술을 해야 할 것 같아. 넷째, 오펙타의 새로운 배달 건에 대해 협상하러 포모진 공장의 임원들이 프랑크푸르트에서 오기로 되어 있어. 아빠가 협상에 대비해서 클레이만 씨와 세세한 내용까지 다 협의를 했는데 이제 그 내용을 모두 다시 쿠글러 씨에게 알려 주기에게는 시간이 너무 없어.

프랑크푸르트에서 임원들이 왔어. 아빠는 협상 결과를 예상하시고 벌써부터 두려워하고 계셔. 아빠는 답답한 마음에 이렇게 외치셨어.

「내가 협상 테이블에 앉을 수만 있다면! 아, 내가 사무실에 내려갈 수 없다니!」

「아빠, 귀를 바닥에 대고 들으면 되잖아요. 그 아저씨들이 아빠 전용 사무실에서 이야기 할 테니까 말이에요.」

그러자 아빠의 얼굴이 환해지셨어. 그렇게 해서 어제 아침 10시 반에 아빠와 마르고트 언니가 바닥에 자리를 잡고 앉았어(혼자보다는 둘이 듣는 편이 나을 테니까). 협상은 오전 중에 끝나지 않았어. 그렇지만 아빠는 불편한 자세로 있다 보니 완전히 지쳐서 계속해서 들을 수가 없었어. 2시 반에 복도에서 다시 이야기 소리가 들려오자 그때부터 내가 아빠 자리를 대신 지켰어. 마르고트 언니가 같이 있어주었어. 그런데 지루하게 계속되는 이야기 때문에 지겨워진 내가 차가운 리놀륨 바닥 위에서 갑자기 잠이 들어버렸지 뭐야. 마르고트 언니는 아래층에 소리가 들릴까 봐 나를 흔들어 깨우지도 못하고 그렇다고 소리를 지를 수는 더더욱 없었어. 한 30분쯤 있다가 잠에서 깬 나는 놀라서 벌떡 일어났어. 물론 협상이고 뭐고 전혀 기억하지 못했지. 다행히도 마르고트 언니가 주의 깊게 듣고 있었어. 안녕.

　　안네.

1943년 4월 27일 Tuesday

소중한 키티.

집안이 온통 싸우는 소리로 요란해. 엄마와 내가, 판 단 아저씨는 아빠와, 엄마는 판 단 아줌마와 서로들 남의 탓만

하고 있어. 정말 기막힌 분위기 아니니? 악명 높은 안네의 죄목이 적나라하게 드러났어.

프랑크푸르트에서 왔던 사람들이 지난 토요일에 다시 왔어. 그 사람들은 저녁 6시까지 여기 남아 있었어. 우리는 모두 위층에 모여서 손가락 하나 꼼짝 않고 있어야 했어. 이 건물 안이나 주변에서 일을 하는 사람이 없는 때는 우리가 한 발자국만 옮겨도 아빠 전용 사무실에서 다 들려. 그런데 나는 좀이 쑤셔서 가만히 있을 수가 없었어. 그렇게 오랫동안 꼼짝 않고 있는 건 절대 기분 좋은 일이 아니거든.

포스카윌 씨가 중앙병원에 입원했어. 다행히도 클레이만 씨의 위출혈이 생각보다 빨리 나아서 사무실에 나오기 시작했어. 클레이만 씨가 그러시는데 소방대가 등기소에 난 불을 끈다면서 호스로 물을 뿌렸는데 등기소를 물바다로 만들어서 손해가 더 늘어났단다. 정말 잘 하는 짓이라니까!

카를튼 호텔이 산산조각 났어. 소이탄(건물 등을 불태우는 데에 쓰이는 탄—역주)을 잔뜩 실은 영국 비행기 두 대가 정확히 장교 집회소 위로 떨어졌대. 페이젤 거리와 싱겔 거리 모퉁이가 완전히 불타버렸어.

독일 도시들에 대한 공습이 날로 심해지고 있어. 하룻밤도 조용히 잘 수가 없어. 수면 부족으로 내 눈 주위에 검은 기미가 생겼어.

우리가 먹는 음식은 한심해. 아침에는 마른 빵과 커피 대용 음료를 마시고, 보름 전부터 점심은 시금치와 푸른 채소야. 길이가 20센티미터 되는 아무 맛이 나지 않는 썩어빠진 감자도 있지. 혹시 살을 빼고 싶은 사람이 있으면 은신처에 와서 살면 좋을 거야. 판 단 아저씨 식구는 매일 우는소리를 하느라고 난리지만 우리 가족은 현실을 별로 심각하게 생각하지 않아.

1940년에 전쟁에 나갔거나 인력 동원 대상이 되었던 남자들은 모두 전쟁 포로 수용소에 가서 총통을 위해 봉사하라는 명령이 떨어졌어. 분명 연합군의 상륙을 대비한 조치인 것 같아! 안녕.

안네.

1943년 5월 1일 Saturday

소중한 키티.

뒤셀 씨 생일이 지났어. 뒤셀 씨는 생일날이 되기 전에는 자기 생일에 대해서는 안중에도 없다는 듯이 행동하더니 정작 미프 아줌마가 선물 꾸러미가 가득찬 장바구니를 들고 나타나니까 어린아이처럼 좋아하셨어. 뒤셀 씨랑 같이 살던 여자가 계란, 버터, 비스킷, 레모네이드, 빵, 코냑, 생강과자, 꽃, 오렌지, 초콜릿, 책, 편지지 등 선물을 잔뜩 보내왔어.

아저씨가 생일 잔칫상을 차렸어. 그 식탁을 삼 일 동안이나 그대로 놔두는 거야. 바보 같은 아저씨! 뒤셀 씨는 배불리 먹고 지낸단다. 아저씨 벽장 안에서 빵이며 치즈며 잼, 달걀이 발견됐어. 정말 수치스러운 일이야. 우리는 단지 사람 목숨 하나 살리자는 목적으로 아저씨를 이곳에 받아들였는데, 아저씨는 우리 몰래 자기 혼자 배불리 먹고 있다니. 우리가 갖고 있는 모든 걸 아저씨와 나누었는데 말야! 그뿐 아니야. 아저씨가 클레이만 씨와 포스카윌 씨와 베프 언니에게 아무것도 나누어주지 않는 걸 보고 우리가 또 얼마나 놀랐는지 몰라. 클레이만 씨 위장병에는 오렌지가 그렇게도 좋다는데 말야. 뒤셀 씨는 자기 배부른 것만 생각해.

오늘밤에는 네 번이나 짐을 꾸려야 했어. 그만큼 총격이 심했다는 얘기야. 오늘 나는 피난을 가야 할 경우에 내게 가장 필요한 물건을 가방에 챙겨놓았어. 엄마는 말씀하셔. 「피난을 어디로 가?」엄마 말이 옳아. 대대적인 파업이 일어나서 네덜란드 전체가 고생하고 있단다. 그래서 계엄령이 선포된 거야. 개인 식량 배급에서 버터 배급표를 하나씩 뺀 것도 그 때문이야. 아이들이 거리를 헤매고 있어.

오늘 저녁에 엄마의 머리를 감겨드렸어. 요즘 같은 사정에서는 머리 감는 일도 그리 쉽지가 않아. 샴푸가 떨어져서 끈적거리는 초록색 비누를 사용해야 돼. 엄마는 이가 열 개

밖에 남지 않은 빗으로 헝클어진 머리를 빗느라 고생하셨어. 안녕.

안네.

1943년 5월 2일 Sunday

소중한 키티.

이곳에서 우리의 생활 여건을 생각해 보면 숨어 지내지 못하는 유대인들에 비해 천국이나 다름없다는 결론에 도달한단다. 하지만 나중에 모든 것이 정상으로 되돌아온 후에 다시 생각해 본다면 집에서 그렇게도 깔끔하게 살던 우리가 이토록 비참한 지경에 처해졌었다는 것이 믿기 어려울 것 같아. 비참하다는 말은 품위 있게 살지 못한다는 뜻이야. 예를 들어서, 여기 온 이래로 우리는 방수포로 된 식탁보를 쓰고 있거든. 그런데 이제는 하도 오래 써서 지저분해. 우리가 숨기 전부터 사용해 오던 행주(구멍이 나서 너덜너덜한 행주야)를 가지고 때를 닦아내려고 종종 애를 써보지만 있는 힘을 다 주어서 닦아도 별 효과가 없단다.

판 단 아저씨네는 초겨울부터 플란넬로 된 홑이불을 깔고 자는데 세탁을 할 수가 없어. 배급표로 가루 비누를 구하는 일이 힘들 뿐만 아니라 비누의 질도 아주 형편이 없거든. 아빠 바지는 올이 풀려서 너덜거리고 넥타이도 낡은 티가 나. 오늘 엄마의 거들이 닳아서 못쓰게 됐는데 더 이상 손볼 수도 없어. 그리고 마르고트 언니는 너무 작은 브래지어를 하고 다녀.

엄마와 마르고트 언니는 둘이서 털스웨터 세 개로 겨울을 나고 내 스웨터는 너무 작아서 배꼽 위로 올라가! 물론 그런 일들은 다 참을 만하지만 내 팬티나 아빠의 면도 솔 같은 낡아빠진 물건들로 그럭저럭 꾸려가고 있는 우리가 나중에 전쟁이 끝나면 무슨 방법으로 전쟁 전의 생활 수준을 회복할 수 있을까 하고 생각하면 막막해진단다.

1943년 6월 13일 Sunday

소중한 키티.

아빠가 내 생일 선물로 써주신 시가 너무 훌륭해서 너에게 꼭 들려주고 싶어.

독일어로 시를 쓴 걸 마르고트 언니가 번역을 하느라고 애를 썼단다. 언니가 자청해서 번역을 했는데 완벽하게 하려고 얼마나 노력을 했는지 네가 읽으면서 판단해 보렴. 시의 앞부분에서는 올해에 일어난 사건들을 간단하게 요약하고 있는데 그 부분은 생략했어.

우리 집 막내, 너는 이제 더 이상 어린애가 아니란다.
네게는 사는 것이 쉽지 않구나.
누구나 네게 잔소리를 해대며 괴롭히지.
「경험이 있는 우리에게 배우렴.」
「우린 다 알아. 우리를 믿어라.」
「우리는 올바른 예의범절을 알고 있단다.」
지난해부터 너는 그런 삶을 감당해 왔지.
누구나 자신의 결점은 작게 여기는 법,
그래서 남들이 너를 그렇게 쉽게 나무라는 것이란다.
다른 사람의 잘못은 크게 보이는 법,
부모인 우리도 늘 다툼을 공평하게 처리하는 것은 아니지.
게다가 장녀나 장남을 혼내면 안 된다고들 한다.
내가 뭐 노인인가.
모든 잔소리를 그저 꿀꺽 삼켜버려야 하는 건가.
마치 쓴 약을 먹듯 참아야만 한다는 말인가.
그 모두가 다 가정의 평화를 위한 것이란다.
너도 일부러 그런 것은 아닐 거야.
매일 배우고 열심히 책을 읽는 거다.
그러면 지루할 새도 없을 거야.
그러나 또 한 가지 더 심각한 고민거리가 있지.
「무엇을 입을까? 내 옷들은 너무 작은 걸,

바지가 없는 걸,
블라우스는 식탁보처럼 낡았는 걸,
신발은 너무 작아 발을 아프게 하네,
모든 것이 날 괴롭히니 난 슬퍼.」
그래, 10센티미터나 자랐으니
아무것도 안 맞는 것이 당연하지.

식사에 관한 대목은 마르고트 언니가 미처 정리
를 못해서 여기에 적지 않았어. 어때 나의 시, 아름답지 않
니? 난 선물을 많이 받았어. 사람들이 예쁜 선물을 많이 주
었어. 그 중에는 내가 좋아하는 주제인 그리스와 로마 신화
를 다룬 두꺼운 책도 있어. 사탕도 많이 받았고. 모두들 자
기가 갖고 있는 것을 모아서 선물을 했단다. 이번에는 정말
이지 은신처 식구들의 막내로서 다른 때보다 축하를 더 많
이 받았단다. 안녕.
　안네.

1943년 7월 16일 Friday

소중한 키티.
또 도둑이 들었어. 이번에는 진짜야!

오늘 아침 7시에 페터가 보통 때처럼 창고에 내려갔는데 창고 문과 큰 길 쪽으로 난 문이 열려 있더라는 거야. 페터는 즉시 아빠에게 알렸어. 아빠는 바로 아빠의 전용 사무실에 있는 라디오를 독일 방송으로 맞추어놓고 열쇠로 문을 잠갔어. 그 뒤 두 사람 모두 위층으로 올라왔어.

그와 같은 경우에 지켜야 하는 규칙은, 물을 사용하지 말 것, 움직이지 말 것, 8시까지 옷을 다 입고 대기 상태로 있을 것, 화장실에 가지 말 것 등이야. 보통 때와 마찬가지로 이 규칙들은 조금도 어김없이 잘 지켜졌어.

우리 여덟 명 모두 그날 밤에 아무런 수상한 소리도 듣지 못하고 잘 잔 것을 천만다행으로 생각하면서 가슴을 졸이며 기다리고 있었지. 그런데 겨우 11시 반이나 되어서야 클레이만 씨가 은신처에 나타나서 우리는 약간 화가 났어. 클레이만 씨가 그간 사정을 설명해 주었어. 도둑들이 지렛대로 바깥문을 부수고 창고의 자물쇠를 따고 창고로 들어왔대. 그런데 창고에 훔칠 만한 것이 없으니까 한 층을 더 올라와 본 거야. 도둑은 40플로린이 들어 있는 작은 금고 두 개 하고 금액이 적혀 있지 않은 우편환과 은행 수표책을 가져갔어.

가장 심각한 것은 우리에게 배급 나온 설탕을 몽땅 가져가 버린 거야. 값으로 치면 1백5십 플로린어치야.

쿠글러 씨는 이번에 들어온 도둑이 6주 전에 들어와서 세 개의 문(창고 문과 출입문 두 개)을 열려고 하다 실패했던 도둑과 한 패라고 생각하서.

이번 사건으로 우리 건물이 한번 들썩했지만 은신처 사람들의 생활을 더 이상 바꿀 여지가 없단다. 우리는 그나마 타자기와 금고를 옷장 안에 숨겨두었던 것을 큰 다행으로 여기고 있어. 안녕.

안네.

추신 : 연합군이 시칠리아에 상륙했어. 이제 그날이 조금 더 가까워진 거야……

1943년 7월 23일 Friday

소중한 키티.

베프 언니는 현재 노트, 신문, 큰 책들을 좀 더 구할 수 있대. 하나같이 계산에 밝은 마르고트 언니에게 딱 맞는 물건들이야! 다른 종류의 노트도 파는데 그게 어떤 종류며 또 언제까지 팔 것인지는 묻지도 마. 현재로써는 노트 위에 '배급표 없이 살 수 있음'이라고 찍혀 있어. 하지만 배급표 없이 살 수 있는 물건들이 다 그렇듯이 그 노트도 아무 값어치도 없는 물건이란다.

그 노트는 모두 12장으로 되어 있는데 종이 색깔은 칙칙

하고 줄은 빽빽한데다가 삐뚤빼뚤이야. 마르고 트 언니는 속기 강의를 신청했던 그 주소로 서 법(글씨를 예쁘게 쓰는 법 – 역주) 강의를 신청해도 되는지 궁금해하고 있어. 나는 언니에게 서법 공부를 하라고 강력하게 권했어. 엄마는 눈이 나쁘다고 내가 서법 공부를 하는 걸 강력히 반대하셔. 하지만 그건 말도 안 되는 소리인 것 같아. 서법 공부를 하든 다른 걸 하든 마찬가지란 말야.

소중한 키티, 네가 아직 전쟁이란 걸 겪어보지 않았고 또 내가 편지에서 늘 이야기해도 숨어산다는 것이 어떤 건지 그저 막연하게밖에는 모를 테니까, 내가 재미로, 은신처 사람들이 여기서 나가면 제일 먼저 하고 싶은 일이 무엇인지 알려줄게.

마르고트 언니와 판 단 아저씨는 반 시간 동안 머리끝부터 발끝까지 온몸을 따뜻한 목욕물에 담그고 있을 거래. 판 단 아줌마는 빵과자를 사드실 거래. 뒤셀 씨는 그저 자기 애인 샤를로테밖에는 몰라. 엄마는 엄마의 커피 잔이 그립다고 하시고, 아빠는 포스카일 씨 댁에 갈 거고, 페터는 시내에도 가고 영화관에도 가고 싶대. 나는 너무 행복한 나머지 어떤 일부터 해야 할지 모를 거야.

지금 가장 그리운 것은 우리 집이야. 내가 마음대로 휘젓고 다녀도 좋은 나의 집. 음, 그리고 또 누구의 지도를 받아서 공부를 하는 것, 다시 말해서 학교에 다니는 거지! 베프 언니가 우리에게 과일을 사라고 권했어. 와, 거의 거저야. 포도가 1킬로그램에 5플로린, 구즈베리가 5백 그램에 0.7플로린, 복숭아 하나에 0.5플로린, 멜론이 1킬로그램에 1.5플로린이야.

「가격을 올리는 것은 사기 행위다!」라고 쓴 커다란 활자가 날마다 석간 신문에 실린단다. 글쎄…….

1943년 9월 10일   Friday

소중한 키티.

내가 너에게 편지를 쓸 때마다 항상 뭔가 특별한 일이 하나씩 있었고 대개는 좋은 일이 아니라 나쁜 일이었지. 하지만 이번에는 좋은 소식이야.

우리는 9월 8일 수요일 저녁에 7시 뉴스를 듣기 위해서 라디오 앞에 앉아 있었어. 라디오를 켜자마자 이런 이야기가 흘러나오는 거야.

「전쟁이 시작된 이래 가장 기쁜 소식입니다. 이탈리아가 항복했습니다.」(제2차 세계대전 당시 미국, 영국, 프랑스, 소련, 중국 등을 중심으로 연합군을 결성하여 파시즘 세력인 독일, 이탈리아, 일본의 동맹국에 대항하여 전투를 벌였다. —역주)

8시 15분에는 네덜란드의 라디오 오렌지 방송에서 이런 방송이 나왔어.

「친애하는 청취자 여러분! 1시간 15분쯤 전, 제가 뉴스를 마치고 난 직후에 이탈리아의 항복이라는 멋진 소식이 전해 졌습니다. 뉴스 원고를 바구니에 던져넣으면서 오늘처럼 만족스러웠던 적은 없었습니다!」

이어서 미국 국가인 '신이여 여왕을 구하소서'와 소련 국가인 '인터내셔널'이 흘러나왔어('신이여 왕을 구하소서'는 미국에서도 불리기는 하지만 영국 국가인데 안네가 착각한 듯하다. 미국 국가는 '성조기여 영원하라'이다—역주). 라디오 오렌지의 보도는 평소와 마찬가지로 사람들의 사기를 북돋우는 내용이었으나 그다지 낙관적이지는 않았어.

영국군이 나폴리에 상륙했어. 이탈리아 북부 지역은 독일군이 차지하고 있어. 영국군이 이탈리아에 상륙한 9월 3일 금요일에 이탈리아와 휴전 협정에 대한 서명이 끝났어. 독일은 모든 신문 지상에서 이탈리아 바돌리오 총리와 이탈리아 국왕의 배신에 대해서 맹렬히 비난을 퍼붓고 있어.

클레이만 씨에 대한 우울한 소식도 있어. 우리 모두 클레이만 씨를 얼마나 좋아하고 있는지 너도 알지? 클레이만 씨는 몸 상태가 더 안 좋아져 통증도 심해졌고, 제대로 먹지도 못하고 걷지도 못하는데도 불구하고 언제나 밝은 표정을 지으면서 놀라울 정도의 용기를 보여주신단다. 얼마 전에 엄마가 「클레이만 씨가 오면 태양이 빛나요!」라고 말씀하셨는데 그 말이 정말 맞아. 클레이만 씨가 별로 기분 좋지 않은

장 수술을 받으러 병원에 가야 한대. 적어도 4주일 동안 입원해야 한다는구나. 아저씨가 입원 인사를 하러 들르셨을 때 네가 봤어야 하는데 말야. 마치 어디 가벼운 산책이라도 나가시는 것 같더라니까. 안녕.

안네.

1943년 11월 3일 Wednesday

소중한 키티.

우리의 무료함도 달래줄 겸, 교양도 쌓게 할 겸, 아빠가 레이데 교육원에 강의 안내서를 보내달라고 부탁했단다. 마르고트 언니는 그 두꺼운 팸플릿을 적어도 세 번은 훑어보았지만 자기 취미와 우리의 금전 사정에 맞는 강의를 찾지 못했어. 그러자 아빠는 '새 기초 라틴어' 강의가 어떨까 알아보기 위해서 레이데 교육원에 재빨리 다시 편지를 보내셨단다. 신청하자마자 곧바로 교재 샘플이 도착했

어. 마르고트 언니는 아주 열심히 라틴어 공부를 했어. 그래서 강의료가 비싼데도 불구하고 강의 신청을 했어. 나도 라틴어를 배우고 싶은 마음은 간절한데 내게는 내용이 너무 어려워.

아빠는 나도 뭔가 새로운 공부를 할 수 있기를 바라셨어. 아빠는 클레이만 씨에게 내가 신약성서 공부를 할 수 있도록 학생용 성경을 구해 줄 수 있는지 물으셨어. 마르고트 언니는 약간 놀란 듯 「안네에게 성전봉헌절 선물로 성경을 사 주시려고요?」라고 물었단다.

아빠가 대답하셨어.

「그래……. 음, 성니콜라스 축제 선물로 주는 것이 더 나을 것 같구나.」

예수님과 성전봉헌절은 잘 맞지 않으니까 그러신 거지.

진공청소기가 망가져서 저녁마다 내가 낡은 솔로 양탄자를 쓸어야 한단다. 또 창문을 닫고, 전등과 난로를 켠 채 빗자루로 바닥을 쓸기도 하지.

'이 일이 오래 가지는 못할 거야.'

나는 첫날부터 이렇게 생각했어. 아니나 다를까 금방 불평이 터져나왔어. 엄마는 방 안에 날아다니는 먼지 때문에 머리가 아프다고 하시고, 마르고트 언니는 새로 산 라틴어 사전에 먼지가 낀다며 불만이고, 핌은 아무리 그래봐야 바닥이 조금도 깨끗해지지 않는다고 투덜거려. 봐, 사람이 한 노력에 대한 대가가 고작 이런 거라니까.

최근에 은신처에서는 일요일 아침 5시 반에 난로에 불을 피우는 대신 7시 반에 피우자는 결정을 내렸어. 나는 그게 위험하다고 생각해. 우리 굴뚝에서 연기가 나오면 이웃에서 어떻게 생각하겠느냐고? 커튼 문제도 그래. 우리가 여기 온

이후로 커튼은 그 자리에 그대로 고정된 채로 있어. 그런데 때로는 불현듯 바깥을 내다보고 싶다는 생각에 사로잡히는 사람이 꼭 있어. 그것을 비난하는 소리가 몰아치면 「어쨌든 아무도 알아채지 못한다구요」라고 간단히 말해.

이런 식으로 부주의가 번번이 저질러지고 있다니까.

「아무도 알아채지 못해, 아무도 듣지 못해, 아무도 주의를 기울이지 않아.」

말이야 쉽지. 하지만 사실이 그럴까? 현재는 뒤셀 씨와 판단 아저씨 집안의 사이가 안 좋은 것 빼고는 소란하던 말싸움이 조금은 잠잠해졌어. 뒤셀 씨가 아줌마를 보고 「가련한 멍텅구리」 또는 「지독한 바보」라고 하면, 아줌마는 잘난 체하는 뒤셀 씨에게 「자존심이 상한 노처녀」라고 응수를 한단다. 정말이지 남의 결점은 아무리 작은 것이라도 그냥 넘기지를 못한다니까! 안녕.

안네.

 ## 1943년 11월 8일 Monday 저녁
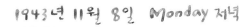

소중한 키티.

내 편지 며칠 분을 연속해서 읽어보면 편지를 쓸 때마다 내 기분이 늘 바뀌고 있다는 걸 알 수 있을 거야. 은신처의 분위기가 내 기분에 커다란 영향을 미치고 있는 걸 보면서 나 스스로도 짜증이 난다. 하지만 나만 그런 게 아니고 여기 있는 사람들 모두가 마찬가지야. 감동적인 책을 읽고 있을 때면 다른 사람 앞에 나서기 전에 다시 한번 내 마음을 가다듬어야 한단다. 그렇지 않으면 사람들이 내가 살짝 미쳤다고 생각할 거야.

너도 이미 눈치를 챘겠지만, 현재 나는 약간 우울한 시기에 접어들었어. 왜 그런지 모르겠어. 아마 계속 겁을 먹고 있기 때문일 거야. 오늘 저녁에 베프 언니가 여기 다시 왔을 때 누군가가 오랫동안 매우 끈질기게 초인종을 눌렀어. 그 때문에 난 얼굴이 새파랗게 질리고 두려움이 느껴지면서 심장이 팔딱팔딱 뛰었어. 겁이 났기 때문이야!

저녁에 침대에 누워 있으면 엄마도 아빠도 없이 나 혼자 지하 독방에 갇혀 있는 기분이야. 어떤 때는 나 혼자 길을 헤매거나, 은신처에 불이 나거나, 밤에 그들이 우리를 잡으러 오는 상상을 하면서 완전히 절망에 빠져서 침대 밑으로 숨는단다. 마치 그 모든 일을 실제로 겪고 있는 것처럼 모든 장면이 생생하게 보이고, 당장 그 순간에 그런 일이 곧 일어날 것 같은 생각까지 드는 거야.

미프 아줌마는 우리가 여기서 편안히 한갓지게 지낸다고 우리를 부러워해. 그럴지도 모르지. 하지만 미프 아줌마는 우리의 불안감에 대해서는 미처 생각하지 못할 거야. 나는 우리에게 세상이 다시 전처럼 정상적으로 돌아갈 거라는 생각을 할 수가 없어. 나도 물론 '전쟁이 끝나면'이라고 말할 때가 있기는 하지만, 마치 결코 이루어질 수 없는 일을 이야기하듯이 그저 말을 해보는 것뿐이란다.

나는 우리 여덟 명이 사는 은신처가 마치 온통 시커먼 구름이 둥글게 둘러싸고 있는 파란 하늘 같아. 파란 원 안에 있는 우리는 안전하지만 구름이 점점 더 가까이 다가오고 있어. 우리를 위험으로부터 보호하고 있는 원이 작아지면서 점점 우리를 조여오고 있어. 지금 위험과 어둠이 너무 가까이 다가와 있기 때문에 우리는 더 이상 어디로 도망가야 할지 모른 채 서로 부딪치고 있는 거야. 우리 모두 아래를 내려다보면 사람들이 다투고 있어. 우리 모두 위를 올려다보면 고요하고 아름다워. 현재로써는 우리를 보호하는 원이 주위를 둘러싼 두꺼운 구름장에 의해서 위쪽으로도 아래쪽으로도 밀리지 않고 정체된 상태야. 뚫을 수 없는 벽처럼 우리 앞에 떡 버티고 선 구름이 우리를 없애려고 하지만 아직은 그렇게 하지 못하고 있어. 내가 지금 할 수 있는 일이라고는 단지 「아, 제발! 원아 좀 더 커져라. 커져서 활짝 열려버려라!」하고 외치면서 애원하는 일뿐이야. 안녕.

안네.

소중한 키티.

이번 편지는 만년필을 추모하는 뜻에서 '나의 만년필에게 바치는 노래'라는 제목을 달겠어.

나의 만년필은 내게 늘 소중한 존재였어. 나는 만년필에게 매우 깊은 경의를 표했어. 특히 두꺼운 촉이 아니면 글씨를 깨끗하게 쓰지 못하는 나에게 그 두꺼운 펜촉은 정말 좋았지. 나의 만년필의 길고 감동적인 삶에 대해서 간략하게 이야기할게.

나의 만년필은 내 나이 9살 때 '무료 샘플'(소포 위에 우편물의 종류를 표시한 것―역주)이라 표시된 면직물로 싼 조그만 상자 안에 담겨서 머나먼 독일의 아헨에서 왔단다. 만년필을 선물하신 너그러운 마음씨의 우리 외할머니께서 아헨에 살고 계셨어. 당시 나는 유행성 독감에 걸려서 누워 있었고 밖에는 2월의 찬바람이 불고 있었단다. 멋진 만년필은 붉은색 케이스에 담겨 있었지. 자랑스러운 만년필의 소유자 나 안네 프랑크는 만년필이 도착한 날부터 모든 친구들에게 내 만년필을 자랑했단다.

10살 때 나는 만년필을 학교에 가지고 갔었어. 선생님께서 만년필을 사용해도 좋다고 하셨어. 그러나 11살 때에는 나의 그 귀중한 보물을 한쪽 구석에 놓아둘 수밖에 없었단다. 초등학교 마지막 학년 담임 선생님께서 펜 이외의 필기도구는 못쓰게 하셨기 때문이지. 내가 12살이 되어 유대인 중등학교에 입학했을 때, 나의 만년필은 새 케이스를 선사받는 영광을 누렸단다. 연필도 넣을 수 있고 지퍼로 잠글 수도 있는 좀 더 그럴 듯한 케이스였지. 내 나이 13살에 나는 만년필을 은신처로 가지고 들어왔어. 이곳에서 만년필은 나와 함께 수많은 수첩과 노트를 거쳐왔단다. 내 나이 14살에 만년필은 자기의 마지막 해를 살았고, 오늘 그만…….

   어느 금요일 오후 5시가 지나서, 나는 내 방에서 나와 글을 쓰려고 식탁 앞에 앉았어. 그때 사람들이 아빠와 마르고트 언니가 라틴어 공부를 하게 자리를 비켜주라면서 나를 거칠게 옆으로 밀쳐냈단다. 만년필은 글을 써보지도 못하고 그대로 그 자리에 남겨졌고, 만년필 주인은 탁자 한 구석으로 밀려난 신세를 한탄하며 한숨을 지으면서 강낭콩을 닦아내고 있었단다. 여기서는 곰팡이가 핀 강낭콩을 말끔하게 손질하는 것을 '강낭콩을 닦아낸다'고 한다.
   5시 45분이 되자 바닥을 쓸었고, 쓰레기와 썩은 강낭콩을 신문지에 싸서 난로에 집어넣었어. 불길이 높이 솟아올랐어. 나는 죽어가던 불길이 활활 타오르는 것을 재미있게 구경하고 있었지. 집안이 조용해지고 라틴어 공부를 하던 아빠와 언니도 자리를 떠났기에 나는 다시 글을 써볼까 하고 식탁에 앉았어. 그런데 아무리 찾아도 나의 만년필이 없는 거야. 나도 다시 찾아보고, 마르고트 언니와 엄마, 아빠, 뒤셀 씨까지 모두 합세했지만 만년필은 감쪽같이 사라지고 없었어.

「어쩌면 강낭콩과 같이 난로 속에 들어갔는지도 모르지!」

마르고트 언니가 말했어. 나는 「절대로 그럴 리가 없어!」라고 대답했지. 그렇지만 그날 저녁에도 나의 만년필은 나타나지 않았어. 우리는 모두들 만년필이 타버렸을 것이라고 생각했어. 셀룰로이드로 된 만년필은 아주 잘 타니까 말야.

그 슬픈 예감은 적중했어. 그 다음날 아침에 아빠가 난로 청소를 하시다가 재 속에서 만년필에 달린 금속 장식을 발견하셨어. 금으로 된 펜촉은 완전히 다 타버렸어.

「내열성 석재에 닿아서 녹았는가 보다.」

아빠가 말씀하셨어. 그래도 나의 만년필이 화장되었다는 생각을 하면 조금은 위안이 돼. 나도 죽은 후에 화장했으면 하거든. 안녕.

안네.

1943년 12월 24일   Friday

소중한 키티.

우리는 모두들 은신처 전체 분위기의 영향을 받고 있다고 내가 전에도 몇 번이나 네게 말했지. 최근 내게 그 증상이 더 심해졌어. '날아오를 듯이 기쁘면서도 슬퍼서 죽을 것 같다'고 하는 것이 요즘 내 기분에 딱 맞는 표현일 거야. '날아오를 듯이 기쁘다'는 것은 다른 유대인 아이들과 비교해 볼 때 여기서 사는 것이 그만큼 쾌적하다는 뜻이고, '슬퍼서 죽을 것 같다'고 하는 것은 예를 들어서 오늘 오후에 클레이만 씨 부인이 여기 오셔서 하시는 말씀을 들을 때와 같은 때 느끼는 기분이란다.

클레이만 씨 부인은 딸 요피의 하키 클럽 이야기며 카누 여행, 연극 공연 이야기와 친구 집에 가서 차를 마시는 이야기를 하셨어. 요피가 샘이 나서가 아니라 그런 이야기를 들으면 미칠 듯이 놀아도 보고 배가 아플 정도로 웃어도 보고 싶은 생각이 간절해진다. 더군다나 요즘같이 크리스마스와 신년 휴가 즈음이면 우리가 여기서 천민처럼 살고 있다는 생각이 들어. 천민처럼 산다는 말을 쓰면 배부른 소리를 한다고 하겠지만 다른 사람들이야 어떻게 생각하든 상관없단다. 모든 걸 속에 가만히 담고 있을 수는 없어. 그리고 처음에 내가 말했던 것처럼 '종이는 인내심이 강하다'

는 말을 다시 한번 기억해 주기 바래.

옷깃을 휘날리며 얼굴은 아직 차갑게 언 채로 바깥에서 누가 찾아오면 나는 '우리는 언제나 신선한 공기를 마실 수 있을까?' 하는 생각을 하지 않기 위해서 차라리 이불을 뒤집어쓰고 얼굴을 감추고 싶어져. 그렇다고 얼굴을 정말로 이불 속에 파묻을 수는 없는 노릇이니까, 오히려 머리를 당당하고 곧게 세우고 있지만 그런 생각이 나는 것만은 어쩔 수가 없어. 그것도 한 번뿐이 아니고 수없이 그랬어. 사람이 1년 반 동안이나 갇혀 살다보면 어떤 날은 신물이 날 정도로 지겹다는 생각이 든단다. 그럴 때는 정의가 어떻다는 둥 고마움을 알아야 한다는 둥 하는 소리를 들어도 그런 생각을 물리칠 수가 없는 법이란다. 자전거를 타고, 춤을 추고, 휘파람을 불고, 세상을 발견하고, 내가 젊다고 느끼고, 자유롭다는 걸 느끼는 것, 그런 것들이 바로 내가 동경하는 일들이야. 하지만 그런 감정을 내보이면 안 돼. 만약에 우리 여덟 명 모두가 불평을 늘어놓거나 불행한 표정을 짓는다면 우리는 어떻게 되겠니?

내가 지금 느끼고 있는 것을 이해할 사람이 과연 있을까 하는 점이 궁금해질 때가 가끔 있단다. 혹시 고마움을 모르는 나의 모습 뒤에, 유대인이다 아니다를 넘어서, 미친 듯이 놀아보고 싶어하는 어린 여자아이가 숨어 있는 것을 꿰뚫어 볼 수 있는 사람이 과연 있을까 하고 말야. 나는 그런 사람이 있는지 없는지 잘 모르겠고 이런 이야기를 누구한테 하고 싶지도 않아. 이야기를 하다보면 울어버릴 것 같아서 말이지. 울어버리면 위로가 될 텐데. 만약 내게 그 옆에서 울어도 좋은 누군가가 있다면 정말 좋겠어. 그리고 나 나름대로 이런저런 노력도 해보고 원리 원칙도 세워보고 하다가도 나의 생각을 이해해 줄 수 있는 엄마가 내게 있다면 얼마나 좋을까 하는 생각이 매순간 너무 간절해. 내가 나의 행동이나 나의 글을 통해서, 나중에 내 아이들에게는 내가 꿈에도 그리는 '맘스'(mams)(네덜란드에서 엄마를 이런 애칭으로 부르는 아이들이 있다−역주)가 되어주고 싶다고 다짐을 하는 것도 바로 그런 이유 때문이야. 사람들이 하는 말에 관심을 기울이기보다는 자기 아이가 장차 무엇이 될까 하는 문제를 더욱 진지하게 생각해 줄 줄 아는 그런 '맘스' 말이야.

맘스의 모습을 구체적으로 말하기는 힘들지만 그저 맘스라는 한 마디면 족해. 엄마를 맘스와 비슷한 애칭으로 부르기 위해서 내가 생각해 낸 말이 뭔 줄 아니? 난 엄마를 종종 '만사'(Mansa)라고 부르는데, 거기서 따서 '만스'(mans)라고 하기로 했어. 불완전한 맘스라는 뜻이야. 엔자(n)에 한 획을 내리그어서 엠자(m)로 만들 수만 있다면 얼마나 좋겠니? 물론 엄마는 이 사실을 모르지. 안다면 얼마나 슬퍼하겠니? 자, 이만하면 실컷 이야기했다. 글을 쓰고 나니까 슬퍼 죽을 것 같던 기분이 조금은 나아졌어! 안녕.

안네.

    금요일 저녁에 생전 처음으로 크리스마스 선물을 받았어.
미프 아줌마와 베프 언니 그리고 클레이만 씨와
쿠글러 씨가 우리에게 멋진 선물을 주었어. 미프
아줌마는 '1944년 평화'라고 쓴 크리스마스 케
이크를 직접 만들어오셨어. 베프 언니는 버터
팬케이크를 5백 그램이나 가져왔는데, 전쟁 전
에 먹던 것만큼 맛이 좋았어.
    페터와 마르고트 언니와 나를 위해서는 작은 병
에 담긴 야쿠르트를 준비했고, 어른들에겐 한 사람 앞에 맥
주 하나씩을 가져왔어. 모두 다 멋지게 포장이 되어 있었고
선물 꾸러미마다 예쁜 그림이 하나씩 붙어 있었어. 그러나
그뿐 우리의 크리스마스는 아주 빨리 지나가 버렸단다.
    안네.

The Diary of

1944년

ANNE
FRANK

1944년 1월 2일 Sunday

소중한 키티.

오늘 아침에는 할 일이 없어서 일기장을 뒤적여보았어. 엄마에 대해서 쓴 일기가 여러 장 눈에 띄었는데, 내가 너무 심하게 쓴 걸 보고 충격을 받았단다. 그래서 나 자신에게 「안네야, 증오라는 말을 쓴 게 과연 너란 말이니? 네가 어떻게 그럴 수 있니?」하고 물었어. 나는 펼쳐진 일기장을 손에 들고 한동안 꼼짝도 할 수 없었단다. 왜 너에게 다 털어놓지 않고는 못 배길 정도로 머리끝까지 분노와 증오심이 끓어올랐을까 설명해 보려고 노력했어. 일 년 전의 안네를 이해하고 용서하도록 노력하기로 했어. 당시에 네게 털어놓은 이런 비난의 말을 일기장에 써둔다면 내 마음이 편치 않을 것 같았어. 세월도 지났으니까 그만큼의 거리를 두고 냉정하게, 당시 왜 내가 그런 말을 했는지 네게 설명하고 싶었어. 그때 나는 너무 기분이 나빴고, 마치 머리를 물 속에 처박고 있거나 한 것처럼 제 기분에 빠져서 혼자 생각에 골몰했던 거야. 그래서 상대방의 주장에 대해서 차분하게 생각해 볼 수도 없었고, 나의 격렬한 기질 때문에 상처받고 슬퍼하는 상대방과 꼭 같은 심리 상태에서 행동했던 거야.

내가 내 자신 안에 꼭꼭 숨어 있었기 때문에 나 자신밖에 보이지 않고, 기쁨과 슬픔, 남에 대한 경멸 등 나의 감정을 아무런 거리낌없이 보이는 그대로 일기에 적었던 거야. 이 일기는 나의 모든 추억을 간직하고 있기 때문에 내게 매우 소중한 것이 사실이지만 이 일기장에는 '이제는 지나간 일'이라고 적어 넣어야 할 대목이 많이 있어.

나는 엄마에 대해 화가 나 있었어(지금도 그런 일이 종종 있지만). 엄마가 나를 이해하지 못했던 것도 사실이지만 나 역시 엄마를 제대로 이해하지 못했어. 엄마는 나를 사랑했기 때문에 내게 다정하게 대했어. 하지만 그렇지 않아도 힘든 상황에서 나까지 엄마를 불쾌하게 하는 일이 자주 생기니까 엄마가 신경질적이 되어 쉽게 화를 내신 거야. 엄마가 나에게 쌀쌀맞게 대한 것도 다 이해가 돼.

나는 엄마의 반응을 너무 심각하게 받아들였어. 그래서 화도 내고 엄마에게 버릇없이 굴고 까다롭게 굴었던 거야. 그런 나 때문에 엄마는 더욱더 슬퍼졌던 거고. 그런 식으로 상처를 주는 행동과 슬픔이 거듭된 거였어. 엄마에게나 내게나 그것은 기분 좋은 일이 아니지만 그러다가 마는 거지. 그런데 나는 그런 식으로 보려고 하지 않고 단지 내 자신에 대한 연민만을 느끼고 있었던 거야. 그 점도 이해할 수 있는 일이야.

만약 우리가 정상적인 생활을 하고 있었다면 그렇게 험악한 말을 쓰는 대신에 방문을 걸어 잠그고 발버둥을 친다든지 엄마 몰래 혼자서 몇 마디 욕이나 내뱉으면 그런 화쯤은 눈 녹듯이 사라졌을 거야.

이제는 눈에 눈물이 그렁그렁 맺힌 채 엄마를 비난하던 시절은 지나가고 나는 좀 더 철이 들었어. 이제는 화가 나면 말을 안해 버리고 엄마도 마찬가지야. 그렇게 되니까 우리 관계가 전보다 좋아졌어. 하지만 난 어린아이처럼 천진하게 엄마를 사랑하게 되진 않아.

나는 엄마의 가슴에 상처를 남기는 것보다는 종이 위에 분풀이를 하는 것이 낫다고 생각하면서 나의 마음을 가라앉힌단다. 안녕.

안네.

 1944년 1월 6일 Thursday

소중한 키티.

오늘은 너에게 두 가지 이야기를 하려고 해. 이야기가 좀 길어질 거야. 누군가에게 이 이야기를 해야겠는데 네가 제일 나을 것 같아. 어떤 일이 있더라도 넌 영원히 비밀을 간직해 줄 테니까. 첫 번째 이야기는 엄마에 관한 거야. 내가 엄마에 대해서 종종 불평을 하긴 했어도, 엄마에게 친절하기 위해서 내가 무척 노력을 했다는 사실은 너도 알지? 그런데 순간적으로 갑자기 엄마의 문제가 뭔지 정확히 깨닫게 됐어. 엄마도 우리를 딸로 보기보다는 친구로 생각한다고 말씀하시곤 해. 좋은 말이긴 하지만 친구가 절대로 엄마를 대신할 수는 없는 거야. 나는 엄마를 본보기로 삼아 본받고 존경하고 싶은 거야. 물론 엄마가 내게 본보기가 되기는 하지만 안 좋은 본을 보이기 때문에 엄마처럼 행동하면 정말 안 되겠구나 하고 깨닫게 된단다.

마르고트 언니는 이 문제에 대해서 나와 완전히 다르게 생각하고 있는 것 같아. 아마 내가 지금 네게 한 말을 언니에게 들려주면 이해하지 못할 거야. 아빠는 엄마에 관한 이야기라면 절대로 하지 않으려고 해. 내가 바라는 엄마의 이상형은 아이들, 그 중에서도 특히 내 또래의 아이들을 기술적으로 다룰 줄 아는 엄마야. 그런데 우리 '만샤'는 정반대란다. 내가 무슨 일이 있어서 울면 엄마는 아픈 것도 아닌데 왜 우냐고 하면서 코웃음을 친단다.

이건 좀 우스운 이야기인지 모르지만 엄마를 절대로 용서할 수 없는 일이 하나 있어. 어느 날 내가 치과에 갔어. 엄마와 마르고트 언니가 함께 가주었는데 내가 자전거를 타고 가도 좋다고 했어. 치과에서 나오면서 엄마와 마르고트 언니가 아주 기분이 좋은 듯한 표정으로 시내에 뭔가(그게 무엇이었는지 기억이 나지 않아) 사러간다던가 아니면 보러간다고 말하는 거였어. 나도 두 사람을 따라가고 싶었지만 두 사람은 내가 자전거를 타고 있다면서 못 오게 했어. 화가 나서 내가 눈물을 글썽이니까 엄마와 마르고트 언니는 깔깔대고 웃었어. 너무 화가 나서 혀를 날름 내보였어. 그 순간 옆을 지나가던 키 작은 아줌마가 나를 이상하게 쳐다보는 거야. 자전거를 타고 집에 와서는 아마 한참 동안이나 울었을 거야. 엄마가 내게 상처를 준 일이 허다한데 그 중에서 하필 화가 났던 그때 그 순간만 생각하면 열이 나거든. 참 희한한 일이야.

두 번째 이야기는 내 이야기이기 때문에 하기가 매우 힘들다. 사랑하는 키티야, 내가 뭐 그리 수줍어하는 성격은 아니지만 사람들이 화장실에서 하는 일에 대해서 자세히 이야기할 때는 말이지, 온몸에서 거부 반응이 일어나곤 해.

어제 시스 헤이스터의 글을 하나 읽었어. 얼굴이 잘 빨개지는 경향에 대한 글이야. 그 글을 읽으면 마치 시스 헤이스터가 내게 개인적으로 이야기하는 것 같아. 내가 얼굴이 쉽게 빨개진다는 말은 아니지만 그 나머지 내용은 모두 다 그야말로 내 이야기야. 작가가 이야기하는 것은 대략 이래. 사춘기 소녀는 자기 자신에 대해 관심을 집중하고 자기 몸 속에서 일어나기 시작한 기적에 대해서 곰곰이 생각한다는 거야. 나 역시 그래. 최근에 나는 마르고트 언니나 엄마나 아빠 앞에 있으면 거북한 느낌이 들어. 나보다 훨씬 소심한 마르고트 언니는 전혀 그렇지 않은데 말야. 나는 내게 일어나는 일이 매우 놀라워. 겉으로 보이는 변화뿐만 아니라 속에서 진행되고 있는 변화도 말하는 거야. 내 자신에 관한 이야기나 그런 이야기를 다른 사람에게 하는 일이 없기 때문에 나 자신에게 하는 거야.

생리가 있을 때마다(지금까지 세 번 있었어) 통증과 불쾌함과 개운치 않은 기분에도 불구하고 내 안에 감미로운 비밀을 갖고 있는 것 같은 생각이 들어. 그래서 생리 때면 불편한데도 불구하고 내 안에서 감미로운 비밀을 느끼는 그 순간을 어떤 의미에서는 기쁘게 맞이하는데 그것은 바로 그런 이유 때문이란다.

시스 헤이스터는 또 사춘기 소녀들이 자기 자신에 대한 확신이 없지만 자기 자신도 자신만의 생각과 의사와 습관을 지닌 하나의 인격이라는 자각을 하게 된다고 쓰고 있어. 내가 여기 들어온 것이 막 13살이 되었을 때니까, 그 이전부터 이미 내 자신에 대한 생각도 하고 내 자신이 하나의 인격이라는 자각도 하기 시작했던 거야. 때때로 저녁때 자리에 누워 있을 때면 내 젖가슴도 만져보고 나의 심장이 평온하게 규칙적으로 뛰는 소리도 들어보고 싶은 강한 욕구가 생긴단다.

여기 오기 전에 나도 모르게 그런 감정을 한번 경험해 본 적이 있어. 자크의 집에서 잠을 잔 일이 있는데, 내가 볼까봐 항상 조심하는 자크의 몸에 대한 호기심을 억누를 수가 없었어. 우리의 우정을 걸고 한번 서로 상대방의 가슴을 만져보자고 제안을 했더니 자크가 거절을 했어. 그런데 갑자기 그애를 끌어안고 싶다는 불같은 욕망이 일어나서 그렇게 했단다.

나는 슈프링거의 예술사에 나오는 비너스상과 같은 여자 누드만 보면 황홀경에 빠진단다. 너무 아름답고 경이로워서 눈물을 흘리지 않기 위해 애를 써야 할 때도 있단다.

여자 친구가 한 명 있다면 얼마나 좋을까!

1944년 1월 6일 Thursday

소중한 키티.

누군가와 이야기를 나누고 싶다는 생각이 너무도 커져서 마침내 페터에게 말을 해보기로 했어. 전등이 켜져 있는 위층 페터 방에 가면 늘 기분이 좋아. 하지만 페터는 소심해서 절대로 자기를 찾아온 사람을 쫓아낼 성격이 못 되니까, 혹시 나를 지독히도 귀찮아하면서도 차마 말을 하지 못하고 가만히 있는 것은 아닐까 하는 생각이 들어서 오래 있지 못하고 금방 내려오곤 했어. 그러면서도 페터와 이야기할 수 있는 기회가 오기를 호시탐탐 기다리고 있었어. 그런데 어제 그 기회가 생겼어. 페터가 낱말 맞추기 퍼즐에 푹 빠져서 하루 종일 거기 매달려 있는 거야. 내가 페터를 도와주었어.

　우리는 페터 방에 있는 작은 탁자를 사이에 두고 페터는 의자에 앉고 나는 침대로 쓰는 긴 의자 위에 앉아 있었어. 푸른빛이 도는 페터의 눈을 똑바로 바라보고 있자니까 기분이 이상했어. 평소와 달리 내가 자기 방에 오래 머물러 있는데 대해서 페터가 무척 불안해하고 있다는 것을 알 수 있었어. 그의 마음을 아주 잘 읽을 수 있었어. 그가 어색해하고 있으며 자신감을 갖지 못하고 있지만 그와 동시에 어렴풋이나마 자기 자신을 남자로 의식하고 있다는 것을 그의 얼굴에서 느낄 수 있었어.

　나는 페터의 수줍어하는 태도를 충분히 이해했어. 그래서 그에 대한 연민이 생겼어. 나는 페터에게 「네 이야기를 좀 해줘. 끊임없이 떠들지 않고는 못 배기는 내 속에 숨어 있는 나의 참모습을 좀 바라다 봐」라고 말하고 싶었어. 하지만 그런 이야기를 생각해 내는 것은 쉽지만 그런 말을 하는 것은 훨씬 더 어렵다는 걸 절감했어. 아무 일도 일어나지 않은 채 저녁 시간이 그냥 지나가 버렸어. 그래도 얼굴이 빨개지는 성향에 대한 이야기는 했어. 내가 네게 보내는 편지에 썼던 그 이야기를 모두 다 한 것은 물론 아니지만 말야. 페터에게 세월이 지나면 페터 자신도 자신감을 갖게 될 거라고 말해주었어.

　저녁에 자리에 누워서 울고 또 울었단다. 하지만 아무도 내가 우는 소리를 듣지 않도록 조심했어. 페터의 호의를 구

걸한다는 생각 자체가 창피하게 느껴졌어. 사람은 자기가 원하는 것을 얻기 위해서라면 어떤 일도 다 할 수 있는 건가 봐. 나도 무슨 수를 써서라도 페터를 더 자주 찾아가서 말을 걸어보자고 작정을 했어.

그렇다고 내가 페터를 사랑하게 됐다고 생각하지는 말아 줘. 그건 절대 아니니까. 만약 판 단 아저씨 부부에게 아들이 아니고 딸이 있었다고 해도 나는 그애와 사귀려고 애를 썼을 거야.

오늘 아침은 7시 5분 전쯤에 잠에서 깼어. 잠에서 깨자마자 꿈을 꾼 내용이 생생하게 떠올랐어. 나는 의자 위에 앉아 있었고 페터…… 쉬프가 나와 마주보고 있었어……. 우리는 함께 메리 보스의 화집을 보고 있었어. 꿈이 아주 생생했기 때문에 지금도 그 그림을 떠올릴 수 있어. 그걸로 끝이 아니고 꿈이 계속돼. 갑자기 페터의 시선이 나의 시선과 마주쳤어. 나는 아름답고 포근한 페터의 갈색 눈을 오랫동안 가만히 바라보고 있었어. 그때 페터가 아주 부드럽게 말하는 거야.

「내가 이럴 줄 알았더라면 진작 너를 찾아오는 건데…….」

감동이 너무 격한 나머지 나는 몸을 획 돌려버렸어. 그러자 나의 뺨에 그의 뺨이 와닿는 부드러운 감촉이 느껴졌어. 어쩌면 그렇게도 풋풋하고 기분이 좋던지. 정말 모든 것이 너무나 좋았어…….

그 순간에 잠에서 깨어났는데 그때까지도 내 뺨에 닿아 있는 그의 뺨과 내 마음 깊숙이 와닿았던 그의 갈색 눈이 그대로 생생하게 느껴졌어. 나의 마음 깊은 곳까지 도달한 그의 눈은 내가 그를 얼마나 사랑했고 또 지금도 얼마나 그를 사랑하고 있는지 읽어냈어.

나의 두 눈에서는 눈물이 쏟아졌어. 페터를 다시 한번 잃게 되는 슬픔 때문에 가슴이 아팠던 거야. 그러나 한편으로는 페터가 여전히 내가 가슴으로 원하는 상대라는 것을 새삼 확신할 수 있었기 때문에 행복하기도 했어.

나는 희한하게도 꿈에서 그렇게 생생하고 정확한 이미지를 보는 일이 자주 있어. 한번은 할머니의 모습이 얼마나 분명하게 보였던지 할머니의 피부가 마치 부드럽고 도톰한 주름 잡힌 비로드같이 보인 적도 있어. 꿈에서 수호천사의 모습을 한 외할머니를 본 적도 있고 한넬리를 본 적도 있어. 내게는 한넬리가 내 모든 친구들과 모든 유대인의 불행을 상징하는 것으로 느껴져. 그래서 나는 한넬리를 위한 기도를 드릴 때는 모든 유대인과 모든 불쌍한 사람들을 위한 기도도 함께 드린단다.

지금 내게, 나의 사랑스러운 페터의 모습이 얼마나 분명하게 떠오르는지 그의 사진이 필요 없을 정도야.

1944년 1월 7일 Friday

소중한 키티.

난 바보인가 봐. 지금까지 나의 위대한 사랑 이야기를 네게 해줄 생각을 하지 못했다니. 내가 아주 어렸을 때, 유치원을 다니던 시절에 살리 킴멜이라는 남자애를 좋아했어. 살리의 아빠는 돌아가셨고 살리는 할머니 집에서 엄마와 함께 살고 있었어. 그애의 사촌 중에 아피라는 애가 있었는데 아주 호리호리하고 잘생긴 갈색머리의 남자애야. 아피는 크면서 전형적인 주연급 배우 같은 분위기를 풍겨서 유머감각이 뛰어난 자그마한 살리보다 더 좋은 인기를 끌어모았어.

나는 한동안 살리를 자주 만났지만 그애는 나의 사랑에 응답을 해주지 않았어. 그러다가 페터가 내 앞에 나타났어. 어린애의 열정적인 사랑에 사로잡힌 내 모습에 나 스스로도 놀랐어. 페터도 나를 아주 마음에 들어했어. 한여름 내내 우리는 꼭 붙어다녔단다. 나는 아직도 손에 손을 맞잡고 조이데르 암스테르담을 따라 걷던 우리 모습을 생각한단다. 페터는 흰색 면 양복을 입고 나는 짧은 여름용 원피스를 입고 있었어.

학년 말 방학이 끝나고 페터는 중등학교에 입학했고 나는 초등학교 마지막 학년을 다녔는데, 페터가 우리 학교로 찾아오기도 하고, 내가 페터 학교로 찾아가기도 했어. 키가 크고 날씬하고 매력적인데다가 진지하고 조용하며 지적인 얼굴을 가진 페터는 별만큼이나 아름다웠단다. 페터는 갈색 머리에 눈은 밤색이며 뺨은 구릿빛이고 코가 뾰족했어. 페터가 웃을 때면 장난기가 얼굴에 가득했어. 그 웃는 모습이 특히 난 마음에 들었어.

방학 동안 시골에 갔다오니까 페터가 그 전에 살던 집에 없었어. 페터는 그동안 이사를 가서 자기보다 나이가 많은 남자애와 같은 집에 살고 있었어. 그 남자애가 페터에게 내가 어린 계집애에 불과하다고 말한 것이 분명했어. 페터가 그때부터 나를 거들떠보지도 않는 거야. 나는 페터를 너무나 사랑했기 때문에 현실을 있는 그대로 보려고 하지 않고 계속 페터에게 매달렸어. 그러다가 내가 계속해서 페터를 쫓아다니면 남자애 뒤꽁무니만 쫓아다니는 여자애로 낙인이 찍힐 거라는 걸 깨닫게 되었지.

몇 해가 지나갔어. 페터는 자기 또래의 여자애들과 다니고 나를 봐도 아는 체를 하지 않았어. 나는 유대인 중등학교에 들어갔는데, 우리 반 남자애들 중에서 나를 쫓아다니는 아이들이 많았어. 나는 그게 재미있었고 다소 우쭐하기도 했지만 그애들의 관심에 감동하는 일은 없었어.

그 후로 헬로가 나타났지만 이미 말했던 것처럼 나는 페터 이후에 결코 누굴 사랑해 본 일이 없어. 세월이 약이라는 말이 있지. 내 경우도 마찬가지였어. 나는 내가 페터를 완전히 잊어버렸으며 이젠 내가 페터를 싫어한다고 믿고 있었어. 그렇지만 페터에 대한 추억이 너무도 생생해서 때로는 나 자신이 페터가 만나는 여자애들을 질투하고 있고 그 때문에 페터가 싫어진 것이라는 점을 인정하지 않을 수 없었어. 그런데 아무것도 변한 것이 없다는 사실을 오늘 아침에 새삼 깨달았던 거야. 아니 오히려 내가 자라고 성숙해질수록 사랑이 내 안에서 점점 커지고 있었던 거야.

페터가 왜 나를 어린애로 생각했는지 지금은 이해할 수 있어. 하지만 페터가 나를 잊고 지냈다는 사실이 매순간 내게 고통을 안겨주고 있었던 거야. 그의 얼굴이 너무도 생생하게 눈앞에 떠올라. 이제는 알겠어. 페터처럼 내 마음속에 생생하게 살아 있는 사람은 아무도 없다는 사실을. 오늘 나는 정말 혼란스러워. 아빠가 아침에 내게 키스를 해줄 때 나는 이렇게 소리치고 싶었어.

「아, 아빠가 페터라면 좋겠어요!」

어떤 것을 보아도 페터 생각만 나. 하루 종일 나는 속으로 「오, 페텔, 사랑하는 페텔……」 하고 외쳐댔단다(안네는 페터 판 단과 구분하기 위해서 페터 쉬프를 이렇게 부른다—원주).

어떻게 해야 하나? 계속 이대로 살아야 하나? 그렇게 살다가 내가 여기서 나가면 페터를 내 앞에 데려다달라고 신께 기도해야 하나? 페터가 내 눈 속에서 나의 감정을 읽어내고는 「내가 이럴 줄 알았더라면 진작 너를 찾아오는 건데……」라고 말하게 해달라고 신께 빌어야 하나?

아빠와 언젠가 성에 대해서 이야기하던 중에 아빠가 나는 아직 성욕이 무엇인지 이해할 수 없다고 말씀하셨어. 하지만 나는 성욕이 무엇인지 이해하고 있다고 늘 확신했었어. 지금 나는 그것이 무엇인지 확실히 알아. 현재 내게 나의 페텔보다 더 소중한 것은 없어. 오, 페텔!

거울 속에 내 얼굴을 보았더니 보통 때와 너무 달라. 내 눈이 그렇게 맑고 깊을 수가 없어. 몇 주 만에 처음으로 볼이 발그레하고 입술이 한층 부드러워 보여. 행복해 보이는 얼굴이야. 하지만 어딘가 슬픈 기색이 나타나 있어. 입가에 맴돌던 웃음이 금세 사라져버렸어. 나는 행복하지 않아. 페텔의 마음이 나로부터 멀리 떠나 있다는 사실을 알기 때문이야. 하지만 나를 가만히 쳐다보고 있던 아름다운 그의 눈과 내 뺨에 닿았던 그의 뺨의 포근한 느낌이 아직도 느껴져……

아, 페텔, 페텔. 네 모습을 영영 내 머릿속에서 떨쳐낼 수가 없을 것 같구나. 네가 아닌 다른 애들은 단지 네가 없으니까 할 수 없이 만나는 대역에 불과했던 걸까? 너를 사랑해. 이제 나의 사랑이 너무 크게 자라나서 더 이상 내 마음속에 담아둘 수가 없어 바깥으로 드러나서 나 스스로 내 사랑의 참모습을 깨닫게 된 거야. 만약 일주일 전에, 아니 하루 전에 네가 내게 「네 친구들 중에서 결혼 상대로 누구를 생각하고 있니?」라고 물었다면 「살리, 그애 옆에 있으면 기분이 좋고 평온하고 안전하다는 느낌이 들어」라고 대답했을 거야.

하지만 지금 그 질문을 한다면 난 이렇게 외칠 거야.

「물론 페텔이지. 내가 나의 온 마음과 혼을 다해 나 자신을 다 바쳐서 사랑하는 것이 바로 페텔이니까!」

다만 페텔이 나의 얼굴 외에 다른 부분을 건드리는 것은 안 돼.

오늘 아침에 나는 페텔과 앞채의 다락방 창문 아래 쌓여 있는 장작 위에 앉아 있는 상상을 했어. 우리는 짧게 대화를 나눈 뒤에 둘 다 울기 시작했는데 울다 보니 달콤한 그의 입술과 뺨이 느껴졌어!

오, 페텔! 다시 내게로 돌아와. 내 생각을 좀 해줘. 사랑하는 나의 페텔!

1944년 1월 12일 Wednesday

소중한 키티.

동생이 다음 주까지는 학교를 결석해야 하는 사정인데도 불구하고 베프 언니가 보름 전부터 다시 사무실에 나오기 시작했어. 베프 언니도 독감에 걸려서 이틀 동안이나 누워 있었어. 미프 아줌마와 얀 아저씨도 속이 메슥거린다고 이틀 동안 일을 쉬었어. 나는 현재 고전무용에 정신이 팔려서 저녁마다 아주 열심히 연습하고 있어. 레이스가 달린 엄마의 연한 자주색 타이즈로 내가 최신식 무용복을 만들었어. 위에 끈을 달아서 가슴 바로 위에서 맬 수 있게 하고 주름진 장밋빛 리본으로 전체적인 분위기를 살렸어. 테니스화를 개조해서 발레화를 만들려고 애를 써봤지만 허사였어.

굳었던 팔다리가 다시 예전처럼 부드러워져 가고 있는 중이야. 바닥에 앉아서 양손으로 발꿈치를 잡고 다리를 들어올리는 동작은 매우 효과적이야. 이 동작을 할 때는 방석을 엉덩이에 받쳐야 해. 그렇게 하지 않으면 꼬리뼈가 너무 아플 거야. 은신처 식구들이 〈구름 없는 아침〉이라는 책을 읽고 있어. 그 책이 청소년 문제를 많이 다루고 있다고 하시면서 엄마는 그 책에 대단한 흥미를 보이고 있어. 나는 약간 빈정대며 속으로 이렇게 말했어.

'엄마 자식들부터 걱정하는 게 어때요?

엄마는 마르고트 언니와 내가 부모님과 매우 좋은 관계를 유지하고 있고 엄마 자신이 자식들 뒷바라지를 그 누구보다 더 잘하고 있다고 생각하는 것 같아. 엄마가 그렇게 생각하는 것은 마르고트 언니만 염두에 두고 있기 때문이야. 엄마는 내가 겪고 있는 문제나 내가 하는 생각 같은 걸 결코 경험해 본 적이 없을 테니까. 그렇다고 엄마에게 엄마의 딸 중 하나가 전혀 엄마가 생각하는 그런 애가 아니라는 사실을 알리고 싶은 생각은 없어. 엄마가 그 사실을 알면 깜짝 놀라실 거고, 그 사실을 안다고 해도 어떻게 대처해야 할지 전혀 모를 테니까. 나야 어쨌거나 전혀 바뀔 여지가 없으니까 엄마가 슬퍼하지나 않게 해드리고 싶을 뿐이야.

엄마는 마르고트 언니가 나보다 훨씬 더 엄마를 사랑하지만 늘 그런 건 아니고 그저 가끔씩만 그렇다는 사실을 알아! 마르고트 언니가 지금은 내게 아주 친절하게 굴어. 예전하고 많이 달라진 것 같아. 전처럼 까다롭게 굴지 않고 이제는 진짜 친구가 되었어. 이제는 언니가 나를 무시해도 좋은 꼬마로 보지 않아. 어떤 때는 이상한 일이 일어나. 내가 마치 다른 사람의 눈을 통해서 보듯이 내 자신을 바라보는 때가 있어. 일기장을 마치 안네 프랑크라고 부르는 내가 모르는 여자아이의 일기장인 양 편안한 마음으로 이리 뒤적 저리 뒤적할 때가 있다니까.

우리 집에서 살던 시절 아직은 내가 철이 덜 났을 때, 내가 만사와 핌과 마르고트 언니 곁에 머물지 못하고 마치 고아가 된 것처럼 군 적이 있었어. 여섯 달 동안이나 그 짓을 하다가 결국은 모든 것이 내 잘못이며 행복을 위한 모든 조건이 갖추어져 있는데도 불구하고 마치 스스로가 희생자인 척하고 있다고 스스로 반성하게 되었지. 그 뒤부터는 상냥하게 굴려고 애를 써보기도 했어. 아침에 누군가가 다락방 계단을 내려오는 소리가 들리면 엄마가 내게 아침 인사를 해주러 오는 것이기를 바라곤 했어. 나는 엄마가 친절한 눈길을 주는 것이 기뻐서 엄마를 상냥하게 맞이하곤 했어. 그러다가 무슨 생각에선지 엄마가 돌연 내게 쌀쌀맞게 대하면 완전히 풀이 죽어서 학교로 가곤 했단다.

나는 학교에서 돌아오는 길에 엄마가 그럴 수밖에 없었던 이유를 생각해 내고 엄마가 걱정이 있어서 그러셨을 거라고 스스로 타이르곤 했어. 그리고는 기쁜 마음으로 집에 와서 그날 있었던 일을 모두 이야기하곤 했어. 그러나 아침에 일어났던 일과 비슷한 일이 또다시 반복되는 거야. 그러면 난 또 풀이 죽어서 가방을 들고 학교로 갔지. 어떤 때는 계속 화가 난 채로 있어야지 하고 결심하지만, 학교에서 돌아오면 얼마나 들려줄 이야기가 많던지 아침의 결심은 까맣게 잊은 채 재잘거렸고, 엄마는 어떤 일이 있어도 내 이야기에 귀를 기울여야 했지. 그러나 언젠가부터 아침에 다락방에서 내려오는 엄마의 발자국 소리를 더 이상 기다리지 않게 되었어. 그때부터 나는 외로워했고 밤이면 눈물로 베개를 적시곤 했단다.

이곳 상황이 많이 나빠졌다는 걸 너도 알고 있지? 하지만 신께서 내게 든든한 사람을 한 명 주셨어. 바로 페텔이란 다……. 나는 펜던트에 잠시 동안 키스를 하면서 생각한단다.

'그런 바보 같은 짓거리들이 나에게 무슨 소용이람! 페텔이 내 마음속에 있고 아무도 그 사실을 모르는데!'

나는 그런 식으로 사람들의 냉대를 극복할 수가 있어.

은신처 식구들 중에서 어린 여자애의 머릿속에 이렇게 무수한 생각들이 오락가락하리라고 짐작할 수 있는 사람이 누가 있겠니?

1944년 1월 24일 Monday

소중한 키티.

내가 보기에 매우 놀라운 일이 일어났어.

지금까지 집에서나 학교에서나 사람들이 성에 관한 이야기를 할 때면 비밀이나 되는 듯이 또는 아주 은밀한 방식으로 이야기하곤 했어. 성과 관련이 있는 단어를 쓸 때면 아주 낮은 소리로 말하고, 혹시나 그 말이 무슨 뜻인지 모르는 사람이 있으면 그 사람을 놀려대곤 했어. 나는 항상 사람들이 그러는 것이 어리석은 짓이라고 생각했단다.

「왜 사람들은 그 문제를 대단한 비밀이나 되는 듯이 그렇게 짜증나게 말하는 걸까?」

그렇다고 내가 그런 걸 바꿔볼 힘이 있는 것도 아니기 때문에 될 수 있으면 항상 말조심을 했고 알고 싶은 것이 있으면 여자애들에게 물어봤단다. 내가 이미 성에 관해서 많은 것을 알게 되었을 쯤에 엄마가 말씀하셨어.

「안네야, 엄마가 충고 하나 할까? 남자애들과 그런 이야기는 하지 말아라. 만약 남자애들이 그런 말을 꺼내면 대답하지도 말고.」

나는 그때 내가 한 답변을 한 자도 빠짐없이 정확하게 기억해.

「물론 절대 안 되지요. 어떻게 그런 생각을 할 수가 있어요?」

그 후로도 그 생각은 변함이 없었어.

우리가 숨어사는 생활을 시작한 무렵에 엄마로부터 들었으면 더 좋을 이야기를 아빠가 내게 들려주시는 일이 더러 있었어. 그 나머지는 책이나 사람들의 대화를 통해서 얻어들었어. 성 문제에 있어서 페터 판 단은, 처음에 그것도 아주 어쩌다 한번 그랬던 것을 빼고는, 학교의 다른 남자애들처럼 짜증나게 한 일이 없었을 뿐더러 내가 그런 이야기를 하도록 유도한 일은 한 번도 없었어. 언젠가 아줌마가, 그런 문제에 대해서 자신이 페터와 말한 적이 한 번도 없었으며 아저씨도 마찬가지일 거라고 하신 적이 있어. 아줌마는 페터가 어떤 식으로 성 문제에 대한 지식을 얻는지, 또 성에 관해 어떤 것을 알고 있는지 모르시는 것 같았어.

어제 마르고트 언니와 페터와 내가 감자 껍질을 벗기면서 우연히 모피에 관한 이야기를 하게 됐어.

내가 물었어.

「우린 아직도 모피가 암놈인지 수놈인지 모르는 거야?」

페터가 대답하기를 「천만에, 모피는 수놈이야.」

나는 웃음을 터뜨리며 말했지.

「그래서 수놈이 새끼를 가졌다고 그 난리를 친 거라고?」

페터와 마르고트 언니가 내 말에 웃었어. 사실 두 달 전쯤에 페터가 모피의 배가 불룩한 것을 보고는 새끼를 가진 걸로 착각한 일이 있었어. 그러나 사실은 새끼가 자라나지도 않았고 모피가 새끼를 낳는 일도 없었어. 그야 그럴 수밖에. 그저 맛있는 음식을 하도 훔쳐 먹어서 배가 나왔던 것뿐이었으니까. 페터는 굽히지 않고 자기 주장을 고집했어.

「아니야, 한번 같이 가서 볼래? 내가 모피와 놀 때 보니까 분명히 수컷이던데.」

나는 원래 호기심을 참지 못하는 성미라 페터를 따라 창고에 갔어. 그런데 모피가 보이지 않는 거야. 우리는 잠시 동안 기다리다가 추워서 다시 올라왔어.

나중에 오후가 되어서 페터가 또다시 창고로 내려가는 소리가 들렸어. 나는 용기를 내서 조용한 건물 안을 지나서 혼자서 조용히 창고까지 내려갔어. 모피가 포장용 탁자 위에 누워서 페터와 같이 놀고 있었어. 페터가 무게를 재려고 고양이를 저울에 올려놓고 있는 중이었어.

「안녕? 어디 한번 볼래?」

그러더니 다짜고짜 고양이를 들어올려서 배가 위로 가게

하더니 고양이의 머리와 네 다리를 재치 있게 누른 다음 설명을 시작하는 거야.

「이게 수컷의 생식기고, 여기는 털이 드문드문 나 있지? 그리고 이것은 엉덩이야.」

고양이는 몸을 돌리더니 그 작은 하얀 발을 디디고 바로 일어섰어.

만약 다른 남자애가 고양이 '수컷의 생식기'를 보여주었다면, 난 그애에게 다시는 눈길도 주지 않았을 거야. 그런데 페터는 듣기 거북한 얘기를 다른 애들처럼 기분 나쁘게 무언가 암시하는 듯이 하지 않고 얼마나 아무렇지도 않게 말하는지. 결국은 나도 마음이 안정되면서 나도 모르게 그 이야기를 자연스럽게 받아들이게 되었어. 우리는 모피와 함께 재미있게 놀고, 재잘거리고, 마침내는 창고를 가로질러 입구 쪽으로 천천히 걸어갔어.

「무시가 거세 수술 받을 때 너도 있었니?」

「그럼. 아주 금방 끝나. 고양이는 물론 그새 잠이 들어버리지.」

「뭔가를 잘라버리는 거니?」

「아니. 음낭으로 통하는 혈관을 회전시켜 꼬는 것으로 수술은 끝나. 곁에서 보면 아무런 흔적도 없어.」

나는 다시 있는 용기를 내서 물었어. 사실 내게는 그런 이야기를 하는 것이 그리 자연스러운 일이 아니었기 때문이야.

「페터야, 암놈과 수놈은 생식기를 부르는 이름이 따로 있어.」

「그래, 나도 알아.」

「암놈은 질이라고 부르는 것으로 알고 있거든. 그런데 수놈은 뭐라고 부르는지 모르겠어.」

「그래?」

나는 다시 덧붙였어.

「그런데 그런 이름은 어디서 배우는 거니? 보통은 우연히 듣게 되잖아.」

「왜? 나는 부모님께 여쭤 봐. 부모님은 나보다 더 잘 알고 경험도 많으시니까.」

우리는 그때 계단을 오르는 중이었는데 페터가 그 말을 한 다음부터 나는 입을 꾹 다물고 있었어.

여자애와 말했다면 그렇게 아무렇지도 않게 말할 수는 없었을 거야. 그리고 엄마가 나한테 남자애들과 그런 말을 하지 말라고 다른 뜻에서 말씀하신 것이 확실해.

어쨌든 하루 종일 나는 제정신이 아니었어. 가만히 생각해 보면 우리가 나눈 이야기가 참 이상하게 여겨졌어. 그렇지만 적어도 한 가지는 배운 게 있어. 청소년들 중에도 성에 관한 이야기를 농담처럼 하지 않고 자연스럽게 이야기할 수 있는 아이가, 그것도 나와 다른 성의 아이가 있다는 사실을 알게 된 거지.

그런데 페터는 정말로 부모님께 질문을 많이 하는 걸까?

어제 저녁의 그 모습이 진정한 페터의 모습일까?

아, 어떻게 하면 알 수 있을까? 안녕.

안네.

1944년 1월 28일 Friday

소중한 키티.

오늘 아침에 이런 생각이 났어. 혹시
네가 끊임없이 낡아빠진 이야기를 되새
김질해야 하는 소의 처지가 된 자신의
신세를 한탄하고 있는 것은 아닌가. 단
조로운 이야기를 듣느라 하품이나 하고 있는 것은 아닌가.
그래서 안네가 좀 새로운 이야기를 들려주기를 바라고 있는
것은 아닌가 하는 생각 말이야. 나도 알아. 고리타분한 내
이야기가 너를 따분하게 한다는 걸 말야. 그러니 그 일들이
끊임없이 되풀이되는 것을 보는 나는 또 얼마나 지겹겠는지
생각을 좀 해봐.

식사때 누가 정치 이야기나 맛있는 음식 이야기를 하지 않
으면 엄마나 아줌마가 옛날 고릿적 젊은 시절 이야기를 늘어
놓는 거야. 그것도 아니면 뒤셀 씨가 자기 애인의 옷 자랑을
비롯해서, 아름다운 경주마 이야기, 물위로 배를 띄우는 이

야기, 네 살인데 벌써 헤엄을 칠 줄 아는 아이의 이야기, 근육통, 불안해하는 환자 이야기 같은 것을 하시지. 같은 이야기를 계속 듣다보니까, 우리 여덟 명 중에 누군가가 이야기를 시작했다 하면 나머지 일곱 명은 이미 그 이야기의 결말을 알고 있어. 그래서 농담을 해도 다른 사람들은 이미 그 결말을 알고 있기 때문에 전혀 반응이 없고 이야기하는 사람 혼자서 웃어.

예전에 가정 주부들이 자주 찾던 우유 제품 가게, 채소 가게, 정육점의 주인들에 대한 이야기가 식사때 도마 위에 오른 이래로 다시 그들의 이야기가 화제에 오를 때마다 항상 수염이 달린 가게 주인의 모습을 눈앞에 떠올리게 되는 거나 마찬가지로 은신처에서 나누는 이야기에서는 신선한 느낌이라고는 전혀 찾아볼 수가 없단다.

그런 건 다 좋아. 어른들이 클레이만 씨나 얀 아저씨나 미프 아줌마가 우리에게 도움을 주는 이야기를 하신다면서 거기에 매번 자기 이야기를 보태서 과장을 하는 일만 없으면 좋겠어. 그럴 때마다 나는 식탁 밑에서 내 팔을 꼬집어가면서 열을 내서 이야기하는 어른의 잘못을 지적하지 않기 위해서 참고 또 참는단다. 안네 같은 어린아이는

그 어떤 경우에도, 설사 어른들이 실언이나 거짓말을 하거나 처음부터 끝까지 온통 꾸며낸 이야기만 하더라도 어른들의 잘못을 지적해서는 안 되는 거

란다.

클레이만 씨와 얀 아저씨가 즐겨하시는 이야기가 하나 있어. 숨어사는 이야기야. 두 사람은 우리처럼 숨어사는 사람들 이야기가 우리의 최대 관심사이며, 우리가 붙잡혀 가는 사람들의 비참한 신세나 잡혔다가 풀려나는 사람들의 기쁨을 우리 자신의 일처럼 생각한다는 걸 알고 있어. 이제는 숨어산다거나 피신한다는 말을 들으면 마치 내가 예전에 아빠 실내화를 신고 난로 앞에 앉아 있곤 할 때에 느끼던 것처럼 그런 친숙한 기분이 든다니까.

가짜 신분증을 만들어주거나 숨어사는 사람들에게 대출을 해주거나 은신처를 마련해 주는 등 도움을 주며 숨어사는 젊은 기독교인들에게 일자리를 알선해 주는 프레이어 네덜란트와 같은 단체가 상당히 많이 있어. 남을 돕고 남의 목숨을 구하기 위해서 자신의 목숨을 내놓을 각오가 되어 있는 그 사람들의 유능함과 사심 없는 고귀한 마음을 보면 참으로 놀라워. 우리를 도와주시는 분들도 그런 예 중 하나지.

그분들은 우리가 어려움을 헤치고 지금까지 살아오도록 도와주셨어. 앞으로도 끝까지 우리가 무사하게 지내도록 도와줄 수 있으면 좋겠어. 만약 실패할 경우에는 그분들도 붙잡혀 가는 운명을 벗어나지 못할 거야. 우리가 그분들에게 힘겨운 짐이 되겠지만 그런 내색을 하는 사람은 한 명도 없어. 그분들은 매일같이 오셔서 은신처의 남자 어른들과는 사업과 정치 이야기를 하고, 부인들과는 음식이나 전쟁통에 겪는 불편함에 대해 이야기하고, 아이들에게는 책이나 신문 이야기를 한다. 그분들은 언제나 즐거운 표정을 지으려고 애를 쓰고, 생일이나 명절에 꽃과 선물을 사올 뿐만 아니라 우리가 필요할 때는 언제 어느 때고 항상 와주신단다. 이것은 우리가 절대로 잊어서는 안 될 일이야. 우리를 보호해 주는 분들이 항상 사 랑과 활기 넘치는 모습으로 우리를 대하기 위 해서는 전쟁 영웅이나 독일에 맞서서 싸우는 사 람들 못지않은 용기가 필요한 거란다.

깜짝 놀랄 만한 소문이 돌고 있어. 그런데 그 이야기들 대 부분이 사실이야. 이번 주에 클레이만 씨가 말씀하기를 귀 엘드레에서 두 축구팀이 경기를 벌였는데, 한 팀은 숨어사 는 사람들 팀이고 다른 팀은 헌병들이었대. 힐페르쉼에서는 배급표를 지급했는데, 숨어사는 사람들도 배급표를 탈 수 있게 하려고(원래 배급표를 타려면 이름을 기입한 증명을 제시하 거나 한 장에 60플로린을 내고 사야 해) 배급표 분배를 맡은 공 무원들이 숨어사는 사람들에게 1시 정각에 특별히 마련된 탁자에서 쿠폰을 꺼내 가라고 통지를 했대. 이런 종류의 이 야기가 독일인들 귀에 들어가지 않도록 조심해야 할 거야. 안녕.

안네.

1944년 2월 12일 Saturday

소중한 키티.

태양은 눈부시게 빛나고, 하늘은 새파랗고, 기분 좋은 바람이 부는 오늘……, 나는 강한 욕구를 느껴……. 모든 것을 다 해보고 싶은 강한 욕구를……. 말하고 싶고, 자유와 친구가 그립고 혼자 있고 싶어. 그리고 실컷 울고도 싶어! 내 안에서 뭔가 폭발할 것 같은 느낌이야. 시원하게 울어버리면 좀 나아질 것 같아. 하지만 그럴 수 없어. 나는 흥분해서 이 방 저 방으로 왔다갔다 해보기도 하고, 창문 틈새에 코를 들이대고 공기를 들이마셔 보기도 해. 내 심장이 마치 「이제는 나의 욕구를 좀 채워줘」라고 말하듯이 팔딱팔딱 뛰는 것이 느껴져.

내 안에 봄이 오고 있는 것을 느껴. 봄이 잠에서 깨어나고 있는 거야. 나의 온몸과 온 마음으로 느낄 수 있어. 평소처럼 행동하기 위해서 애를 써야 해. 모든 것이 혼란스러워. 무엇을 읽고, 무엇을 쓰고, 무엇을 해야 할지 모르겠어. 내가 지금 강한 욕구를 느끼고 있다는 것밖에는 아무것도 모르겠어. 안녕.

안네.

1944년 2월 14일 Monday

소중한 키티.

나에게 많은 변화가 일어났어. 나는 강한 욕구를 느끼고 있다고 했지(지금도 마찬가지야). 그런데 그 중에 아주 작은 부분이 이루어졌어.

일요일 아침부터 페터가 끊임없이 뭔가 조금 다른 시선으로 나를 바라보고 있는 것을 느꼈어(나는 지금 기분 좋게도 아주 솔직하게 이야기하고 있는 거야). 평소와는 뭔가 다른 눈빛이었어. 그리고 어떻게 그런 생각이 났는지는 알 수 없지만, 내 생각과는 달리 페터가 마르고트 언니를 그다지 사랑하고 있는 건 아니구나 하는 생각이 들더라.

하루 종일 페터를 자주 쳐다보지 않으려고 애를 썼어. 내가 페터를 쳐다보면 페터가 같이 쳐다보는 거야. 그런데…… 그럴 때마다 감미로운 기분이 드는 거야. 그런 기분이 너무 자주 들면 안 되겠다 싶었어.

일요일 저녁에는 핌과 나를 제외하고 모두들 라디오 주위에 둘러앉아서 '독일 거장의 불멸의 음악'을 듣고 있었대. 뒤셀 씨가 채널을 자꾸만 이리저리 돌리더래. 그 때문에 페터뿐 아니라 모두들 짜증이 났나 봐. 한 30분쯤 참다가 마침내 페터가 제발 라디오 좀 가만 두라고 부탁을 했대. 그러자 뒤셀 씨가 아주 거만한 말투로 말씀하더래.

「잘 들리도록 조절했을 뿐이야.」

페터가 화가 나서 불손하게 대꾸했고, 게다가 판 단 아저씨까지 거들자 뒤셀 씨는 마지못해 두 손 들었어. 사건의 발단은 별로 대단한 것이 아니었지만 페터는 그 일이 마음에 걸렸나 봐. 어쨌든 오늘 아침에 내가 다락방에서 책이 든 상자를 뒤적거리고 있는데 페터가 내게 다가와서 그 이야기를 꺼냈어. 나는 그 사건에 대해 전혀 모르고 있었어. 페터는 내가 자신의 이야기를 열심히 들어주는 것을 보고는 용기를 내서 말했어.

「알겠니? 나는 말하기 전에 다시 생각해 봐. 일단 말을 시작하면 내가 횡설수설할 걸 미리 알기 때문이야. 말을 더듬거리게 되고 얼굴이 빨개져서는 내가 하고 싶었던 말을 다 못하고 이상한 소리를 하다가 더 이상 할 말을 못 찾고 입을 다물게 된단 말야. 어제도 그랬어. 내가 말하려는 것은 그게 아니었는데 일단 말을 꺼내고 나면 방향을 잃어버려. 속상해. 예전에는 나쁜 버릇이 있었어. 지금도 그 버릇을 써먹고 싶기는 하지만 말야. 누군가에 대해서 화가 나면 말다툼을 하기보다는 상대에게 내 주먹 맛을 보여주곤 했어. 그런 방법으로는 문제 해결이 안 된다는 걸 잘 알아. 그래서 널 보면 감탄하는 거야. 너는 적어도 당황하지 않고 네가 하고 싶은 말을 다 하고 조금도 기가 죽지 않잖아.」

내가 대답했어.

「네가 잘 몰라서 그래. 거의 언제나 내가 처음에 말하겠다고 작정한 것과는 전혀 다른 이야기를 하고 마는 걸. 난 게다가 너무 말이 많고, 길게 이야기해. 그것도 네 결점 못지않게 심각한 결점이야.」

「그럴 수도 있지. 하지만 너는 적어도 기가 죽었다는 표시가 나지 않잖아. 표정 하나 얼굴색 하나 안 변하잖아.」

이 마지막 한 마디가 우스워서 나 혼자 웃지 않을 수 없었지만 페터가 마음껏 자신의 이야기를 하도록 겉으로는 아무런 내색도 하지 않았어. 나는 페터의 방석을 깔고 바닥에 앉아 무릎을 곧추세워 두 팔로 감싸안고 그의 말을 열심히 들었어.

이 집에 나 말고도 나처럼 격한 감정에 사로잡히는 사람이 또 있다는 생각에 미칠 듯이 기분이 좋았어. 페터도 뒤셀 씨에게 가서 이를까 봐 염려할 필요 없이 뒤셀 씨에 대한 비난을 마음껏 늘어놓을 수 있다는 점 때문에 확실히 마음을 놓는 듯했어. 예전에 여자애들로부터 느끼던 단짝 친구의 친밀한 감정을 느낄 수 있어서 나도 기분이 좋았어. 안녕.

안네.

1944년 2월 16일 Wednesday

소중한 키티.

우리는 하루 종일 별로 중요하지도 않은 말 몇 마디 외에는 별로 대화를 나누지 못했어. 다락방에 올라가기에는 날씨가 너무 추운데다가 마르고트 언니 생일이었거든.

페터가 12시 30분에 선물을 보러왔는데 예전에 비해 오랫동안 잡담을 하다가 갔어. 오후에 페터에게 말을 할 기회가 생겼어. 내가 일 년에 한 번만이라도 마르고트 언니에게 봉사하겠다는 생각으로 감자를 가지러 한번 위에 올라갔었고, 커피를 가지러 다시 한 번 갔었거든. 내가 페터 방에 들어가자 페터는 사다리에 놓았던 종이를 치웠어. 내가 다락방으로 올라가는 문을 닫아야 하냐고 물으니까 페터가 대답했어.

「그래. 내려올 때 문을 두드려. 그러면 내가 열어줄게.」

나는 고맙다는 말을 하고 다락방에 올라갔어. 커다란 통에서 제일 작은 감자를 고르느라고 한 10분쯤 걸렸어. 나중에는 허리도 아프고 추웠어. 내려올 때 내가 문을 두드리지 않았지만 페터가 매우 조심하면서 내게 다가와서는 내 손에 있는 냄비를 받아들었어.

「오랫동안 찾았는데도 작은 감자가 별로 없더라.」

「커다란 통 안에 봤어?」

ANNE FRANK 175

「그럼, 통을 전부 뒤졌는걸.」

나는 이야기를 하면서 사다리 밑에까지 내려왔고 페터는 자기 손에 들고 있는 냄비 속을 들여다보고 있다가 말했어.

「이만하면 잘 골랐는데.」

내가 냄비를 받아들자 페터가 다시 덧붙였어.

「대단한걸!」

그 말을 하면서 나를 바라보는 시선의 포근하고 다정한 느낌이 내 가슴속까지 전해져왔어. 그때 나는 페터가 나를 기쁘게 하고 싶지만 말로 찬사를 늘어놓을 줄 모르기 때문에 자기 뜻을 눈빛으로 전하고 있다는 걸 깨달았어. 나는 페터의 마음을 너무 잘 알았어. 페터는 내가 자기를 이해하는 걸 무척 고마워했어! 페터의 말과 시선을 떠올리면 지금도 행복해!

내가 내려오니까 엄마가 이번에는 저녁에 쓸 감자를 가져와야 한다고 하셨어. 나는 재빨리 다시 다락방에 가겠다고 자청했지. 페터 방을 지나면서 다시 방해를 해서 미안하다고 했지. 페터가 일어서더니 사다리와 벽 사이를 가로막고 이미 사다리를 올라서고 있는 나의 팔을 힘 주어 붙잡았어.

「내가 갈게. 나도 올라갈 일이 있으니까.」

내가 대답했지. 그럴 필요가 없노라고. 이번에는 작은 걸 고르지 않아도 된다고. 그러자 페터가 내 팔을 놓았어. 내가 내려올 때 페터가 다시 다락방으로 통하는 문을 열더니 냄비를 받아주었어. 문 앞에 왔을 때 내가 물었지.

「너 지금 뭐 하니?」

「프랑스어 공부.」

내가 한번 페터가 한 것을 훑어보겠다고 제안했어. 나는 손을 씻고 페터 앞에 있는 침대 겸용 긴 의자 위에 앉았어.

내가 페터에게 프랑스어의 어려운 점 몇 가지를 설명해 주고 나서 우리는 곧 잡담을 시작했지. 페터는 나중에 네덜란드령 동인도제도(지금의 인도네시아제도 – 역주)에 있는 대농장에 가서 살 거래. 페터는 집에서 자기가 어떤 식으로 살고 있는지에 대해 이야기했고 암시장에 대한 이야기도 했어. 또 자신이 아무 짝에도 쓸모가 없는 존재라는 말도 했어. 나는 페터에게 열등감 콤플렉스가 심한 편이라고 말해주었단다.

페터는 전쟁 이야기도 했어. 러시아와 영국 사이에 전쟁이 일어날 것이라고도 했고 유대인에 관한 이야기도 했어. 페터는 기독교인으로 사는 것이 훨씬 쉽다고 생각하고 있었어. 전쟁 후에 어렵지 않게 기독교인이 될 수도 있을 거라고 했어. 하지만 막상 세례를 받을 생각이냐고 물으니까, 그럴 생각도 없었어. 사실 페터는 자신이 기독교인의 사고방식을 그대로 따르기는 힘들겠지만 전쟁이 끝나면 아무도 자기가 기독교인이었는지 유대인이었는지 자신의 이름이 무엇인지 전혀 모를 거라고 했어. 그 순간 나는 페터에게 조금이나마 겉다르고 속 다른 구석이 있는 것이 안 돼서 가슴이 아팠어.

페터는 이렇게 말하기도 했어.

「유대인은 지금까지 항상 선택된 민족이었고 앞으로도 영원히 그럴 거야!」

내가 대답했지.

「단 한 번만이라도 유대인이 자기들에게 좋은 방향으로 선택되어 봤으면 좋겠다!」

우리는 진짜 친구처럼 떠들어댔단다. 아빠 이야기며 다른 사람들을 사귀는 일이며 그 외에 무슨 이야기를 했는지 기억도 나지 않을 만큼 많은 이야기를 했어.

베프 언니가 와서 5시 15분이 되어서야 페터와 헤어졌어.

저녁에 페터가 어떤 이야기를 했는데, 내게는 그 이야기가 아름답게 느껴졌어. 내가 페터에게 영화배우 사진을 준 적이 있는데, 페터는 일 년 반 전부터 그 사진을 자기 방에 걸어놓고 있어. 그 영화 배우 이야기를 하던 중이었어. 자기가 그 배우를 아주 좋아한다기에 내가 다른 영화 배우들 사진을 또 주겠다고 했더니 페터가 말했어.

「아니, 난 이대로가 좋아. 하나로 족해. 이 배우를 매일 바라보니까 이제는 친구 같은 걸!」

이제는 페터가 왜 늘 무시를 그렇게 꼭 끌어안는지 알겠어. 페터도 따뜻한 정이 그리운 거야. 참, 그가 한 말 중에 내가 깜빡 잊고 적지 않은 것이 하나 있구나. 페터가 이런 말을 했어.

「아니, 나는 두려움이 뭔지 몰라. 뭔가 잘 안 되는 일이 있을 때는 두렵기도 하지만 이제는 그런 단계에서도 벗어나고 있는 중이야.」

페터의 열등감은 정말 심해. 페터는 항상 자기는 바보이고, 다른 사람들은 매우 똑똑하다고 생각한다니까. 내가 프랑스어를 가르쳐줄 때면 몇 번씩이나 거듭 고맙다고 한단다. 언젠가 한번은 페터에게 이렇게 말해 줄 거야.

「바보 같은 소리 하지 마. 너는 영어와 지리를 나보다 훨씬 잘하잖아!」

안녕.

안네.

1944년 2월 18일 Friday

매우 소중한 키티.

내가 위층에 올라가는 것은 항상 '그'를 보기 위한 거란다. 생활에 목표가 생기고 즐거운 마음으로 할 수 있는 일이 생겼기 때문에 나의 삶이 훨씬 나아졌어.

내가 우정을 바치는 상대가 적어도 항상 같은 지붕 아래 있으니 경쟁자를 염려할 필요도 없는 거야(물론 마르고트 언니를 제외하면 말이지). 내가 사랑에 빠진 거라고 생각하지는 말아주기 바래. 절대 그런 건 아니니까. 하지만 나와 페터 사이에 우정이나 신뢰 같은 아름다운 무언가가 발전할 가능성이 언뜻 느껴져. 나는 틈만 나면 페터를 만나러 가. 이제는 전과 같지 않아. 전에는 내가 가면 페터가 어떻게 할지 모르고 안절부절못했는데, 지금은 내가 방에서 나오는 순간까지 계속 이야기를 한다. 엄마는 내가 위층에 가는 것을 좋아하지 않아. 내가 페터를 귀찮게 할 거라고 그애를 좀 가만히 놔두라고 한단다. 그러니 내가 어떤 예감을 느낀다는 사실을 이해할 리가 없지.

내가 위층의 작은 방으로 들어설 때마다 엄마는 이상한 눈빛으로 나를 쳐다봐. 내가 거기서 내려오면 어디 갔었냐고 물으시지. 이렇게 말하는 것은 가슴 아픈 일이지만 이러다간 엄마를 미워하게 될 것 같아. 안녕.

안네.

1944년 2월 19일 Saturday

소중한 키티.

다시 토요일이야. 토요일이라면 굳이 설명을 안 해도 알 만하지? 아침나절은 조용했어. 미트볼을 먹는데 거의 한 시간이나 걸렸어. 그 덕에 위층에 오랫동안 있을 수는 있었지만 '그'와 말을 한 건 잠깐뿐이었어.

2시 반에 모두들 책을 읽거나 낮잠을 자러 위로 올라간 다음에 나는 책을 읽거나 글을 쓸 생각으로 담요를 들고 아래층 사무실로 갔어. 그러나 얼마 못 견디고 팔에 얼굴을 묻고 울음을 터뜨리고 말았어. 눈물이 흘러내렸어. 나 자신이 더할 나위 없이 불행하다는 생각이 들었어. '그'가 와서 나를 위로해 주기만 했다면 얼마나 좋았을까.

내가 사무실에서 올라온 것은 4시나 되어서였어. 혹시나 그를 만날 수 있을지도 모른다는 희망을 품고 5시에 감자를 가지러 갔어. 그가 모피를 보러 내려왔을 때 나는 욕실에서 한창 머리를 거꾸로 빗어가면서 볼륨을 주고 있었어.

아줌마를 도우려고 책을 하나 들고 위층에 올라갔어. 그런데 갑자기 눈물이 다시 쏟아지는 거야. 내려가면서 거울을 집어들고 허겁지겁 화장실로 갔어. 일을 다 마치고 난 후에 옷을 입은 채 화장실에 그대로 앉아 있었어. 눈물이 흘러서 붉은 앞치마에 얼룩이 졌어. 너무나 슬펐어.

나는 대충 이런 생각을 하고 있었어.

'이렇게 가다가는 페터의 손 한번 잡아보지도 못 하겠어. 아마 페터는 내가 사랑스럽게 느껴지지 않나 봐. 아마도 마음을 터놓고 이야기할 상대를 원하지 않나 봐. 그저 나를 피상적으로만 생각하는지도 몰라. 마음을 털어놓을 상대도 없이, 페터도 없이 전처럼 혼자 지내야 하나 봐! 이렇게 다시금 희망도 위안도 아무런 기대도 없이 살게 되는 건가 봐. 아, 그의 어깨에 기댈 수만 있다면, 이렇게 고독하고 버려진 기분을 느끼지 않을 수만 있다면! 어쩌면 페터가 내게 전혀 관심이 없는 건지도 몰라. 다른 애들에게도 똑같이 부드럽게 대하는 건데 내가 나한테만 그런 걸로 착각한 건가 봐. 아, 페터! 네가 지금 내가 하는 말을 듣고 지금의 내 모습을 봐야 하는 건데. 만약 내가 생각하는 것이 사실이라면 나는 견딜 수 없을 거야. 진실은 실망만 안겨줄지도 몰라!'

잠시 후에 나는 다시 희망과 기대감에 부풀어 있었어. 하지만 눈물은 계속 흘러내리고 있었어. 안녕.

안네.

1944년 2월 23일 Wednesday

매우 소중한 키티.

어제부터 화창한 날씨가 계속되고 있어. 난 완전히 활기를 되찾았어. 내게 가장 소중한 글 쓰기는 진전이 잘 되고 있어. 나는 폐에 가득찬 탁한 내 방의 공기를 뱉어내기 위해서 거의 매일 아침 다락방에 올라간단다. 오늘 아침에는 내가 다락방에 올라가니까 페터가 물건을 정돈하고 있었는데

나를 보더니 하던 일을 급히 서둘러 마치고는 내가 즐겨 앉던 자리에 앉으려고 하는 순간 내게 다가왔어.

우리는 둘이서 함께 파란 하늘도 바라보고, 나뭇가지 위로 작은 물방울이 반짝이는 헐벗은 마로니에도 보고, 햇빛 속에서 은구슬처럼 반짝이고 있는 갈매기며 새들도 바라보았어. 그 모든 것이 어찌나 감동적이던지 우리는 그 풍경에 사로잡힌 채 아무 말도 하지 못하고 그대로 있었어. 그는 커다란 기둥에 머리를 기대어서고, 나는 앉아서 맑은 공기를 들이마시며, 바깥을 내다보고 있었어. 말을 해서 깨뜨리면 안 되는 그 무엇이 있다는 것을 우리 둘은 똑같이 느끼고 있었어.

우리는 아주 오랫동안 바깥을 내다보았어. 그러다가 그가 장작을 패러 자리를 떴을 때 나는 페터가 아주 멋진 사람이라는 것을 깨달았단다. 그는 사다리를 올라갔어. 나는 그를 따라갔어. 그가 장작을 패는 동안 우리는 아무 말도 하지 않았어. 나는 앉은 채 그저 그를 바라보고 있었어. 그가 장작을 정확히 자르기 위해서 또한 나에게 자기 힘을 보여주기 위해서 무진 애를 쓰는 것이 역력했어. 나는 창밖을 내다보기도 했어. 거의 전경이 다 들어오는 암스테르담의 새로운 모습을 보고 있었어. 맑디맑은 파란색 하늘과 맞닿은 경계가 분명치 않은 지평선 저 멀리까지 지붕들이 줄지어 늘어서 있었어.

나는 생각했어.

'햇빛과 구름 한 점 없는 하늘이 있는 한, 내가 그 햇빛과 하늘을 볼 수 있는 한, 나는 결코 슬퍼질 수가 없어.'

무서워하는 사람, 외롭거나 불행한 사람에게 가장 좋은 치료법은 바깥으로 나가서 홀로 하늘과 자연과 신을 만날 수 있는 곳으로 가보는 거야. 그때 비로소 자연은 모든 것이 있어야 할 그대로라는 것을 알 수 있고 신은 단순하지만 아름다운 자연 속에서 인간이 행복하게 살아가는 것을 보기를 원한다는 사실을 느낄 수 있으니까.

아마 그런 일이 영원히 가능하겠지만, 그런 일이 가능한 한 그 어떤 처지에 있더라도 슬픈 일을 당할 때마다 각 상황에 맞는 위로를 찾을 수 있을 거야. 나는 비탄에 잠겨 있을 때도 자연이 모든 고통을 없애줄 수 있다는 것을 확고하게 믿고 있어. 어쩌면 머지않아 나와 똑같은 생각을 가진 누군가와 함께 이렇게 행복에 취한 감정을 나눌 수 있게 될지도 몰라. 안녕.

안네.

추신 : 페터에게 띄우는 수상록

우리는 여기서 여러 가지로 궁핍한 생활을 하고 있어. 그것도 아주 오래 전부터. 나도 너와 마찬가지고 결핍으로 인한 고통을 겪고 있단다. 내가 지금 외적인 것에 대해서 말하고 있다고 생각하지 말아줘. 외적인 것은 충분히 공급되고 있으니까. 내가 말하고 싶은 것은 내적인 거야. 나도 너만큼이나 자유와 맑은 공기가 그리워. 하지만 나는 이 부분에 있어서도 많은 보상을 받았다고 생각해. 심리적인 보상을 말하는 거야.

오늘 아침에 창문에 서서 밖을 보고 있었어. 다시 말해서 나의 깊은 시선으로 신과 자연을 바라보고 있었는데 그냥 그렇게 행복할 수가 없었어. 페터, 자연과 건강 또는 다른 많은 일들로부터 가슴속 깊은 곳에서 내적 행복감을 느끼는 한, 우리는 언제나 행복할 거야. 재산이나 다른 사람들로부터 받는 존경 같은 것은 모두 잃는다고 해도 가슴속 깊은 곳에 자리잡은 이런 행복감은 바깥으로 드러나게 마련이고 결국은 우리가 살아가는 동안 끊임없이 우리를 행복하게 할 거야.

네가 고독하고 불행하거나 슬플 때 너도 한번 오늘처럼 날씨가 좋은 날 다락방에 올라가서 바깥을 내다봐. 집이나 지붕만 보지 말고 하늘을 보라구. 아무 두려움 없이 하늘을 바라볼 수 있다면 네 자신이 내적으로 매우 순수하다는 것을 알 수 있을 거고, 골치 아픈 일이 있더라도 행복한 마음을 되찾을 수 있을 거야.

매우 소중한 키티.

나는 아침부터 저녁까지 아무 일도 하지 않고 오직 페터 생각만 하고 있어. 그의 모습을 생각하면서 잠이 들고, 페터의 꿈을 꾸고, 나를 바라보던 그의 모습을 생생하게 느끼면서 잠에서 깬단다.

나와 페터 사이에 겉으로 보는 것보다는 차이점이 그다지 없는 게 확실해. 둘 다 엄마의 사랑을 그리워하고 있기 때문에 그럴 거야. 페터의 엄마는 너무 경박하고 바람기가 있는데다가 페터의 생각은 무시해. 우리 엄마는 나에 대해 신경은 많이 쓰시지만, 나를 대하는 요령이 없고 세심한 감정이 뭔지 모르고 엄마로서의 이해심이 전혀 없어.

페터와 나는 내면적인 문제에 대해 씨름을 하고 있고, 둘 다 아직 자기 자신에 대해 자신감이 없고, 두 사람 모두 내면적으로 너무 부드럽고 다정해서 그토록 거친 대접을 받는 것을 버거워하고 있지. 나는 가끔 도망치고 싶고 나의 감정을 숨기고 싶은 때가 있어. 그럴 때면 물을 엎지른다든지 냄비를 아무렇게나 내려놓아 시끄럽게 소리를 낸다든지 야단법석을 떤단다. 그러면 사람들은 내가 어디로 사라져주기를 바래.

그는 방 안에 틀어박혀서 아무 이야기도 하지 않고 조용히 몽상에 잠겨. 그런 식으로 자기 자신을 숨기려고 무척 애를 쓰는 거란다. 하지만 우리는 언제 어떻게 서로 만날까? 과연 얼마 동안이나 더 나의 그리운 마음을 이성으로 억제할 수 있을지 모르겠어. 안녕.

안네 M. 프랑크.

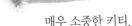

1944년 2월 28일 Monday

매우 소중한 키티.

밤이나 낮이나 거의 항상 마치 악몽에 시달리듯 그가 눈앞에 아른거려. 그렇지만 나는 그의 곁에 가지도 못하고 내 감정을 누구에게도 드러낼 수가 없어. 게다가 속에는 절망뿐이더라도 명랑하게 굴어야 해.

페터 쉬프와 페터 판 단이 합쳐서 하나의 페터가 되어버렸어. 착하고 사랑스러운 페터, 내가 끔찍하게 필요로 하는 그런 페터가 되어버렸단 말야. 엄마는 지겨워. 아빠는 다정하지만 그래서 더욱더 따분해. 마르고트 언니가 가장 짜증이 나. 언니는 남들이 자기에게 항상 좋은 얼굴로만 대하기를 바라고, 내가 남들과 유쾌하게 지내기를 바래.

페터가 나를 만나러 다락방에 오지 않고 그 대신 나무로 뭔가를 만들려고 올라갔어. 뭔가 삐걱거리는 소리나 망치

소리가 들릴 때마다 용기가 조금씩 사라지고 그만큼 더 슬퍼져. 멀리서 들려오는 종소리가 마치 「몸을 똑바로, 마음을 똑바로!」 하고 외치는 것 같아.

나는 너무 감상적이야. 그걸 나도 알아. 나는 절망에 빠져 있어. 나는 무분별해. 그것도 알아. 아, 나를 좀 도와줘. 안녕.
안네 M. 프랑크.

 1944년 3월 3일 Friday

매우 소중한 키티.

오늘 저녁에는 촛불의 불꽃을 바라보면서 다시 행복해지고 차분해지는 자신을 느꼈어. 촛불 속에 외할머니께서 계셨어. 외할머니께서 나를 보호해서 지켜주시고 나에게 다시 기쁨을 주셨어.

하지만…… 나의 기분을 온통 좌지우지하고 있는 또 다른 사람이 있어. 바로…… 페터야.

오늘 감자를 가지러 갔어. 내가 감자가 가득 든 냄비를 들고 사다리를 내려오고 있는데 페터가 물었어.

「낮에 뭐하니?」

우리는 사다리에 앉아 이야기하기 시작했어. 5시 15분(감자를 가지러 올라간 지 한 시간이 지난 거야)에 감자를 가지고 내려왔어(그 동안 냄비는 바닥에 내려놓고 있었지). 페터는 자기 부모님에 대해서는 더 이상 아무 이야기도 하지 않았어. 우리는 책 이야기와 지난 시절에 대한 이야기를 했어. 아, 페터의 눈길은 어쩌면 그렇게도 따뜻할까! 까딱하면 그를 사랑하게 될 거란 생각이 들어.

오늘 저녁에 그가 사랑이란 말을 꺼냈어. 감자 껍질을 벗긴 뒤에 그의 방으로 갔어. 나는 덥다고 투덜대면서 말했어.

「마르고트 언니와 나는 서로 얼굴을 보면 기온을 알 수 있어. 날씨가 추우면 얼굴이 하얗고, 더울 때에는 얼굴이 빨갛거든.」

그가 물었어.

「너 사랑하고 있니?」

내가 좀 유치한 대답, 아니 질문을 했어.

「내가 왜 사랑을 해?」

「왜, 안 돼?」

그가 말하는 순간 식사하라고 부르는 소리가 났어.

그 질문을 통해서 그가 무얼 말하려고 했던 걸까? 오늘 마침내 용기를 내서 내가 말이 많아서 지겹지 않냐고 그에게 물었어. 그는 단지 「난 전혀 아무렇지도 않은데」라고만 했어. 소심해서 예의상 그렇게 말한 것인지 아닌지 잘 모르겠어.

키티야, 나는 사랑하는 사람에 대한 이야기만 하는 사랑에 빠진 여자 같애. 하지만 페터는 진정한 내 사랑인걸. 언제 그를 사랑이라고 불러볼까? 그건 물론 페터가 나를 사랑이라고 부르는 그때가 되겠지. 하지만 나는 조심해서 다루어야 하는 고양이 같은 아이야. 내가 그걸 잘 알지. 페터는 그저 평온하기를 바라는 애야. 그러니 그가 나를 얼마나 사랑스럽게 여기는지 알 도리가 없어. 어쨌든 우리는 서로에 대해서 좀 더 잘 알게 됐어. 나는 우리가 좀 더 많은 이야기를 서슴없이 나눌 수 있게 되기를 바라고 있어. 하지만 누가 아니? 그런 시간이 생각보다 빨리 올지. 하루에도 몇 번씩이나 그가 내게 은밀한 시선을 던지고 나도 윙크로 답한단다. 그러면 우리 둘 다 행복해져. 내가 감히 페터가 행복하다 아니다 말할 수야 없겠지만, 그가 나와 똑같은 생각을 하고 있다는 느낌을 떨쳐버릴 수가 없단다! 안녕.

　안네 M. 프랑크.

1944년 3월 4일 Saturday

　소중한 나의 키티.

　다른 토요일과는 달리 이번 토요일은 정말 몇 달 만에 처음으로 지루하지도 않고 슬프거나 단조롭지도 않았어. 바로 페터 덕분이야. 오늘 아침에 앞치마

를 벗어 제자리에 걸어놓는데 아빠가 프랑스어 회화를 좀
하지 않겠냐고 물으셨어. 그러자고 했지. 프랑스어로 잠시
이야기를 나눈 뒤에 내가 몇 가지 설명을 해드리고 함께 영
어 공부를 했어. 아빠가 찰스 디킨스의 글을 읽어주셨어. 나
는 매우 우쭐해 있었어. 왜냐하면 내가 아빠 의자에 앉아 있
었고 바로 그 옆에 페터가 있었거든.

　10시 45분에 내려왔다가 11시 반에 다시 위층에 올라갔더
니 페터가 벌써 사다리 위로 발을 올려놓으면서 다락방으로
통하는 문을 그냥 열어놓으라고 말했어. 우리는 12시 45분
까지 함께 이야기했어. 페터는 예를 들어서 식사가 끝난 뒤
에 아무도 듣는 사람이 없을 때라든지 아무 때나 틈만 나면
이렇게 말해.

　「안네야, 잘 가. 조금 있다 보자!」

　아, 너무 행복해! 페터가 나를 사랑하게 될까? 어쨌든 좋
은 아이야. 나는 페터와 대화하는 게 좋아.

　아줌마는 페터와 내가
이야기하는 걸 반대하
지 않아. 그런데 오늘은
우리를 놀리느라고 이러는
거야.

　「거기 위에 있는 애들아, 내가 너희들을 믿어도 되겠니?」

　그 말에 가만 있을 내가 아니지.

　「아줌마, 저를 모욕하고 계시네요.」

나는 아침부터 저녁까지 내내 페터를 보는 것이 즐거워.
안녕.

안네 M. 프랑크.

추신 : 참, 잊어버릴 뻔했네. 오늘 눈발이 굵은 진눈깨비가
내렸어. 하지만 지금은 모두 녹아서 흔적도 없어.

 ### 1944년 3월 6일 Monday

소중한 키티.

페터가 자기 부모님 이야기를 한 다음부터 내가 페터에
대해 조금은 책임감을 느끼고 있다면 이상하게 들리니? 페
터가 부모님과 말다툼을 하는 것이 꼭 나와 상관이 있는 것
처럼 느껴져. 그렇지만 페터가 나를 싫어하게 될까 봐 페터
에게 그 이야기를 할 수가 없어. 난 무슨 일이 있어도 조심
성 없이 나서기는 싫거든.

페터의 얼굴을 보면 페터도 나처럼 생각이 많다는 것을
알 수 있어. 그런데 어제 저녁에는 아줌마가 한껏 조롱하는
말투로 「지까짓 게 무슨 철학자라고!」라고 말하는 거야. 페
터는 그 말을 듣고 당황해서 얼굴이 빨개지고 나는 화를 낼
뻔했어.

사람들은 말을 가려서 할 줄 모른다니까! 페터가 외로운 것을 보면서 아무것도 해줄 수 없다는 것이 얼마나 슬픈지 넌 모를 거야. 나는 말다툼이나 사랑의 결핍 때문에 페터가 느끼는 괴로움을 마치 내가 직접 겪는 것처럼 느낀단다. 불쌍한 페터, 페터에게는 얼마나 사랑이 필요한데…….

페터가 자기에게는 친구가 필요 없다고 말했을 때는 정말 가슴 아팠어. 아, 페터가 얼마나 커다란 착각을 하고 있는 건지! 페터가 자신의 생각과 전혀 다른 이야기를 하고 있다는 생각도 들어! 페터는 자기의 남성다움과 고독과 무관심이라는 가면에 의지해서 자기 역할에서 벗어나지 않으려고 애를 쓰고 있어. 특히 자기 감정을 내보이지 않으려고 애를 쓰고 있어. 불쌍한 페터, 언제까지 그 역할을 그대로 지킬수 있을까? 그렇게 초인간적인 노력을 하다가 어느 날 갑자기 폭발해 버리는 건 아닐까? 아, 페터, 내가 너를 도울 수만 있다면, 그렇게 해도 된다면 얼마나 좋겠니? 우리 둘이 힘을 합치면 충분히 우리의 외로움을 떨쳐버릴 수 있을 텐데!

나는 생각은 많이 하지만 그다지 말로 표현하지는 않아. 나는 그를 보면 행복해. 게다가 날씨가 화창하면 더더욱 좋지. 어제는 내 머리를 감을 때 옆방에 페터가 있다는 걸 알면서도 깔깔대고 난리를 쳤단다. 나도 어쩔 수가 없어. 마음속으로 차분하고 진지하면 할수록 더 떠들게 된단다. 누가 먼저 자신의 가면을 벗어버릴까? 판 단 아저씨네에 딸이 아니고 아들이 있는 것이 다행이야. 상대가 남자이기 때문에 끌리는 마음이 없다면 상대의 마음을 정복하는 일이 지금처럼 어렵지도 않았을 거고, 이렇게 아름답지도 즐겁지도 않았을 테니까! 안녕.

안네 M. 프랑크.

추신 : 내가 모든 걸 아주 솔직하게 털어놓고 있다는 걸 알겠지? 그러니까 다시 만날 것에 대한 기대로 하루가 간다는 고백까지 하고 있는 거야. 나는 페터도 꼭 나처럼 그렇게 나와의 만남을 고대하고 있다는 희망을 기대하고 있단다. 페터가 수줍어하면서 내게 접근하려는 시도를 하는 것을 보면 너무 기쁘단다. 페터는 자기가 나처럼 표현을 잘 할 수만 있다면 무슨 일이라도 할 거야. 나를 이렇게 감동시키는 것이 바로 자기가 서투르고 어색하기 때문이라는 것은 상상도 못하고 있으니까 말야.

1944년 3월 10일 Friday

매우 소중한 키티.

오늘 아침에는 「엎친 데 덮친다」라는 속담이 딱 들어맞은 상황이 벌어졌어. 페터가 방금 그 속담을 인용했어. 현재 우리에게 닥친 어려움과 언제라도 닥칠 수 있는 문제가 어떤 것인지에 대해 이야기할게.

첫째, 어제 헹크와 아아혜의 결혼식이 있었는데 그 후유증으로 미프 아줌마가 아프단다. 아줌마는 결혼식이 있었던 베스터케르크에서 감기에 걸렸대.

둘째, 클레이만 씨가 지난번의 위출혈이 있은 후로 아직까지 사무실에 나오지 않고 계셔서 베프 언니 혼자서 사무실을 지키고 있어.

셋째, 이름을 말할 수는 없지만 어떤 아저씨가 경찰에 붙잡혀 갔어. 아저씨한테 뿐만 아니라 우리한테도 큰 일이란다. 우리는 감자와 버터와 잼이 오기를 초조하게 기다리고 있는 형편이거든. M 씨(그 아저씨를 이렇게 부르기로 하자)에게는 13살이 안 된 다섯 명의 아이가 있어. 게다가 곧 한 아이가 더 태어날 거래.

어제 저녁에 우리는 한동안 공포의 도가니에 빠졌었어. 갑자기 누가 우리가 있는 곳 바로 옆의 벽을 두드리는 거야. 우리는 그때 식사 중이었어. 나머지 저녁 시간은 모두들 신경 과민이 되어 무거운 분위기 속에서 지냈단다. 요즘은 이곳에서 일어나는 일에 대해서 기록하고 싶은 생각이 전혀 나지 않는구나. 내 자신에 관계된 일에 더 마음이 쓰이기 때문이야. 내 의도를 오해하지 말기 바래. 물론 선량한 분이신 불쌍한 M 씨의 운명이 끔찍하다는 생각을 하고는 있어. 단지 내 일기에 그 아저씨에 대해 많은 공간을 할애하지 않는 것뿐이야.

화요일과 수요일과 목요일에 나는 4시 반부터 5시 15분까지 페터와 함께 있었어. 우리는 같이 프랑스어 공부도 하고 이런저런 일에 대해 잡담도 나누었어. 나는 짧은 그 오후 시간을 정말로 기쁜 마음으로 기다린단다. 가장 기분 좋은 일은 페터도 내가 오는 것을 좋아한다는 생각이 드는 거야. 안녕.

안네 M. 프랑크.

소중한 키티.

최근에 나는 한 자리에 가만히 있지를 못하고 위에서 아래로 아래에서 위로 왔다 갔다 한단다. 페터와 말을 하는 것이 즐겁기는 하지만 페터를 귀찮게 할까 봐 걱정이 되기도 해. 페터가 지난 일과 자기 부모님과 자기 자신에 대해서 몇 가지 이야기를 들려주었어. 하지만 그것으로는 너무 부족해. 나는 내가 어째서 끊임없이 더 많은 이야기를 듣고 싶어 하는 걸까 하고 5분마다 한번씩 스스로에게 물어본다.

예전에는 페터가 나를 지긋지긋하게 여겼고 나도 그에 대해서 같은 감정을 가지고 있었어. 하지만 지금 내 생각은 바

꿰었어. 페터도 생각을 바꿔야 하는 것이 아닐까? 그래야 한
다고 생각해. 그렇다고 해서 우리가 꼭 친한 친구가 되어야
하는 것은 아니겠지만 서로 친구가 된다면 숨어사는 생활을
참기가 수월해질 거야. 흥분하지 않는 게 좋을 것 같군. 내
머릿속은 페터 생각으로 터질 것만 같고 내가 이렇게 무력
감에 빠져 있는데 너까지 나처럼 서글픈 꼴로 만들고 싶지
않으니까.

 1944년 3월 12일 Sunday

소중한 키티.

어제부터 점점 어처구니없는 상황이 벌어지고 있어. 페터
가 이제는 나를 쳐다보지도 않아. 마치 나를 원망하는 것 같
아. 그래서 페터를 쫓아다니지도 않고 가능하면 말도 걸지
않으려고 애를 쓰고 있는데 왜 이렇게 힘든지 몰라! 도대체
페터가 종종 나로부터 멀어지는 것은 무슨 이유일까? 페터
가 종종 나에게 다가오는 것은 또 무슨 이유 때문일까? 어쩌
면 내가 상황을 실제보다 훨씬 어둡게만 보고 있는 것은 아
닐까? 어쩌면 페터도 나처럼 기분이 이랬다 저랬다 하는 건
지도 몰라. 어쩌면 내일은 모든 일이 다 잘 될지도 모르지!

나는 기분이 좋지 않거나 슬플 때는 밝은 표정을 짓는 것

이 가장 어려워. 그럼에도 불구하고 말도 하고, 일을 돕기도 하고, 다른 사람들과 같이 있어야 하고, 게다가 명랑한 척하기도 해야 하는 거야! 내게 가장 필요한 것은 자연, 그리고 또 내가 마음대로 오랫동안 혼자 머물 수 있는 장소야!

키티야, 내 말이 너무 두서없지? 너무 혼란스러워서그래. 페터와 함께 있고 싶은 생각 때문에 미치겠어. 페터가 방에 있을 때 그를 쳐다보지 않고 방에 들어갈 수가 없어. 그러다가도 왜 내게 페터가 그렇게도 중요한지, 왜 나 혼자서 스스로 만족하지 못하는지, 왜 다시 차분해지지 못하는지 도무지 이해가 되지 않는 때도 있어.

밤이나 낮이나, 내가 깨어 있는 동안은 시간만 나면 스스로에게 질문을 던진단다.

'니가 페터를 귀찮게 한 건 아닐까? 너무 자주 위층에 올라간 건 아닐까? 페터가 아직은 감당할 수 없을 정도로 지나치게 진지한 일들을 너무 자주 화제에 올린 것은 아닐까? 페터가 너에게 전혀 호감을 갖고 있지 않은 것은 아닐까? 지금까지 모든 일을 너 혼자 상상으로 꾸며낸 것은 아닐까? 그렇다면 페터가 왜 네게 자기 자신에 대한 이야기를 그렇게도 많이 한 거냐구? 페터가 지금 그걸 후회하고 있는 걸까?

질문은 끝없이 이어진단다.

어제 오후에 슬픈 바깥 세상 소식을 들은 후에 나는 그만 너무 지쳐서 잠을 자려고 침대로 쓰는 긴 의자에 누웠어. 생각하지 않기 위해서 그저 잠만 자고 싶었던 거야. 4시까지 잠을 자고 나서 우리 방으로 갈 수밖에 없었지. 엄마가 묻는 질문에 일일이 대답을 하고 또 아빠 앞에서 낮잠을 잔 그럴 듯한 이유를 둘러대느라고 진땀을 뺐어. 나는 미열이 난다고 했어. 사실 그건 전적으로 거짓말도 아니지 뭐. 마음의 열병을 앓고 있는 거니까 말야!

정상적인 사람이나 정상적인 여자애가 내가 이렇게 징징거리는 소리를 듣는다면 나를 아주 이상한 애로 생각할 거야. 하지만 나는 이런 애란다. 너한테는 내 마음속에 있는 말을 모두 다 털어놓지. 그러나 다른 때는 버릇없이 굴고, 최대한으로 명랑하고 당돌하게 굴면서 내게 던지는 질문들을 교묘하게 피한단다. 그러고 나서 속으로는 내 자신에 대해서 막 화를 낸단다.

마르고트 언니는 내게 매우 상냥하게 대하면서 내가 자기에게 마음을 털어놓기를 바라지만 나는 언니에게 모든 것을 다 말할 수가 없어. 언니는 나를 진지하게 받아들여. 너무 지나칠 정도야. 자기 동생이 정신이 나간 것처럼 행동하니까 그걸 심각하게 생각하고 내가 말을 할 때마다 내게 질문하는 듯한 시선을 던지고 혼자 의아해

한단다.

'애가 일부러 이러는 걸까, 아니면 정말 이렇게 생각하는 걸까?'

우리가 늘 함께 지낼 수밖에 없기 때문에, 그리고 또 내 곁에 언제라도 내 말을 들어줄 만한 사람이 없기 때문에 이런 일이 생기는 거야.

언제쯤 이런 복잡한 생각들로부터 벗어날 수 있을까? 언제쯤 내가 마음의 평화를 되찾고 차분해질까? 안녕.

안네.

 1944년 3월 14일 Tuesday

소중한 키티.

오늘 우리가 먹을 메뉴가 뭔지 아는 것이 네게는 재미있을지도 몰라(나한테는 전혀 재미있지 않단다). 지금 청소부 아줌마가 아래층에서 일을 하는 중이기 때문에 나는 판 단 아저씨 집에 와서 방수포를 씌운 식탁에 앉아 있어. 나는 숨어 살기 전에 쓰던 향수를 묻힌 손수건으로 코를 틀어막은 채이를 악물고 있단다. 네가 무슨 영문인지 모를 것 같으니 처음부터 자세히 설명해 줄게.

우리에게 배급표를 구해 주시던 분이 잡혀갔기 때문에 암시장에서 구한 식량 배급표 다섯 장이 우리가 갖고 있는 전부야. 그 외에는 기름도 없고 다른 배급표도 없단다. 게다가 미프 아줌마와 클레이만 씨가 또 병에 걸려서 베프 언니가

장을 보러갈 수도 없어. 전체적으로 침울한 분위기인데다가 음식마저 한심하기 그지없단다.

내일부터는 기름도, 버터도, 마가린도 없이 살아야 한대. 아침 식사때 튀긴 감자 대신에 오트밀로 때워야 하는데(빵을 줄이기 위해서란다) 판 단 아줌마가 우리가 굶어죽을까 봐 걱정이 대단하시기 때문에 우유를 추가로 구입했어.

오늘 아침 식사는 양배추 스튜와 포도주었어. 그때도 코를 틀어막아야 했어. 무슨 그 따위 양배추가 다 있던지 참. 몇 해 묵은 것인지 섞는 냄새가 진동을 하더라고! 상한 자두와 오랫동안 저장해 둔 식품과 썩은 달걀 열 개를 뒤섞어놓은 듯한 냄새가 부엌에서 진동하고 있어. 이런 썩어 빠진 음식을 먹어야 한다니 생각만 해도 구역질이 나!

설상가상으로 감자에 이상한 병이 들어서 두 양동이 중에서 하나를 전부 난로 속에 넣어야 했어. 우리는 재미로 감자가 어떤 병에 걸렸는지 검사해 봤는데 암에 걸린 것도 있고 천연두나 홍역에 걸린 것도 있다고 결론을 내렸단다. 전쟁이 시작된 지 4년째 숨어산다는 것은 정말 신나는 일이 아니란다! 이 바보 같은 일들이 제발 빨리 좀 끝났으면 좋겠어.

솔직히 말해서 먹는 것만 문제고 다른 일들이 웬만큼 즐겁다면 별로 걱정을 하지 않겠어. 하지만 현실은 그렇지가 않아. 단조로운 생활을 하다보니 모두들 침울해졌어. 현재 상황에 대한 은신처의 다섯 어른의 의견을 들려줄 테니 한번 들어봐(어린이가 자기 의견을 갖는 것은 금지되어 있대. 이번

만은 내가 참기로 했어).

─판단 아줌마의 의견

레인지를 쓰는 것이 짜증이 나기 시작한 지 오래지만 아무 일도 하지 않고 그냥 앉아 있는 것이 너무 지루해서 요리나 해보려고 하는데 도저히 불평하지 않을 수가 없다. 기름이 없으니 요리를 할 수가 있어야지. 게다가 구역질 나는 이 냄새들 때문에 메스꺼워 죽겠다. 내가 이렇게 고생을 하는데도 사람들은 나를 보고 고마움을 모른다느니, 불평만 한다느니 한다. 모두들 나를 미워한다. 그저 모두 내 탓이라고 한다. 그 밖에는 전쟁이 전혀 진전이 없다고 생각한다. 독일이 결국 또 승리하고 말 것이다. 나는 우리가 모두 굶어죽을까 봐 겁이 나서 기분이 나빠지면 모든 사람에게 욕설을 퍼붓는다.

─판단 아저씨의 의견

아, 담배, 담배……, 담배를 피고 싶다. 담배가 없으니까 음식이고 정치고 켈리의 기분이고 뭐고 모두 다 지긋지긋하다. 켈리는 그래도 사랑스러운 아내다. 담배가 없을 때는 병에 걸릴 것 같다. 그럴 때는 고기를 먹어야 한다. 그러나 이곳의 삶은 너무 힘들다. 웬만한 것이라고는 전혀 없다. 그러니 악악대고 싸울 수밖에 없다. 가련한 켈리, 어쩜 그렇게도 미련할까?

음식이 그리 중요한 것은 아니라고 생각하지만 호밀빵 한 조각만 먹었으면 좋겠다. 배가 고프다. 내가 만약 판 단 부인이라면 진작에 판 단 씨가 줄담배를 피우는 습관을 끊도록 했을 것이다. 그런데 나야말로 담배를 한 대 피워야 할까 보다. 정신이 혼란스럽다. 판 단 씨 가족은 나와 맞지 않는다. 나도 말을 좀 해야겠다. 영국군들이 실수를 많이 하기는 했지만 전쟁에 진전이 있다. 내가 폴란드로 끌려가지 않은 걸 다행인 줄 알아야 한다.

모든 것이 잘 되어 가고 있다. 아무것도 부족한 것이 없다. 진정하자. 우리에게는 시간이 있다. 나에게 감자만 조금 주면 나는 아무 불평도 안 한다. 자, 베프를 위해 내 몫을 조금 떼어놓자. 정치는 아주 잘 되어가고 있다. 나는 모든 것을 낙관하고 있다!

내 일을 할 수 있어야만 한다. 모든 것을 제때에 마쳐야 한다. 정치는 더할 나위 없이 잘 되어 가고 있다. 우리가 잡힐 염려는 없다. 어떻게 내가, 내가, 내가······! 안녕.

안네.

소중한 키티.

휴~, 드디어 우울한 분위기에서 벗어났네! 오늘은 만약 이런 일이 일어나면 저런 문제가 생길 거라는 둥, 누구마저 병이 나면 이제 이 세상에 우리만 외로이 남게 되는 거고 그렇게 되면 또…… 하는 소리를 계속 들어야 했어. 아마 그 다음은 말하지 않아도 알겠지? 뒤 이어서 어떤 이야기가 오고 갔을지는 이미 오래 전부터 은신처 사람들에 대해서 잘 알고 있는 네가 충분히 짐작할 수 있을 거라고 생각된다.

쿠글러 씨가 6일 동안 밭을 가는 일에 동원됐어. 베프 언니는 지독한 감기에 걸려서 내일 결근해야 할지도 모르는데 미프 아줌마는 아직 독감이 낫지 않았어. 엎친 데 덮친 격으로 클레이만 씨가 위출혈로 실신까지 했어. 그래서 그런 이야기가 나오기 시작한 거야. 한 마디로 한숨이 거푸 나오지 않을 수 없는 상황인 거지.

우리는 쿠글러 씨가 당장 믿을 만한 의사를 찾아가서 진단서를 받아 힐베르쉼 시청에 제출해야 한다고 생각하고 있어. 창고 담당자들은 내일 하루 동안 휴가를 받았으니까 베프 언니 혼자서 사무실을 지켜야 하는 거야. 만약 베프 언니마저 아프게 되면 건물 출입구를 열쇠로 잠가야 하고, 우리는 옆의 케그 공장에 들리지 않도록 하루 종일 아무 소리도 내지 말아야 하는 거야. 그렇게 되면 얀 아저씨가 한 시쯤에 '버림받은 사람들'을 보러 30분 정도 와 계실 거야. 말하자면 동물원 관리인의 임무를 수행하는 거지.

오늘 오후, 얀 아저씨가 오랜만에 바깥 세상 소식을 가지고 오셨어. 우리가 얀 아저씨 주위로 둘러앉아 있는 모습은 '할머니께서 이야기를 들려주실 때'라는 제목의 한 폭의 그림 같았다니까. 흥미진진하게 듣고 있는 청중을 향한 얀 아저씨의 이야기는 끝없이 이어졌어. 아저씨는 당연히 음식 이야기부터 했어. 미프 아줌마의 친구인 어떤 아줌마가 대신 음식을 차려주신대. 그저께는 그린피스가 든 당근 요리를 드셨고 어제는 그저께 먹다 남은 것을 드셨대. 오늘은 집에서 기른 완두콩 요리를 해주셨고, 내일은 남은 당근으로 스튜를 해주실 거래.

우리는 미프 아줌마를 치료하는 의사가 누군지 물었어. 얀 아저씨가 말씀하셨어.

「의사가 무슨 소용입니까? 오늘 아침에 의사에게 전화를 걸었더니, 간호사인 듯한 사람이 전화를 받았어요. 감기 처방전을 부탁했더니, 오전 8시와 9시 사이에 처방전을 찾으러 오랍니다. 심한 독감에 걸린 경우에는 의사가 직접 전화를 받아서 이렇게 말한답니다. '혀를 내밀어요. 아~, 해보세요. 예, 알겠습니다. 목이 부었군요. 처방을 해드리겠습니다. 약국에 가져가세요. 안녕히 계십시오.' 고작 이런 것이

의사의 일이라는 겁니다. 전화로만 환자를 받으면 일이 간단하겠지요. 하지만 의사를 비난할 생각은 없습니다. 한 사람이 할 수 있는 일의 양에는 한계가 있는데 환자는 많고 의사는 부족하니까요.」

우리는 얀 아저씨가 들려주는 전화 대화를 들으면서 실컷웃었어. 나는 요즘 병원 환자 대기실에서 어떤 일이 일어나는지 상상할 수 있어. 이제는 복지 기금의 도움을 받는 환자를 깔보는 대신 별로 심하게 아프지도 않으면서 병원을 찾는 사람을 깔볼 거야. 그런 사람을 보면 사람들이 「이 사람이 도대체 여기서 뭘 하는 거야? 줄이나 서시지. 진짜 환자가 우선이라구」라고 말한대. 안녕.

안네.

1944년 3월 16일 Thursday

소중한 키티.

화창한 날씨야. 이루 말할 수 없이 아름다워. 빨리 다락방으로 올라가야지.

내가 왜 늘 페터보다 불안정한지 그 이유를 이제 알겠어. 페터에게는 자기 방이 있으니까 마음대로 공부도 하고 꿈도 꾸고 생각도 하고 잠도 잘 수 있거든. 하지만 나는 끊임없이 사람들한테 이리 치이고 저리 치이고 하잖아. 방을 둘이 같이 쓰니까 언제고 혼자 있을 수가 없어. 혼자 있고 싶은 마음이 얼마나 간절한지 몰라. 내가 다락방에 가는 이유도 거기 있단다. 다락방에 올라가서 네 곁에 있으면 아주 짧은 순간만이라도 진정한 내 자신이 될 수 있어. 그렇다고 내게 부족한 것을 두고 한탄하고 싶지는 않아. 오히려 용감해지고 싶어!

식구들은 나의 은밀한 감정에 대해서 아무런 눈치도 채지 못하고 있어. 그저 내가 엄마에게 날이 갈수록 조금 더 차갑고 무시하는 투로 대하며, 아빠에게 아양도 덜 떨고, 마르고트 언니에게조차 마음을 열지 않은 채 입을 꾹 다물고 지낸다는 것밖에는 모르지. 무엇보다도 외적으로는 침착함을 잃지 말아야 해. 내 속에서 나의 욕망과 이성 사이에 실전보다 더한 치열한 전투가 벌어지고 있다는 사실을 남들이 눈치채게 해서는 안 돼. 지금까지는 이성이 우세했지만 욕망이 이기는 때가 오지 않을까? 때때로 그렇게 될까 봐 두려워하기도 하지만 그렇게 되기를 바라는 때가 더 많단다.

페터가 아무 눈치도 채지 못하게 하는 게 정말 얼마나 힘이 드는지 몰라. 그렇지만 먼저 표현해야 할 사람은 페터란 말이야. 지난 밤 꿈에 나눈 이야기와 다정한 행동을 기억하면서 마치 그런 기억조차 없는 듯이 하루를 맞이하는 것이 얼마나 힘든지 모른단다!

그래, 키티야! 안네는 웃기는 아이란다. 하지만 내가 살아가고 있는 이 시대와 내 삶의 여건이 더 웃기는 거지. 그나마 내가 생각하고 느끼는 것을 기록할 수 있으니 얼마나 다행인지 몰라. 그것마저 못하면 완전히 질식해 버렸을 거야.

이런 모든 일들에 대해서 페터는 어떻게 생각할까? 언젠가는 페터와 이 문제에 대해 이야기를 나눌 수 있을 거라고 나는 늘 생각하고 있단다. 그래도 페터가 내 속에 겉보기와는 다른 뭔가가 있다는 것을 눈치는 채고 있을 거야. 자기가 지금까지 알고 있는 피상적인 안네를 페터가 사랑할 리가 없거든! 차분하고 평화로운 것을 그렇게도 좋아하는 페터가 야단법석을 피우고 흥분해서 난리를 치는 나를 좋아할 수가 있을까? 이 세상에서 페터가 나의 무쇠 가면 뒤에 숨어 있는 나의 참모습을 바라본 첫 번째 사람이 되려나? 그가 곧 나의 가면을 꿰뚫으려나?

옛말에 '사랑은 동정심에서 시작된다' 고 하니 '사랑과 동정심은 손에 손을 잡고 간다' 고 하는 말도 있잖니? 그 말이 내 경우에도 적용되는 게 아닐까? 나도 페터를 보면 내 자신에 대해서와 똑같이 동정심을 느끼거든! 뭐라고 말을 꺼내야 하는 건지 정말 모르겠어. 그러니 나보다 훨씬 말이 서툰 페터가 어떻게 그 말을 쉽게 꺼내겠니? 페터에게 편지를 쓸 수만 있다면 좋으련만! 그러면 적어도 내가 말하려는 게 뭔지 페터에게 전달할 수는 있을 텐데. 아, 말로 표현하는 것은 정말 어렵구나! 안녕.

　　안네 M. 프랑크.

1944년 3월 19일 Sunday

　　소중한 키티.

　　어제는 내게 매우 중요한 하루였단다. 점심 식사 후에는 보통 때처럼 지났어. 다섯 시에 나는 감자를 삶으러 위층에 올라갔어. 엄마가 페터에게 갖다주라고 한 순대도 가지고 갔지. 처음에는 가고 싶지 않았지만 결국에는 가고 말았어. 그런데 페터가 순대를 받지 않았어. 우리가 다투었기 때문에 페터가 순대를 받지 않은 거라고 생각하니까 마음이 아팠어. 갑자기 더 이상 참을 수가 없었어. 눈물이 흘러내렸어. 나는 더 이상 권하지 않고 그릇을 엄마 곁에 내려놓고는 마음놓고 울려고 화장실로 갔어. 페터와 그 문제를 해결해야겠다는 생각이 들었어.

　　우리 네 식구는 페터가 낱말 맞추기 퍼즐을 하는 걸 도와주러 점심 식사 전에 위층으로 올라갔어. 퍼즐을 하는 동안 나는 한 마디도 할 수가 없었어. 그렇지만 식탁에 앉기 전에 페터에게 「너, 저녁에 속기 연습하니?」 하고 살짝 물었어.

　　페터가 「아니」라고 대답했어.

ANNE FRANK　211

「그럼 조금 있다 이야기 좀 하자.」

페터가 동의했어.

설거지를 끝내고 페터 방에 가서 지난번에 나랑 싸운 것 때문에 순대를 받지 않은 거냐고 물었어. 다행히도 그런 게 아니었어. 그저 준다고 그 자리에서 덥석 받는 것이 예의가 아니라고 생각했을 뿐이라고 했어. 나중에 우리 방이 너무 더워서 얼굴이 새빨개졌기 때문에 마르고트 언니에게 물을 갖다주고 나서 시원한 공기를 좀 쐬려고 위로 올라갔단다. 예의상 처음에는 판 단 아저씨 집 창문에 서 있다가 잠시 후 페터 방에 들어갔어. 페터는 창문 왼쪽에 서고 나는 오른쪽에 서서 이야기를 했어. 어스름 저녁에 창문을 열어놓고 그 옆에 서서 이야기하는 것이 대낮에 밝은 곳에서 이야기하는 것보다 훨씬 마음이 편했어. 페터도 그렇게 생각하는 것 같았어.

우리는 많은 이야기를 했어. 하도 많은 이야기를 한 터라 너에게 다 들려줄 수는 없지만 너무 감미로웠어. 은신처에서 보낸 가장 아름다운 저녁이었어. 그래도 우리가 어떤 이야기를 나누었는지 간단하게 이야기해 줄게. 제일 먼저, 우리의 말다툼과 완전히 바뀐 나의 견해에 대한 이야기를 했고, 부모님으로부터 우리가 점점 멀어지고 있다는 이야기도 했어. 나는 아빠와 엄마와 마르고트 언니와 내 이야기를 했어. 그러던 중 페터가 물었어.

「너희 집에서는 아직도 잘 자라는 키스를 하겠지?」

「그럼, 수없이 많이 하지. 왜, 너희 집
은 하지 않니?」
「응, 지금까지 그 누구한테도 키스한
일이 없어.」
「네 생일 때도?」
「음, 생일 때? 맞다, 그때는 하지.」
우리는 페터나 나나 둘 다 부모님께 신뢰감을 가질 수 없
단 이야기를 했어. 페터의 부모님은 서로 사랑하시고, 페터
가 부모님을 믿고 따랐으면 하지만 페터는 그럴 생각이 없
대. 내가 잠자리에 들면 서러워서 운다고 하니까, 페터는 다
락방에 올라가서 욕설을 내뱉는다고 했어. 나와 마르고트
언니는 서로에 대해서 알게 된 것이 얼마 되지 않지만 늘 같
이 지내기 때문에 할 이야기가 별로 없다는 이야기도 했지.
우리는 신뢰감이나 감정에 대한 이야기, 우리 자신에 대한
이야기, 그리고 별별 이야기를 다 했어. 아, 페터는 정말 내
가 예상했던 바로 그런 애였어.
   우리는 곧 이어서 1942년에 대해서 이야기하기 시작했
어. 그 당시에 우리가 지금과는 정말 달랐다는 이야기도 했
지. 처음에는 서로 상대방을 기분 나쁜 아이라고 생각했던
거야. 페터는 나를 흥분 잘하는 말썽꾸러기라고 생각했고,
나는 처음부터 페터를 전혀 별 볼일 없는 애로 생각했어. 당
시에는 왜 페터가 여자애에 대해 관심이 없는지 이해할 수
가 없었는데, 지금은 그 점이 얼마나 다행스럽게 여겨지는

지 몰라.

페터는 자기가 혼자 좀 지내 봤으면 좋겠다는 이야기도 했어. 나는 내가 소란스럽고 활달한 것과 그가 묵묵히 지내는 것이 크게 다른 것이 아니라는 말을 했어. 나는 또, '나도 역시 조용한 것을 좋아하지만, 나의 일기장 빼고는 내 세계가 없다. 뒤셀 씨를 비롯해서 모두들 내가 가까이 가는 것을 싫어한다. 뒤셀 씨 곁에서 지내는 것이 싫다'고 했어.

페터는 우리 엄마, 아빠에게 아이들이 있어서 좋다고 했고, 나도 페터가 이곳에 함께 있어서 좋다고 했어. 이제는 페터를 이해하겠어. 페터가 과묵한 것도, 페터와 그의 부모님 사이의 관계도 모두 이해가 돼. 페터가 부모님과 언쟁을 할 때 내가 페터를 도울 수 있다면 얼마나 좋을까?

그가 말했어.

「넌 지금도 끊임없이 나를 도와주고 있는 거야.」

내가 놀라서 물었어.

「내가 무슨 일을 해서 너를 돕는다는 거야?」

「네가 명랑한 거.」

이 말이 페터가 내게 한 가장 근사한 말이란다. 페터는 내가 자기에게 그전처럼 놀러오는 것이 전혀 귀찮지 않고 오히려 좋다고 말했어. 나는 엄마 아빠를 온갖 애칭으로 부른다고 무슨 의미가 있는 것이 아니며, 또 그분들이 여기저기 키스를 해준다고 해서 신뢰감이 생기는 것도 아니라고 말했지. 우리는 우리의 자립이라든지 일기 그리고 고독에 대한 이야기와, 또 사람들이 겉으로 보이는 모습과 속은 다르다는 이야기, 그리고 내 가면에 대해서도 이야기했어.

정말 굉장했어. 페터는 나를 친구로서 좋아하기 시작한 것이 분명해. 지금으로써는 그것만으로도 충분해. 나는 고맙고 행복한 마음을 어떻게 표현해야 할지 모르겠어.

키티, 오늘은 보통 때에 비해 나의 문체가 엉망이라서 미안하다. 그저 머리에 떠오르는 대로 적어서 그래.

나와 페터는 지금 비밀을 갖고 있어. 페터가 눈을 깜빡하면서 비밀스런 눈짓을 하면 내 안에서 작은 등불이 반짝 켜진단다. 그런 상태가 오래도록 계속되었으면 좋겠어. 그리고 둘이서 즐거운 시간을 아주 많이 보낼 수 있으면 좋겠어.

안녕.

감사와 행복으로 가득찬 안네.

1944년 3월 20일 Monday

소중한 키티.

오늘 오전에 페터가 저녁에 올 거냐고 묻더니, 자기는 내가 전혀 귀찮지 않다고 또 자기 방에는 두 사람이 있을 자리

가 충분하다고 덧붙였어. 우리 집에서는 내가 페터 방에 가는 데에 찬성하지 않기 때문에 저녁마다 갈 수는 없다고 했더니, 내가 그런 데에 신경 쓰지 말아야 된다고 했어. 그래서 토요일 저녁에 가겠다고 하면서 달이 뜨면 내게 좀 알려 달라고 했어. 페터가 「그런 날은 함께 달을 보러 아래층으로 가는 거야」라고 했어. 나는 페터의 제안에 전적으로 찬성이야. 난 도둑 따위는 전혀 두렵지 않거든.

그 사이에 나의 행복 위로 어두운 그림자가 드리워졌어. 이미 오래 전부터 눈치를 채긴 했지만 마르고트 언니도 페터가 싫지 않은 거야. 어쩜 그 이상인지도 몰라. 언니가 페터를 얼마나 좋아하는지는 잘 모르겠지만 참 힘든 상황인 것만은 사실이야. 내가 페터를 만날 때마다 뻔히 알면서도 언니를 괴롭히고 있는 꼴이 된 거야. 언니가 전혀 그런 내색을 하지 않으니 더욱 힘들어. 내가 만약 언니였다면 아마 질투 때문에 절망감에 시달렸을 거야. 그런데 언니는 자기를 동정할 필요가 없다는 말만 할 뿐이야.

「언니가 잊혀진 사람처럼 지내는 것이 안 됐어」라고 하니까 언니가 쓸쓸하게 대답했어.

「나는 그런 데 익숙해.」

이 이야기는 감히 페터에게 할 수가 없어. 나중에 이야기하지 뭐. 지금은 그것 말고도 둘이 할 이야기가 너무 많아.

어제 저녁에 엄마가 나의 뺨을 때리셨어.

맞아도 싸지 뭐. 내가 지나치게 엄마를 무시하고 대들었으니까. 어쨌든 앞으로는 사람들을 상냥하게 대하도록 노력해 볼 거야. 그리고 불평이 있으면 우리끼리만 이야기하는 거야.

핌도 내게 다정하지 않아. 그 전에는 지나칠 정도로 다정하게 대하더니 이제는 태도를 싹 바꾸어서 차갑게 대하서. 앞으로 어떻게 될지 두고 보자구! 아빠는 내가 대수 공부를 하지 않으면 나중에 과외비를 대주지 않겠다고 하는 거야. 어떻게 되나 두고 볼까? 그래도 다른 책으로 바꿔주기만 한다면 다시 한번 노력해 볼래.

현재 할 이야기는 모두 다 했어. 나는 아무 일도 하지 않고 그저 페터만 바라보고 있단다. 내 마음엔 온통 페터뿐이야! 안녕.

안네 M. 프랑크.

오늘 1944년 3월 20일에 받은 이 편지를 보면 마르고트 언니가 얼마나 착한지 잘 알 수 있어.

「안네야, 내가 어제 너에 대해 질투를 느끼지 않는다고 한 말은 절반만 사실이야. 실은 너나 페터에 대해서는 전혀 질투를 느끼지 않지만 내 자신이 아직 내 생각과 감정을 토로할 상대를 만나지 못했다는 점과 당분간 그런 사람을 만날 가능성도 없다는 것이 유감스러워. 나는 너희 둘이 좀 더 서로 간에 신뢰했으면 하고 진심으로 바라고 있단다. 네 또래의 다른 아이들이 당연히 누리는 것 중에 많은 것을 너는 제대로 누리지도 못하고 있잖니?

또 내가 페터랑은 그렇게 깊은 관계로 발전할 것 같지가 않아. 나는 여러 가지 주제에 대해서 대화를 나누려면 먼저 상대와 친밀해져야 해. 내가 일일이 이야기하지 않아도 상대방이 나를 완전히 이해해 주어야만 해. 그렇게 되려면 내가 상대방이 나보다 똑똑하다고 생각해야 하는데 페터는 그렇지 못해. 그러나 너는 나와는 다르지. 페터가 너와 친해지는 것은 불가능한 일이 아닌 것 같아. 그러니까 네가 나를 괴롭히고 있다든지, 네가 내게 페터를 뺐었다든지 하는 자책감은 느끼지 마. 전혀 그런 게 아니니까. 너와 페터가 서로 자주 만난다고 해도 나쁠 것이 하나도 없어.」

나의 답장.

「소중한 마르고트 언니, 언니 편지는 참으로 고마워. 하지만 아직은 내 마음이 완전히 편하지 않고 조금은 걱정이 돼. 나와 페터 사이에 언니가 말하는 것처럼 그렇게 깊은 신뢰감은 아직 존재하지 않아. 그래도 어두울 때 열린 창문 앞에서는 밝은 대낮보다 많은 이야기를 하게 돼. 또 큰 소리로 이야기하는 것보다 속삭이는 것이 자신의 감정을 털어놓는 데는 더 좋아. 결국 언니가 페터에 대해서 누나와 같은 애정을 느끼고 있고 페터를 돕고 싶다는 생각을 적어도 나만큼은

 하고 있는 거라고 생각해. 언니도 언젠가는 언니
의 뜻을 실천해 볼 수 있다고 생각해. 물론 언니
가 의미하는 그런 신뢰감을 바탕으로 한 관계는
아니더라도 말이지. 신뢰감이란 것은 서로 간에
주고받는 것이라고 생각해. 아빠와 나 사이에 신
뢰감이 생기지 않는 이유도 바로 그게 안 돼서인
것 같아. 그러니까 이 문제는 접어두고 더 이상 이야기하
지 말자.

나한테 부탁할 것이 있으면 편지로 해주기 바래. 내 생각
을 표현하는데 말로 하는 것보다는 그게 훨씬 쉬우니까. 언
니는 내가 언니를 얼마나 존경하는지 몰라. 언젠가는 나도
아빠나 언니의 좋은 점을 조금이나마 닮았으면 좋겠어. 두
사람 모두 착한 건 비슷해.」

안녕.

안네.

 1944년 3월 22일 Wednesday

소중한 키티.
어제 저녁에 마르고트 언니로부터 받은 편지야.

「나의 소중한 안네야.

어제 네 편지를 보고 공부를 하거나 말을 하려고 페터 방에 갈 때마다 네가 양심의 가책을 느끼고 있다는 느낌을 받고 기분이 안 좋았단다. 그럴 필요가 전혀 없어. 내 마음 안에도 누군가가 나와 서로 믿고 의지할 자리가 있겠지만 그 상대로 페터는 아직 부족해. 네가 편지에 썼던 것처럼 페터는 나한테 동생이나 마찬가지야. 나도 페터도 서로 상대방에 대해 탐색전 같은 것을 벌이기는  했지만 아직 아무런 관계도 아니야. 아마 나중에 언젠가는 형제 간의 우애 같은 것으로 발전할지도 모르지. 어쩜 전혀 아무런 결실도 맺지 못할 수도 있고. 어쨌든 아직까지는 그런 단계에 이르지 못했으니까 나한테 전혀 동정을 느낄 필요는 없는 거야. 네가 이제 막 발견한 상대니까 할 수 있을 때 실컷 즐겁게 보내려무나.」

그 사이에 나와 페터의 이야기는 점점 더 발전했단다. 키티야, 이러다가 은신처에서 정말로 위대한 사랑이 탄생하는 것이 아닌지 모르겠다. 우리가 오랫동안 이곳에 머물게 된다면 페터와 결혼할지도 모른다는 농담을 했던 것이 그저 터무니없는 이야기만은 아니었어. 그렇지만 나는 페터와 결혼할 생각은 없단다. 페터가 어른이 되면 어떻게 변할지 모르겠고, 또 우리가 서로 결혼하고 싶어질 정도로 서로 사랑하게 될 날이 올지 안 올지도 모르겠거든. 이제는 페터도 나를 좋아해. 하지만 그것이 무슨 감정인지 아직 잘 모르겠어. 그저 좋은 친구로서 좋아하는 것인지 아니면 여자로서 나를 매력적으로 느끼는 것인지 아니면 동생으로 좋아하는 것인지 아직은 잘 모르겠어. 단지 페터가 자기 부모님과 마찰이 있을 때 내가 항상 자신에게 도움이 되었다고 말하는 것을 듣고 나는 뛸 듯이 기뻤어. 그 말을 들으면서 페터가 내게 우정을 느끼는 것이 아닐까 하는 생각이 들었던 거야.

어제 내가 만약 여기에 안네 같은 애가 열두 명이 있어서 매일 페터를 보러온다면 어떻겠냐고 물었더니 페터가, 「그 애들이 전부 너만 같다면 아무 걱정이 없을 거야. 정말로!」라고 말하는 거야.

페터는 나한테 너무 친절해. 내가 자기를 만나러오는 것을 정말로 반가워하는 것 같애. 지금 페터는 프랑스어를 아주 열심히 배우고 있어. 저녁에 잠자리에 누워서 10시 15분이 될 때까지 공부할 정도야.

아, 토요일 저녁에 우리가 나눈 이야기와 그 이야기를 나누던 우리의 목소리를 생각하면 정말 태어나서 처음으로 내 스스로가 만족스러워. 다시 말해서 지금 다시 그 말을 하라고 해도, 다른 때처럼 이렇게 말할 걸 하고 후회하지 않고 그때 말했던 걸 그대로 말하고 싶다는 이야기야.

페터는 너무 잘생겼어. 웃을 때나 아무 말 없이 앞을 바라볼 때나 언제나 단정해. 페터는 사랑스럽고 착하고 멋있어.

내 생각에는, 페터가 나한테서 가장 놀랐던 것은 내가 겉으로 보이는 것처럼 그저 피상적이고 사교적인 안네가 아니고, 자기처럼 몽상가인데다가 많은 문제를 안고 있는 아이라는 것을 알았을 때일 거야!

어제 설거지를 끝내고 페터가 나더러 위층에 남아 있으라고 말하기를 기대하고 있었어. 그런데 아무 소식이 없어서 내려왔는데, 페터가 라디오를 듣자고 뒤셀 씨를 찾으러왔어. 페터는 한참 동안 욕실에서 기다리다가 뒤셀 씨가 너무 오래 걸리니까 그냥 올라갔어. 페터는 우리 안에 갇힌 곰처럼 방 안에서 왔다갔다 하더니 일찍 잠자리에 들었어. 밤새 너무 흥분이 돼서 나는 몇 차례나 욕실에 가서 얼굴에 찬물을 뒤집어쓰고, 책을 좀 읽다가 이런저런 생각도 하고 괘종시계를 보기도 하고 계속 귀를 기울이면서 기다리고 또 기다렸어. 일찍 잠자리에 들었지만 피곤해서 죽을 지경이었어. 오늘 저녁에는 목욕을 해야겠어. 하지만 내일은 어떻게 하나?

내일은 아직 멀었으니까 뭐! 안녕.

안네 M. 프랑크.

마르고트 언니에게 보낸 나의 답장.

「소중한 마르고트 언니.

앞으로 어떻게 되어가는지 두고 보는 것이 가장 좋을 것 같애. 나와 페터 사이는 그전으로 되돌아가든지 아니면 완전히 다른 관계가 되든지 머지않아 어떤 쪽이든 결정이 날 것 같아. 그때가 되면 또 어떻게 될지 전혀 모르겠어. 그저 눈앞에 닥친 일밖에는 아무것도 모르겠어. 하지만 한 가지만은 분명해. 만약 페터와 나의 관계가 우정으로 발전한다면 언니도 페터를 좋아하고 있으며 필요할 때면 언니가 도와줄 의사가 있다고 내가 페터에게 말할 거라는 거야. 언니는 물론 내가 페터에게 그 이야기를 하는 데에 찬성하지 않겠지만 나는 상관없어. 페터가 언니에 대해서 어떻게 생각하는지에 대해서 관심 없긴 하지만 페터에게 언니를 어떻게 생각하는지 물어볼 거야. 그렇게 한다고 나쁠 것도 없지. 아니 오히려 그 반대지! 그렇게 되면 우리가 다락방에 있거나 다른 데 있거나 상관없이 언니가 우리 있는 곳에 와도 돼. 우리에게 전혀 방해가 되지 않을 테니까. 우리는 저녁에 어두울 때만 이야기하기로 무언중에 약속했거든.

용기를 내! 나도 항상 쉽지만은 않지만 용기를 낼 거니까. 어쩌면 생각보다 빨리 언니를 위한 시간이 올지도 몰라! 안녕.

안네.」

1944년 3월 28일 Tuesday

매우 소중한 키티.

정치에 관한 이야깃거리가 많이 있지만 오늘은 그것 말고도 할 이야기가 많단다.

첫째, 엄마가 내가 위층에 가지 못하도록 금지령을 내리셨어. 판 단 아줌마가 질투하고 있다고.

둘째, 페터가 마르고트 언니에게 나와 함께 위층에 놀러 오라고 했어. 도대체 예의상 하는 말인지 아니면 진심에서 우러나온 말인지 모르겠어.

셋째, 아빠에게 판 단 아줌마가 질투하는 데 대해서 내가 신경을 쓸 필요가 있냐고 물어봤더니, 그럴 필요가 없다고 하셨어. 그랬더니 엄마가 화가 나서 나보고 위층에 가지 말고 뒤셀 씨와 여기서 공부하라고 하셔. 엄마도 질투하고 있는 게 아닌지 모르겠어. 아빠는 나와 페터가 몇 시간을 같이 보내는 것을 기꺼이 허락하실 생각이고, 우리가 그렇게 친하게 지내는 것을 전혀 나쁘게 보지 않아. 마르고트 언니도 페터를 좋아하기는 하지만 셋보다는 둘이 이야기하는 편이 더 수월할 걸로 생각한대.

엄마는 페터가 나를 사랑하고 있다고 생각하셔. 솔직히 말해서 나는 그것이 사실이었으면 좋겠어. 그러면 나와 페터의 입장이 똑같아지니까 서로 간에 감정이 더 쉽사리 통할 수도 있을 거야. 엄마는 또 페터가 계속 나를 지켜보고 있다고도 했어. 우리가 하루에 적어도 한 번 이상 방을 가로질러 윙크를 하는 것도 또 페터가 내 볼의 보조개를 쳐다보는 것도 사실이야. 하지만 그걸 나한테 어쩌라고, 안 그러니?

내 입장이 무척 곤란해. 나와 엄마는 서로 대치 상태야. 아빠는 우리가 무언의 싸움을 하고 있는 걸 모른 체하고 계셔. 엄마는 아직 나를 사랑하기 때문에 슬퍼하고 계시지만 나는 이제 엄마에 대한 신뢰감이 없기 때문에 조금도 슬프지 않아.

페터는……, 나는 페터를 포기하고 싶지 않아. 페터는 너무 착하고, 또 내가 너무 좋아하니까. 우리 사이에 모든 일이 다 잘 되어갈 텐데 도대체 무엇 때문에 어른들이 우리 일에 끼어들려는 건지 모르겠어. 다행히도 나는 내 감정을 숨기는 데 능숙해서 내가 페터를 얼마나 좋아하는지를 잘도 감추고 있어. 페터가 내게 고백할까? 꿈에서 그랬던 것처럼 페터의 뺨이 내 뺨에 닿는 부드러운 촉감을 느끼는 날이 올까?

오, 페터와 페텔! 너희는 단 한 사람이야! 사람들은 무엇 때문에 페터와 내가 서로 끌리는지 이해를 못해! 아, 과연 언제쯤 우리가 이 어려움을 극복해 낼 수 있을까? 하지만 난관을 극복하는 일은 즐겁지 않겠니. 그 후에는 좋은 결과가 있을 테니까 말이야. 페터는 팔베개를 하고 누워서 눈을 감고 있을 때는 어린애 같애. 무시와 놀면서 이야기를 나눌 때는 다정해 보여. 감자나 무거운 물건을 들 때는 힘도 세지. 충격이 있거나 도둑이 들었을 때 캄캄한 곳에서 이리저리 살필 때는 용감하고, 서툴게 굴 때는 사람을 감동시켜.

나는 내가 페터에게 가르칠 때보다 페터가 내게 설명을 해줄 때가 훨씬 좋고, 거의 모든 면에 있어서 페터가 나보다 나았으면 좋겠어! 페터가 사랑을 고백해 주기만 한다면 엄마들이 뭐라고 하든 상관없어.

아빠는 내가 새침을 떤다고 하셔. 하지만 그건 사실이 아냐. 나는 단지 허영심이 강한 것뿐이야! 나는 아직 나보고 예쁘다고 하는 소리를 많이 들어보지 못했어. 세이엔(C. N.)이 나보고 웃을 때 귀엽다고 한 것이 다야. 그런데 어제 페터가 진심으로 나를 칭찬하는 말을 했어. 재미로 들어봐. 우리가 나눈 대화를 그대로 전해 줄게. 페터는 나에게 종종 「좀 웃어봐!」라고 말해. 그런데 어제는 페터의 그 말이 새삼 충격적으로 느껴졌어. 그래서 「왜 내가 항상 웃어야 하는 건데?」 하고 물었지.

「웃을 때 귀여우니까. 볼에 보조개가 생기거든. 어떻게 하면 그렇게 보조개가 생기는 거냐?」

「태어날 때부터 그래. 턱에도 보조개가 있어. 나한테 예쁜 건 그거 하나야.」

「아냐, 절대 그렇지 않아!」

「아냐, 예쁘지 않다는 걸 잘 알아. 지금까지 한번도 예쁜 적이 없었고 앞으로도 마찬가지일 거야!」

「나는 절대로 네 생각에 찬성할 수 없어. 나는 네가 예쁜
걸.」

「거짓말.」

「정말이라니까. 내 말을 믿어.」

그래서 물론 나도 페터에게 같은 칭찬을 해주었지!

안녕.

안네 M. 프랑크.

 1944년 3월 29일 Wednesday

소중한 키티.

어제 저녁 라디오 오렌지 방송에서 볼케스테인 장관이 전
쟁이 끝나면 전쟁에 관한 일기와 편지를 모집할 거라는 말
을 했어. 당연히 모두들 내 일기 주위로 몰려들었지.

내가 은신처에 관한 소설을 출판한다면 흥미로울 거야.
제목만 보면 아마 탐정소설인 줄 알 걸. 농담이 아니고 정말
로, 전쟁이 끝나고 한 10년쯤 뒤에 우리 유대인이 여기서 어
떻게 살았고, 무엇을 먹었으며, 무슨 이야기를 했는지 들려
준다면 굉장할 거야. 내가 너한테 많은 이야기를 들려주지
만 너는 우리 생활에 대해서 아주 조금밖에는 몰라. 폭격이

있을 때 여자들이 얼마나 불안해하는지 모를 거야.

예를 들어서 지난 일요일에 영국 전투기 350대가 에이모이덴 상공에 5십만 킬로그램이나 되는 폭탄을 떨어뜨렸는데, 그때 집들이 마치 바람에 흔들리는 마른풀처럼 흔들렸다는 것도, 또 이곳에 얼마나 많은 전염병이 돌고 있는지 너는 모를 거야. 네가 모르는 일들을 모두 자세히 네게 들려주려면 하루 종일 걸릴 거야. 사람들은 야채며 이것저것을 구하려고 줄을 서고, 의사들은 누가 언제 차를 훔쳐갈지 모르기 때문에 왕진을 갈 수가 없어. 도둑이 극성을 부리고 있어서 어째서 네덜란드인들이 모두 도둑이 되어버렸나 한탄할 정도가 되었어.

8살에서 11살 된 아이들이 아파트 창문을 부수고 아무거나 닥치는 대로 가져가. 아무도 집을 5분 이상 비워두지 못해. 집을 비웠다가는 집에 있는 물건이 모두 없어지니까. 타자기를 돌려주면 얼마를 보상하겠다, 페르시아 양탄자, 전기 시계, 옷감을 찾아주면 얼마를 보상하겠다는 내용의 광고가 매일 신문에 난단다. 전기 시계를 분해해서 훔쳐가고, 공중전화 박스 안에 있는 전화기를 분해해서 줄까지 모두 가져간단다.

국민의 사기가 바닥에 떨어졌어. 모두들 배를 곯고 있어. 일주일치 배급을 타면 커피 대용품만 빼고는 모두 다 이틀 만에 바닥이 난단다. 사람들은 연합군이 상륙하기를 학수고대하고 있어. 남자들은 독일로 끌려가고, 아이들은 병이 나

거나 영양실조에 걸려 있고, 모두들 남루한 옷을 걸치고 낡아빠진 신발을 신고 있어. 암시장에서 구두 밑창 하나 가는 데 7.5플로린이나 들고, 구둣방에서는 더 이상 손님도 안 받아. 신발 하나를 고치는데 네 달을 기다려야 하는데 그 신발이 중간에 없어지는 수도 있어.

그러나 이런 상황 속에서도 한 가지 좋은 점은 있어. 그것은 점점 더 나빠지는 식량 사정과 점점 더 심한 억압 정책에 대항해서 정권에 맞서는 사보타주(고의적인 사유재산 파괴나 태업 등을 통한 노동자의 쟁의 행위—역주)가 늘어나고 있다는 거야. 배급을 담당하는 부서, 경찰 또는 공무원들 중에는 국민을 돕기 위해서 나서는 부류도 있고, 국민을 고발하고 감옥에 집어넣는 부류도 있어. 다행히도 네덜란드 사람들 중에서 나쁜 편에 서 있는 사람은 아주 소수에 지나지 않아. 안녕.

안네.

1944년 4월 1일 Saturday

매우 소중한 키티.

아직도 모든 것이 너무 힘들어. 내가 무슨 말을 하는 건지 알겠지? 나는 페터가 키스해 주기만 이제나저제나 기다리고 있는데, 페터는 왜 이렇게 내 마음을 몰라주는지 몰라. 내가 그저 친구일 뿐 그 이상은 아닌 걸까?

넌 알지? 내가 강하다는 걸. 내가 혼자서 고민을 잘 처리해 나갈 수 있다는 걸. 나도 그걸 알아. 지금껏 내 고민을 다른 사람에게 털어놓은 적이 없고 엄마에게 기댄 적도 없었어. 하지만 지금은 한번 페터의 어깨에 기대어 내 자신이 차분해지는 걸 느끼고 싶어.

페터의 뺨의 감촉을 느끼던 꿈을, 모든 것이 행복하게만 느껴지던 그 꿈을 결코 잊을 수가 없어! 페터도 그런 것을 원하는 것은 아닐까? 페터가 단지 너무 수줍어서 사랑 고백을 못하고 있는 것은 아닐까? 페터는 내가 자기 곁에 있어주면 하고 왜 그렇게 자주 바라는 걸까?

아, 페터가 왜 말을 하지 않는 거지? 이제 이쯤해서 그만두고 진정해야겠지. 용기를 내고 조금만 참으면, 그 일이 반드시 이루어지고야 말 거야. 하지만…… 언제나 '그'가 내려오는 것이 아니고 '내'가 위층으로 올라가니까 사람들이 나보고 페터 뒤꽁무니를 쫓아다닌다고 할 거란 말야. 그게 문제라니까. 하지만 상황이 이렇게 된 것은 방 사정 때문이야. 페터도 그런 형편은 잘 알고 있는 거라구. 그래, 페터가 더 많은 것을 알았으면 좋겠어. 안녕.

안네 M. 프랑크.

매우 소중한 키티.

평소에는 하지 않던 일이지만 오늘만은 식량 문제에 대해서 자세히 말해야 하겠어. 은신처뿐만 아니라 네덜란드 전국과 유럽 전체에 있어서 아니 유럽 이외의 지역에 이르기까지 식량 문제가 매우 중요하고 복잡해졌으니까.

우리가 은신처에서 산 지난 27개월 동안 우리는 '식량 위기'를 여러 번 겪었단다. '식량 위기'라고 하는 것은 한 가지 음식이나 한 가지 야채밖에 먹을 것이 없던 기간을 말하는 거야. 한동안은 더러 흙이 우적우적 씹히기도 하는 치커리(이파리가 씀바귀처럼 톱니 모양으로 생긴 샐러드용 푸른 채소-역주)와 오븐 팬에 익힌 스탐포트(감자, 양배추, 야채를 넣은 스튜의 일종-원주)용 채소밖에는 먹을 것이 없었어. 또 한동안은 시금치만 먹었고, 이어서 순무나 양배추 하나로 버티기도 하고, 스코조네라(모양은 당근처럼 생기고 겉은 검은색, 속살은 흰색인 뿌리를 식용으로 먹는데 굴과 같은 맛이 난다고 함-역주)나 오이나 토마토나 사워크라우트(양배추를 싱겁게 절여서 발효시킨 독일식 김치-역주) 한 가지만 먹고 지낸 적도 있었단다.

점심에도 사워크라우트 한 가지만 먹고, 저녁에도 또 같은 것을 먹는 것은 유쾌한 일이 아니지만 그래도 사람이 배가 고플 때는 뭐라도 먹게 되는 법이란다. 푸른 채소가 나지 않는 지금이야말로 우리에게는 이상적인 시기야. 우리의 일주일 점심 메뉴는 강낭콩, 완두콩 수프, 밀 경단과 감자, 다핀식 감자전(채 썬 감자를 빈대떡처럼 납작하게 오븐에 구워낸 요리―역주), 그리고 '자비하신 신의 덕분으로' 무순 또는 썩은 당근이 있고 그 다음날은 강낭콩이 한 번 더 있어.

빵이 없기 때문에 매 끼니마다 감자를 먹어. 이번 식사때는 보통 때보다 약간 덜 튀겨진 감자였어. 수프는 강낭콩과 덩굴 강낭콩, 감자, 비닐 포장에 넣어 파는 채를 친 야채, 비닐 포장에 든 날짐승 가슴살 고기, 비닐 포장에 든 강낭콩 같은 것들로 만들어. 강낭콩은 들어가지 않는 데가 없어. 심지어 빵에도 강낭콩을 넣는단다. 저녁에는 항상 인공 육즙과 감자를 먹어. 다행히도 우리에게 비트(무와 비슷하게 생겼으며 뿌리는 붉은색으로 잎과 뿌리 모두 식용―역주) 샐러드가 아직 남아 있어.

밀 경단에 대한 이야기도 해야지. 밀 경단은 정부 배급 밀가루(질이 나쁜 싸구려 밀가루―원주)에 물과 효모를 넣어 만드는데 얼마나 끈적거리고 질긴지 밀 경단을 먹고 나면 마치 위 속에 돌멩이가 들어 있는 것 같은 기분이 든단다!

그나마 마른 빵에 발라먹는 잼과 매주 한 번 먹는 파테(간을 양념해서 질그릇에 넣어 익힌 후 그대로 식혀서 먹는 요리―역주)가 우리에게 커다란 위로가 된단다.

어쨌든 우리는 아직 살아 있어. 살아 있으니 좋다는 생각
이 종종 들어, 아무렴! 안녕.

안네 M. 프랑크.

1944년 4월 5일 Wednesday

매우 소중한 키티.

아주 오랫동안 내가 무엇 때문에 공부를 계속해야 하는
건지 도무지 알 수 없었어. 전쟁이 끝난다는 것이 아주 먼
미래의 일이고, 또 비현실적인 동화 속 이야기처럼 느껴지
니까. 9월까지 전쟁이 끝나지 않으면 학교에 가지 않을 거
야. 2년씩이나 아래 학년으로 다니기는 싫으니까.

토요일 이전에는 단지 페터 하나만으로 충분한 날들, 꿈과
생각으로 가득찬 날들이었어. 그런데 토요일 저녁에 그만 아
무렇게나 되는대로 행동하고 말았어. 정말 끔찍했어. 페터
방에서는 눈물을 참는 데만 온 정신을 쏟고 있었어. 나중에
판 단 아저씨 가족과 레몬 펀치를 마실 때는 마치
정신 나간 애처럼 웃어대기 시작했어. 흥분해서
떠들어댔지. 그러다가 혼자가 되자 실컷 울어
서 마음을 좀 달래야겠다 싶었어. 잠옷 바람으
로 바닥 위로 미끄러지듯 쓰러진 나는 우선

정신을 가다듬고 한참이나 기도했어. 그런 다음에는 무릎을 꿇고 머리를 두 팔로 감싼 채 몸을 웅크리고 울었어. 내가 우는 소리에 번뜩 정신이 들었어. 주위 사람들이 내 소리를 들으면 안 되겠다 싶어서 눈물을 참았어.

나는 자꾸 「그렇게 해야만 해, 그렇게 해야만 해」라고 계속 중얼거리면서 다시 용기를 내려고 애를 썼어. 불편한 자세로 오랫동안 앉아 있었더니 다리가 저려서 침대 가장자리 위로 쓰러지고 말았어.

나는 용기를 가지려고 다시 애를 쓰다가 11시가 조금 넘어서 잠자리에 들었어. 이미 끝나버린 일이었어! 이젠 완전히 끝난 거야. 바보로 남지 않고 계속 발전해서 기자가 되려면 공부를 해야 해. 내 희망이 바로 기자가 되는 거야! 나는 알아. 내가 문학적 소질이 있고, 내 글 중에는 은신처에 대한 재미있는 묘사가 등장하고, 생생한 표현이 눈에 많이 띈다는 것을…… 하지만 내가 정말 재능이 있는지는 두고 봐야겠지.

내가 쓴 이야기 중에 〈에바의 꿈〉이 가장 잘 됐어. 그런데 정말로 놀랍게도 내가 어디서 그 이야기를 생각해 냈는지 전혀 모르겠어. 〈캐디의 일생〉에는 괜찮은 부분이 많이 있기는 하지만 전체적으로 보면 형편없어! 은신처에서 내 글에 대한 가장 엄격하고 훌륭한 평론가는 바로 나 자신이야. 잘 쓴 곳과 잘못 쓴 곳을 아는 것도 나야. 글을 쓰지 않는 사람은 글을 쓰는 것이 얼마나 기분 좋은 일인지 알지 못하지.

예전에는 내가 그림을 잘 그리지 못하는 것
이 항상 불만이었어. 하지만 지금은 적어
도 글을 쓸 줄 안다는 생각에 행복해. 신문
에 실을 글이나 책을 쓸 재능이 안 된다면
나 자신을 위한 글을 쓰면 되지 뭐.

나는 많은 일을 하고 싶어. 엄마나 판 단 아줌마나 보통
여자들처럼 그저 자기 일만 하고 사람들로부터 잊혀져 가는
그런 삶은 살고 싶지 않아. 나는 남편과 아이들 외에도 내
자신을 바쳐서 할 수 있는 일을 따로 가져야 해! 대부분의
사람들처럼 헛되이 인생을 보내고 싶지 않아. 내 주위에 있
는 사람들은 물론 나를 모르는 사람들에게도 도움이 되는
사람이 되고 싶어. 죽어서도 계속 살아남는 사람이 되고 싶
어! 나 자신을 계발하고 글을 써서 내 속에 있는 모든 것을
표현할 수 있는 재능을 주신 신께 크나큰 감사를 드리는 것
은 바로 그런 이유 때문이야!

글을 쓰면 모든 것을 털어버릴 수 있어. 슬픔은 사라지고
다시 용기가 나는 거야! 중요한 것은 내가 장차 뭔가 대작을
쓸 수 있을 것인지, 내가 기자나 작가가 될 수 있을 것인지
하는 문제란다. 나는 정말 그렇게 되고 싶어. 글을 쓰면 나의
생각, 나의 이상, 그리고 나의 상상의 산물을 모두 다 기록할
수 있으니까.

〈캐디의 일생〉을 쓰다가 중단한 지 오래됐어. 머릿속으로
는 이야기가 어떻게 전개될지 분명하게 알고 있는데 잘 써지

지가 않아. 어쩌면 쓰던 원고를 다 끝마치지 못하고 쓰레기
통이나 난로에 버리게 될지도 몰라. 그런 생각을 하면 기분
이 나쁘지만, 14살에다 경험도 별로 없으니 내 생각을 글로
옮긴다는 것이 쉽지 않다고 스스로 생각하기도 해. 그렇지만
끈질기게 도전해야 해. 용기를 가져야 해. 글을 쓰는 것이 내
꿈이니까. 그러다보면 결국은 해내고 말 거야! 안녕.

　　안네 M. 프랑크.

1944년 4월 6일 Thursday

소중한 키티.

나의 취미와 흥미가 무엇인지 물었었지? 대답할게. 하지
만 취미가 한 바구니는 되니까 서두르지 말고 들어.

첫 번째, 글을 쓰는 것. 하지만 그것은 취미가 아니지.

두 번째, 왕실 계보 만들기. 신문과 서적 및 각종 문서를
찾아서 프랑스, 독일, 에스파냐, 영국, 오스트리아, 러시아,
스칸디나비아 국가들, 네덜란드 왕실 계보를 만들고 있어.
나는 이미 오래 전부터 계보에 대해서 많이 알고 있어. 역사
책이나 전기를 읽고 메모해 둔 덕분이지. 역사에 관한 구절
을 적어둔 것도 많아.

나의 세 번째 취미는 역사야. 아빠가 역사책을 많이 사주

셨어. 내가 시립도서관에 있는 책들을 모두 샅샅이 살펴볼 수 있는 날이 빨리 왔으면 좋겠어.

네 번째 취미는 그리스와 로마 신화야. 나는 그 주제에 관한 책들도 많이 갖고 있단다. 아홉 명의 뮤즈(그리스 신화에 나오는 학예의 여신 - 역주)의 이름이나 제우스가 사랑한 일곱 명의 여신의 이름을 자신 있게 댈 수 있어. 헤라클레스의 여인들에 대해서도 훤히 알고 있단다.

영화배우들과 가족 사진을 모으는 것도 취미 중 하나야. 또한 나는 독서와 책을 좋아해. 예술사에 관심이 많고 특히 작가와 시인과 화가들에 대해 관심이 많단다. 음악가에 대해서는 아마 나중에 관심을 갖게 될지도 모르지. 대수, 기하, 산수는 정말 싫어. 전체적으로 볼 때 나는 모든 학교 과목들을 재미있게 공부해. 그 중에서도 특히 역사 공부가 좋단다! 안녕.

안네 M. 프랑크.

1944년 4월 11일 Tuesday

소중한 키티.

어지러워. 정말 어디서부터 이야기를 시작해야 할지 모르겠어. 목요일(네게 마지막으로 소식을 전한 바로 그날)은 정상적으로 지나갔어. 다음날인 금요일은 성금요일이었어. 그날 오후에 우리는 게임을 했어. 토요일 오후에도 같은 게임을 했지. 금, 토요일은 무척 빨리 지나갔어. 토요일 오후 2시부터 포격이 한동안 계속되다가 잠잠해졌어. 남자 어른들 은 그것이 속사포라고 했어.

일요일 오후, 페터가 나의 부탁으로 4시 반에 나를 만나러왔어. 우리는 5시 15분에 앞채 다락방에 올라가서 6시까 지 있었어. 6시부터 7시 15분까지 라디오에서 멋진 모차르트 연주회를 중계해 주었는데, 그 어떤 곡보다도 '아이네 클라이네 나흐트 뮤직' 이 특히 마음에 들었어. 나는 아름다운 음악을 들을 때면 감동을 주체할 수가 없기 때문에 방 안에서는 도저히 들을 수가 없어. 목욕통에 빨랫감이 잔뜩 들어서 아래층 부엌에 놓여 있어서 페터는 일요일 저녁에 목욕을 할 수가 없었어. 그래서 8시에 우리 둘이서 앞채 다락방에 갔어. 나는 좀 편히 앉아 있기 위해서 우리 방에 단 하나밖에 없는 베개를 들고 갔어.

우리는 상자 위에 걸터앉았어. 상자도 좁고 베개도 작아서 서로 몸이 닿을 정도로 가까이 앉아야 했어. 우리는 다른 상자들을 가져다가 등받이처럼 기댔어. 무시가 우리 곁에 있었으니까 우리를 감시하는 눈이 전혀 없었던 것은 아니지.

8시 45분에 판 단 아저씨가 휘파람을 불더니 혹시 우리가 뒤셀 씨의 베개를 가지고 갔는지 물으셨어. 우리는 벌떡 일어나서 베개를 가지고 고양이와 판 단 아저씨와 함께 내려 왔어. 그 베개가 우리를 골치 아프게 만들었어. 뒤셀 씨는 우리가 자기 베개를 가져갔다고 화가 났어. 뒤셀 씨는 혹시 벼룩이 묻지 않았냐는 둥 하면서 난리를 부렸어. 우리는 아 저씨의 나쁜 성질에 대한 복수로 아저씨 침대에 뻣뻣한 솔 두 개를 숨겨놓았는데 아저씨가 방에 다시 들어오셔서 그만 그 솔을 도로 꺼냈어. 우리는 솔을 가지고 장난을 치며 재미 있어 했어. 그렇지만 좋은 기분은 그리 오래 가지 않았어. 9 시 반에 페터가 문을 가만히 두드리더니 어려운 영어 문장 이 있는데 잠깐 좀 봐달라고 아빠를 찾았어. 나는 마르고트 언니에게 말했어.

「수상해. 핑계를 대는 게 뻔해. 두 사람이 말하는 어조로 봐서 도둑이라도 든 것 같애!」

나의 예상이 적중했어. 창고에 도둑이 들었던 거야. 눈 깜 짝할 사이에 아빠와 판 단 아저씨와 페터는 아래로 내려가 고 마르고트 언니와 엄마와 아줌마와 나는 남아서 기다리고 있었어.

여자 넷이 불안에 떨고 있으면 말을 해서라도 불안을 풀 어야 하는 법이거든. 그래서 우리는 쉴 새 없이 이야기했단 다. 그런데 갑자기 아래쪽에서 뭔가 부딪치는 소리가 나더 니 쥐 죽은 듯이 조용해졌어.

시계 종이 9시 45분을 알렸어. 우리 얼굴에서 핏기가 가 셨어. 우리는 겁이 났지만 그때까지는 그래도 침착했어. 남

자들은 뭘 하고 있는 거람? 방금 그 소리는 무슨 소리지? 도둑들과 몸싸움이라도 벌이고 있는 걸까? 아무도 더 이상 질문을 던지지 않았어. 그저 기다리고 있을 수밖에.

10시에 계단에서 발소리가 들리더니 아빠가 신경이 곤두선 창백한 얼굴로 방에 들어오셨어. 판 단 아저씨가 뒤따라오셨어.

「불을 끄고 가만히 위층으로 올라가요. 경찰이 올 것 같아요!」

걱정할 시간조차 없었어. 우리는 불을 껐어. 나는 재빨리 재킷을 집어들었고 우리는 어느새 위층으로 올라와 있었어.

「도대체 무슨 일이 일어났는지 빨리 말 좀 해줘요!」

그러나 어느새 남자들은 모두 다 또다시 아래로 내려가고 대답해 줄 사람이 한 명도 없었어. 남자 네 사람은 10시 10분이 되어서야 다시 올라왔어. 그 중 두 사람은 페터 방 창문 앞에서 망을 보고 있었어. 층계참으로 통하는 문도 닫고, 회전문처럼 열리는 책장도 닫았어. 침대 머리맡의 램프를 스웨터로 덮은 뒤에 남자들이 이야기를 들려주었어.

페터가 층계참에 있었는데 큰 소리가 두 번 나더래. 그래서 내려가 보니 창고 문 왼쪽의 커다란 판자가 떨어져 나갔더래. 페터는 얼른 올라와서 방어를 할 만한 식구들에게 알렸고, 네 명이 같이 내려간 거야. 남자들이 아무 생각 없이 창고로 들어서는데 도둑들이 한창 도둑질을 하고 있는 중이었대.

판 단 아저씨가 「경찰이다!」라고 소리쳤고 도둑들이 달아나는 발자국 소리가 바깥에서 들려왔대. 뚫린 문이 경찰 눈에 띌까 봐, 떨어져 나갔던 판자를 문에 갖다가 다시 붙여놓았더니 도둑이 바깥에서 걷어차서 바닥으로 떨어뜨렸대. 도둑들이 그렇게 대담하게 나오니까 남자들은 당황했대. 판 단 아저씨와 페터는 그놈들을 죽여버리고 싶은 생각이 치밀어 오르는 것을 참았대. 아저씨가 도끼로 마룻바닥을 강하게 내리치셨대. 그러고는 모든 것이 잠잠해졌대. 남자들은 판자로 문에 난 구멍을 막았는데 바깥을 지나던 남녀가 강렬한 손전등으로 창고 안 전체를 비춰보래. 남자들 중 한 명이 「제기랄!」 하고 투덜거렸대⋯⋯. 조금 전까지만 해도 경찰 역할을 하던 남자들이 도둑이 되어버린 격이었지.

네 사람은 급히 위로 올라왔대. 판 단 아저씨와 뒤셀 씨는 오는 길에 뒤셀 씨의 책들을 집어들었고, 페터는 부엌과 전용 사무실의 문과 창문들을 모두 열어놓고, 전화기를 바닥에 내동댕이쳤대. 그러고는 네 명이 함께 목욕통을 들고 은신처 문 뒤쪽에 숨었대.

손전등을 갖고 있던 남녀가 경찰에 알린 것이 분명했어. 그때가 일요일 저녁, 즉 부활절 저녁이고 그 다음날에는 사무실에 아무도 없으니까 화요일 아침까지는 아무런 조치도 취할 수 없는 상태였어. 생각을 좀 해봐. 이틀 밤과 하루 온종일을 불안하게 보내야 하는 거야! 우리는 어둠 속에서 멍청히 그냥 앉아 있었어. 겁이 난 아줌마가 전등을 완전히 빼내 버리셨기 때문이지. 모두들 목소리를 죽여가면서 이야기했고 삐걱거리는 소리라도 날라치면 「쉬, 쉬!」 거렸어.

10시 반이 지나고 11시가 지났어. 아무 소리도 들리지 않았어. 아빠와 판 단 아저씨가 교대로 우리를 보러오셨어. 11시 15분에 아래쪽에서 소리가 들려왔어. 우리는 숨소리만 낼 뿐 꼼짝도 할 수 없었어. 건물 안에서 발소리가 났어. 발소리가 점점 다가왔어. 아빠의 전용 사무실과 부엌으로 해서 은신처로 오는 계단에까지……. 우리는 모두 숨을 참았어. 여덟 명의 심장이 쿵덕쿵덕 방망이질을 했어. 은신처로 통하는 계단에서 발소리가 나더니 누군가 비밀 문 역할을 하는 책장을 흔들었어. 그 순간의 심정을 도저히 말로 표현할 수가 없어.

나는 말했어.

「이젠 끝이다!」

우리 여덟 명이 그날 밤에 게슈타포에게 끌려가는 모습이 눈에 선했어.

책장이 두 번 흔들리더니 상자 하나가 떨어지고 나서 발걸음이 멀어져 갔어! 휴, 이번에는 무사하구나! 전율이 우리를 스치고 지나갔어. 누구인지 모르겠지만 이빨을 부딪치는 소리가 들려왔어. 우리는 말 한 마디 하지 않고 11시 반까지 그냥 그대로 앉아 있었어.

건물 안에서는 아무 소리도 들리지 않았어. 그러나 불빛이 책장 바로 앞의 층계참까지 환하게 비추고 있었어. 책장이 수상하게 보였었나? 아니면 경찰이 깜빡 불을 끄는 것을 잊어버렸나? 한숨을 돌린 우리는 잡담을 하기 시작했어. 정문 앞 경비를 빼고는 모두들 가버린 듯했어.

그때 우리는 딱 세 가지 일밖에 할 수 없었어. 두려워하고, 온몸을 벌벌 떨고, 용변을 보러 왔다갔다 하는 거였지. 양동이가 다락방에 있었으니까 페터 방에 있는 철제 쓰레기통밖에 사용할 것이 없었어. 판 단 아저씨가 제일 먼저, 그 다음은 아빠가 볼일을 보셨어. 엄마는 부끄러워서 차마 그 일을 못하셨어. 아빠가 쓰레기통을 방 안에 갖다주셔서 아줌마와 마르고트 언니와 내가 좋다구나 하고 사용했어. 엄마도 마침내 일을 보기로 작정하셨지. 사람들은 매번 휴지를 달라고 했어. 다행히도 내 주머니에 휴지가 있었어. 휴지통에서는 냄새가 진동했어. 모두들 가만가만 이야기했고 지쳐 있었어.

자정이 되자 「가서들 누워서 잡시다!」 하는 소리가 나왔지. 마르고트 언니와 나는 베개와 이불을 하나씩 받았어. 언니는 식량 수납장 옆에 누웠고 나는 식탁 다리 옆에 누웠어. 바닥에 누우니까 냄새가 덜 나는데도 엄마는 발끝으로 가만가만 걸어서 분말 염소를 가져오셨어. 휴지통 위는 걸레를 덮어서 냄새를 막았어.

끝없이 소곤거리는 소리, 공포, 지독한 냄새, 방귀 냄새 거기다 사람들이 끊임없이 변기 위에 앉아 일을 보는 그런 환경 속에서 잠을 잘 수 있을 것 같애? 그런데도 나는 피곤이 극에 달했었는지 2시 반부터 3시 반까지는 자느라고 아무 소리도 듣지 못했어. 아줌마가 내 발을 베고 눕는 바람에 잠에서 깼어.

「죄송하지만 덮을 것 좀 주세요!」

내 부탁에 사람들이 준 것이 뭔지 아니? 말도 마라, 파자마 위에 덮으라고 준 것이 모직 바지에 붉은색 스웨터, 검정 스커트와 하얀 덧신 거기다 구멍 뚫린 양말까지. 아줌마가 일어나서 다시 의자에 앉으시고 판 단 아저씨가 내 발치에 와서 누우셨어. 3시 반부터 나는 곰곰이 생각하기 시작했어. 그때까지도 몸이 떨렸어. 내가 떠는 통에 판 단 아저씨가 주무시지 못할 정도였단다. 나는 경찰이 들이닥칠 것에 대비하고 있었어.

「만약 그 사람들이 착한 네덜란드인이라면 우리가 여기 숨어살았다고 말해야 해. 만약 엔에스베이(NSB 독일 점령군에게 협력한 단체인 '네덜란드 국가 사회 운동' - 원주)에 소속된 사람이라면 뇌물을 주고 그들의 입을 막아야 해!」

아줌마가 한탄했어.

「라디오만이라도 치워야지요!」

판 단 아저씨가 대답했어.

「그래, 레인지 안에 넣어요. 그들이

우리를 찾아내면 그 라디오도 찾아내고야 말 거야!」

「그렇게 되면 안네의 일기도 발각될 거야.」

아빠의 말.

「태워버리면 되지요.」

우리 중에서 가장 겁을 먹은 사람이 말했어.

그 말이 떨어진 순간과 경찰이 책장을 흔들던 순간이 내게는 가장 불안한 순간이었어. '아, 제발 내 일기는 안 돼! 일기를 태우려면 나도 같이 태워!' 라고 마음속으로 소리쳤어. 다행히도 아빠는 아무런 대답도 하지 않으셨어. 우리는 얼마나 많은 말을 나누었는지 몰라. 지금도 기억 나는 그 말들을 일일이 다 옮겨 적을 필요는 없겠지. 나는 두려움에 떨고 있는 아줌마를 위로해 드렸어. 우리는 도망가는 문제와 게슈타포의 취조에 대해서 이야기했고, 전화를 해야 한다는 말과, 용기를 잃지 말자는 말도 했어.

「아줌마, 지금 우리는 군인처럼 행동해야 해요. 만약 우리가 고통을 감수해야 한다면 좋아요. 라디오 오렌지에서 끊임없이 외쳐대듯이 여왕과 조국과 자유와 진리와 정의를 위해서 고통을 감수하는 거예요. 한 가지 가슴 아픈 일은 그분들도 우리와 같은 운명을 짊어져야 한다는 거예요!」

한 시간이 지나자 판 단 아저씨가 다시 아줌마와 자리를 바꾸셨어. 아빠가 내 곁으로 오셨어. 남자 어른들은 연신 담배를 피우셨어. 가끔 한숨 소리와 소변 보는 소리가 이어졌고 그리고는 다시 조용해졌어. 4시, 5시, 5시 반. 나는 일어나서 페터와 함께 소리가 나지 않나 감시하기 시작했어. 우리는 둘이 나란히 앉아 있었어. 둘이 얼마나 꼭 붙어 있었던지 상대방의 몸이 떨리는 것을 느낄 수 있을 정도였어. 우리는 간간이 한 마디씩 나누면서 온 신경을 귀에 집중해서 수상한 소리가 들리지 않나 감시하고 있었어.

방 안에서는 사람들이 위장하기 위해 덮었던 것들을 걷어내고 클레이만 씨에게 전화하기 위해서 용건을 적었어. 7시에 클레이만 씨에게 전화를 해서 누가 좀 와보라고 이야기하기로 결정을 내린 거야. 문 앞이나 창고를 지키고 있는 경비에게 들킬 수도 있었지만 그래도 경찰이 다시 올 경우에 닥칠 위험보다는 그게 훨씬 나았던 거야.

여기에 용건을 적은 메모장을 첨부해 놓기는 하지만 좀더 분명하게 하기 위해서 그 내용을 적어볼게.

도둑이 들어서 경찰이 집 안을 수색하고 책장 앞까지 왔었음. 그 이상은 들어오지 않았음. 도둑이 도둑질을 하다 말고 도망을 친 듯함. 도둑은 창고의 문을 부수고 마당으로 도망쳤음. 정문이 잠겨 있는 것을 보면 쿠글러가 옆문으로 퇴근한 듯함.

타자기와 계산기는 전용 사무실의 검은 금고 안에 보관했음.

미프 것인지 베프 것인지는 모르나 빨랫감을 부엌 빨래통에 넣어두었음.

옆문 열쇠를 갖고 있는 사람은 베프와 쿠글러뿐임. 옆문 자물통이 부서졌을 수도 있음.

얀에게 알리고 열쇠를 찾아보라고 할 것. 사무실을 한번 둘러보고, 고양이에게 먹을 것을 주기 바람.

모든 일이 아무 문제없이 진행되었어. 클레이만 씨에게 전화도 하고, 문의 빗장도 뽑아놓고, 타자기도 금고에 감추고 나서 우리는 식탁에 앉아서 얀 아저씨와 경찰 둘 중에 한 명이 오기를 기다리고 있었단다. 페터는 그 사이 잠이 들고 판 단 아저씨와 나는 누워 있는데 아래쪽에서 시끄러운 발자국 소리가 들려왔어. 나는 조용히 일어났어.

「얀 아저씨예요!」

「아니, 아니, 경찰이야!」

다른 사람들은 모두 이렇게 말했어. 누군가가 우리가 있는 곳을 두드렸어. 미프 아줌마의 휘파람 소리가 들렸어. 이 모든 일이 판 단 아줌마에게는 너무 힘겨웠던지 얼굴이 죽은 사람처럼 핏기 하나 없이 새파랗게 질려서 의자 위로 쓰러지듯 주저앉았어. 일 분만 더 그런 긴장이 지속되었다면 아마 기절했을 거야.

얀 아저씨와 미프 아줌마가 들어왔을 때 우리가 있던 방은 그야말로 가관이었어. 식탁 하나만도 사진을 찍어둘 만했어. 무용수가 있는 페이지가 위로 펼쳐진 채로 있는 〈영화와 연극〉이라는 잡지를 필두로 해서 잼이 두 병, 한 입 베어 물다 던져둔 샌드위치, 펙틴, 거울, 빗, 성냥, 담뱃재, 담배, 재떨이, 책, 반바지, 손전등, 아줌마의 빗, 화장지 등이 어지럽게 널려 있었어. 우리는 물론 기쁨의 탄성과 눈물로 얀 아저씨와 미프 아줌마를 맞이했지. 얀 아저씨는 하얀 나뭇조각으로 구멍을 틀어막고 경찰에 도둑이 들었다는 신고를 하러 곧바로 미프 아줌마와 함께 갔어. 미프 아줌마가 야간 경비원인 슬레이허스 씨가 창고 문 밑에 메모를 적어놓은 것을 발견했어. 슬레이허스 씨는 구멍이 뚫린 것을 발견하고 경찰에 신고했다고 적어놓았어. 얀 아저씨는 슬레이허스 씨도 만나러가셨어.

우리는 30분 만에 남들 앞에 나서도 될 만큼 대강 정돈을 해야 했어. 그렇게 짧은 시간에 그렇게 완전한 변모가 일어난 것은 처음 봤다니까. 마르고트 언니와 나는 아래층 침대를 정리하고 나서 화장실로 가서 이를 닦고 손을 씻고 머리를 빗었어. 나는 방을 좀 더 정돈하고 다시 위로 올라갔어.

식탁이 말끔히 치워져 있었어. 우리는 물을 받아 커피와 차를 준비하고 우유를 데우는 등 차 마실 준비를 했어. 아빠와 페터는 더운물과 염소 분말로 대소변이 가득 들어찬 휴지통을 닦았어. 제일 큰 통은 너무 꽉 차서 무거운 데다가 미끄럽기까지 해서 양동이에 담아서 운반해야 했어.

우리는 11시에 얀 아저씨를 중심으로 식탁에 둘러앉았어. 차츰차츰 쾌적한 분위기가 집 안에 되살아나기 시작했어.

얀 아저씨는 이번 사태를 다음과 같이 설명했어.

「슬레이허스 씨 집에 갔는데, 마침 슬레이허스 씨는 잠을 자고 있었고 부인이 말하기를 운하를 따라서 순찰을 돌다가 슬레이허스 씨가 구멍이 뚫린 것을 발견하고 경찰을 불러서 함께 건물을 둘러보았다는 겁니다.」

슬레이허스 씨는 사설 야간 경비원인데 매일 저녁 자전거로 운하를 따라서 개 두 마리를 데리고 순찰을 돌지. 슬레이허스 씨가 화요일에 쿠글러 씨에게 와서 나머지 내용을 이야기할 거래. 경찰에서는 아직 도둑이 든 사실을 모르고 있었는데 고발 내용을 즉시 기입하고는 화요일에 와서 보겠다고 했대. 돌아오는 길에 얀 아저씨는 우연히 우리에게 감자를 대주는 상인 판 회펜 씨 집 앞을 지나치게 되었대. 얀 아저씨가 도둑이 들었다고 이야기하니까 판 회펜 씨가 아무렇지도 않은 듯이 이렇게 이야기하더래.

「알아요. 어제 저녁에 아내와 함께 그 건물 앞을 지나는데 문에 구멍이 나 있는 것이 보였어요. 아내는 가까이 가지 않으려고 했지만 제가(손전등을 가지고) 살펴보았지요. 그 순간 도둑이 도망친 것 같습니다. 안전을 기하기 위해서 경찰을 부르지 않았습니다. 제가 만약 당신 입장이라면 잠자코 있을 겁니다. 저는 아무것도 모르지만 짐작은 하고 있습니다.」

얀 아저씨는 고맙다고 하고 집으로 돌아오셨대.
판 회펜 씨가 감자를 1시 반이 지나서 가져오지 않고

꼭 12시 반에 가져오는 걸 보면 분명히 우리가 여기 있는 것을 눈치채고 계신 거야. 얼마나 멋진 분이니!

얀 아저씨가 가시고 설거지를 마치고 나니까 1시가 되었어. 우리는 각자 잠을 자러 갔어. 2시 45분에 잠이 깨었는데 뒤셀 씨가 자리에 없었어. 잠이 덜 깬 얼굴로 욕실에 갔는데 우연히도 마침 그곳에 내려온 페터를 만났어. 우리는 아래 층에서 만나기로 약속을 했어. 나는 얼굴을 물로 축이고 아래로 내려갔지.

페터가 물었어.

「아직도 앞채 다락방에 갈 용기가 남아 있는 거니?」

나는 그렇다고 했지. 나는 베개를 천 조각으로 감싸들고 페터와 앞채의 다락방으로 갔어. 날씨가 화창했어. 올라가서 오래되지 않아서 사이렌이 길게 울기 시작했지만 우리는 있던 자리에 그대로 남아 있었어. 페터와 나는 어깨를 서로 끌어안은 채 4시에 마르고트 언니가 차를 마시라고 우리를 부르러올 때까지 참을성 있게 기다렸어.

우리는 빵과 레모네이드를 먹고 농담을 주고받았어. 모두들 기운이 되살아났어. 모든 일이 평소처럼 이루어졌어. 나는 그날 저녁에 페터에게 고맙다는 말을 했어. 그가 그 누구보다도 용감했기 때문이야.

우리 모두 그처럼 위급한 상황을 겪어본 것은 처음이었어. 정말로 신께서 우리를 보호하신 거야. 생각해 봐. 경찰이 책장을 흔들어보기까지 했고 그 바로 앞까지 불이 환하

게 켜져 있었는데 우리는 발각되지 않고 무
사했어. 그 순간 나는 「이젠 끝이다!」라고
조용히 말하기까지 했는데 지금 모두들
무사한 거야.

만약 연합군이 상륙해서 폭격을 한다
면 각자 자기 걱정만 하면 되지만, 지금 같은 경우에는 우리
를 돕는 선량한 기독교인들 때문에 더욱더 걱정했던 거야.

「아, 살았습니다. 다음에도 또 살려주세요!」

우리가 할 수 있는 말은 이 말뿐이야.

이번 사건으로 해서 많은 변화가 생겼어. 이제부터 뒤셀
씨는 저녁에 욕실에서 망을 보고, 페터는 8시 반과 9시 반에
집을 둘러보기로 했어. 옆 건물의 케그 사의 직원이 페터 방
창문이 열려 있는 것을 보았기 때문에 이제부터 페터 방 창
문을 열어서는 안 돼. 저녁 9시 반 이후에는 화장실 물을 내
리면 안 돼. 슬레이허스 씨가 야간 경비원으로 고용됐고, 오
늘 저녁에는 불법으로 일하는 목수가 와서 프랑크푸르트에
서 가져온 흰색 침대로 창고 문에 바리케이드를 만들었어.

현재 은신처에서는 논쟁이 한창이야. 쿠글러 씨가 우리보
고 경솔하다고 나무라고, 얀 아저씨도 우리가 절대로 아래
층에 내려와서는 안 된다고 하셨어. 현재로서는 슬레이허스
씨가 믿을 만한 사람인지부터 알아보는 것이 급선무야. 또
문 밖에 사람이 오면 개가 짖는지 안 짖는지, 어떻게 바리케

이드를 치는 것인지 알아야 하고 그 밖에도 알아야 할 것들
이 많이 있어.

이 일로 우리는 우리가 처한 현실을
깨닫게 되었어. 우리는 아무런 권리도
없이 그저 수두룩하게 임무만 잔뜩 짊
어진 채 한 곳에 갇혀 지내는 유대인이었던 거야. 우리 유대
인은 우리 마음의 소리를 들으면 안 돼. 우리는 용감하고 강
해야 해. 우리는 한 마디 불평도 없이 불쾌한 일을 감수해야
하며 최선을 다해야 하고 신에 대한 믿음을 간직해야 해. 언
젠가는 이 끔찍한 전쟁이 끝날 거야. 그리고 우리가 유대인
일 뿐만 아니라 인간으로 인정받는 날이 올 거야!

누가 우리에게 이런 일을 강요했을까? 누가 우리를 하고
많은 민족들 중에서 예외적인 민족인 유대인이 되라고 했을
까? 누가 우리로 하여금 지금까지 이토록 고통을 받도록 했
을까? 신이 우리를 그렇게 창조하신 거야. 그렇지만 우리를
드높이 들어올려 주실 분도 바로 신이야. 우리가 이 모든 역
경을 다 견뎌낸다면, 그런 후에도 살아남는 유대인이 있다
면, 유대인은 저주받은 처지에서 벗어나 다른 이들의 모범
이 될 거야. 또 혹시 누가 알아? 우리의 믿음이 모든 사람들
에게 교훈이 될지, 우리가 모든 사람과 민족에게 무엇이 선
인지 알려주게 될지. 혹시 우리가 그런 이유 때문에, 단지
그 이유 하나 때문에 고통을 겪어야 하는 게 아닐까?

우리는 그 어느 나라에 살든지 그저 네덜란드인 혹은 영국인인 것으로 끝나는 것이 아니라 유대인이라는 또 하나의 신분을 갖고 있지. 우리는 앞으로도 영원히 유대인으로 남을 거고 또한 그렇게 되기를 바래. 용기를 내자구! 늘 우리의 임무를 자각하고 불평하지 않으면 언젠가는 끝이 올 거야. 신은 우리 민족을 버리신 적이 없어. 유대인은 수많은 세월을 버텨왔어. 유대 민족은 한 세기 한 세기를 고통 속에서 지내왔지만 수많은 세기를 거치는 동안 점점 더 강해졌어. 이제 누가 약자고 강자인지가 가려졌어. 강한 자가 살아남을 거야! 강한 자는 영원히 죽지 않을 거야!

그날 밤에 나는 내가 죽어야 하는 줄 알고 경찰이 오기를 기다렸어. 전쟁터로 나가는 병사처럼 단단히 각오를 하고 있었어. 조국을 위해서 죽을 각오가 되어 있었어. 그러나 무사히 다시 살아난 지금 전쟁이 끝난 후에 첫 번째로 바라는 일이 있다면 네덜란드 국민이 되는 거야!

나는 네덜란드 국민이 좋아. 나는 우리 나라가 좋아. 나는 네덜란드어가 좋아. 나는 여기서 일하고 싶어. 여왕에게 편지를 써야 하는 한이 있어도 나의 목표를 달성하기 전에는 결코 이런 내 뜻을 굽히지 않을 거야!

나는 점점 부모님에 대해서 독립적으로 되어가고 있어. 엄마보다 젊으니까 엄마보다 삶을 더 사랑하고, 엄마보다 좀 더 확고하고도 순수한 정의감을 갖고 있어. 나는 내가 원하는 것이 무엇인지 알아. 내게는 나름대로의 목표와 의견과 믿음과 사랑이 있어. 내가 내 자신으로 살게 내버려두기만 한다면 난 정말 행복하겠어. 나는 내가 여자라는 걸 알아. 강한 내적 힘과 용기를 갖고 있는 여자라는 걸 알아! 신이 나를 살아남게 해주신다면 난 더 멀리 엄마가 가보지 못한 곳까지 갈 거야. 나는 보잘것없는 존재로 남아 있지 않을 거야. 나는 이 세상에서 다른 사람들을 위해 일할 거야! 그리고 오늘은 용기와 기쁨이 절대적으로 필요하다는 걸 난 알아! 안녕.

안네 M. 프랑크.

1944년 4월 14일 Friday

소중한 키티.

이곳 분위기는 아직도 무척 긴장되어 있어. 핌은 신경이 날카로워져 계시고, 엄마는 감기에 걸려서 짜증만 늘어놓고 계시고, 판 단 아저씨는 담배를 너무 못 피운 나머지 얼굴이 창백해졌고, 뒤셀 씨는 안락한 생활의 많은 부분을 희생해야 하는 상황 때문에 잔소리가 늘어지고……. 게다가 지금 우리는 정말이지 운도 없어. 화장실은 새고, 수도꼭지는 헛돌아. 우리가 여러 번 이야기를 했으니까 둘 다 곧 수리될 거야.

때로는 내가 좀 감상적인 거 너도 알지? 그렇지만 이곳에도 가끔씩 감상에 빠질 여지가 조금은 있단다. 페터와 나는 어지럽고 먼지투성이인 곳에 있을 때는 딱딱한 나무 의자에 나란히 앉아 있어. 우리는 바짝 붙어 앉아서 서로 어깨를 감싸고 페터는 내 곱슬머리를 만지작거리지. 바깥에선 새들이 지지배배 울고, 나무는 초록으로 물들고, 태양이 좀 나와보라고 손짓하고, 하늘이 너무도 파랄 때, 아, 그럴 때는 말야, 하고 싶은 일들이 너무너무 많단다!

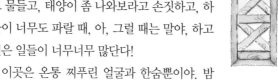

이곳은 온통 찌푸린 얼굴과 한숨뿐이야. 밤낮 불평을 늘어놓는 사람도 있고 불평을 꾹꾹 참는 사람도 있어. 갑자기 상황이 참을 수 없이 변하기라도 한 것 같다니까. 상황이 그렇게 악화되었다면 그건 우리 잘못이야. 은신처에서 그 누구 하나 모범을 보이는 사람이 없으니까 말이야. 그저 각자가 그때그때 기분 내키는 대로 알아서 살아가는 수밖에는 없어!

「제발 빨리 끝났으면……」

매일 이런 소리만 하고 있단다!

나의 일과 나의 희망과 사랑과 용기, 이런 것들이 나에게 힘과 기쁨을 주고 나를 북돋워준단다.

키티야, 오늘은 내 머리가 조금 어떻게 된 게 분명하긴 한데 그 이유가 뭔지 모르겠구나. 논리도 없이 모든 게 뒤죽박죽이야. 때때로 나의 지루한 이야기에 흥미를 느낄 사람이 과연 있을까 하는 의심이 들곤 한단다. 어리석은 내 글의 제목은 〈미운 오리 새끼의 고백〉이란다. 볼케스테인 씨나 게르브란디 씨는 내 일기에 별다른 흥미를 느끼지 않을 게 분명해(게르브란디는 런던에 있던 네덜란드 망명 정부의 총리였고, 볼케스테인은 교육부 장관이었다－원주). 안녕.

안네 M. 프랑크.

 1944년 4월 16일 Sunday

매우 소중한 키티.

어제 날짜는 잘 기억해 둬. 내 생에 있어서 매우 중요한 날이니까. 그 어떤 여자애한테라도 첫 키스를 받는 것은 중요한 일이 아니겠니? 그러니 내게도 중요한 일이고 말고. 그 전에도 브람이 오른쪽 볼에 키스한 일이 있고, 바우츠트라가 왼쪽 손에 키스를 했었지만, 둘 다 내게는 별로 중요한 사건이 아니었어. 어떻게 갑자기 첫 키스를 받게 되었는지 말해 줄게.

어제 저녁 8시에 나는 페터와 그의 침대 겸용 긴 의자 위에 앉아 있었어. 페터가 내 어깨를 감쌌어(토요일이었기 때문에 페터가 작업복을 입지 않고 있었어). 내가 「자리를 조금만 옮기자. 작은 책장에 내 머리가 닿지 않게」라고 하니까, 페터

가 구석 자리로 바짝 옮겨 앉았어. 나는 그의 팔 밑으로 해서 그의 허리를 안았고 그는 질식할 정도로 힘있게 내 어깨를 끌어안았어. 그런 자세를 취한 것이 어제가 처음이 아니지만 어제처럼 그렇게 둘이 밀착한 적은 없었어. 그가 나를 힘있게 잡아당겨서 나의 왼쪽 가슴이 그의 가슴에 맞닿았어. 나의 가슴은 이미 그때부터 콩닥거리기 시작했지만 그걸로 끝난 게 아냐. 내가 그의 어깨에 머리를 기대자 그도 자기 머리를 내 머리 위에 갖다대더니 그때서야 조금 진정했어. 한 5분쯤 지나서 내가 일어서니까 그가 갑자기 내 얼굴을 두 손으로 잡더니 자기 얼굴에 갖다대는 거야. 아, 정말 얼마나 감미롭던지. 너무 기분이 좋아서 말을 할 수가 없었어. 그는 조금 서툴게 나의 뺨과 팔을 쓰다듬고 나의 곱슬머리를 만지작거렸어. 그동안 거의 내내 우리는 얼굴을 바짝 맞대고 있었어.

그때 나의 온몸으로 펴져 나가던 감정을 도저히 너에게 말로 설명할 수가 없단다. 키티야, 나는 너무 행복했어. 그도 마찬가지였다고 생각해.

우리는 8시 반에 일어섰어. 페터는 두 번째 순찰을 돌기 위해서 소리가 나지 않게 운동화로 바꿔 신었고 나는 페터를 따라갔어. 어떻게 그렇게 됐는지는 모르지만 내가 그때 적당한 자세를 취하고 있었나 봐. 아래로 내려가기 전에 페터가 나의 머리카락 사이로 왼쪽 뺨과 귀에 걸쳐서 키스를 했어. 나는 뒤도 돌아보지 않고 뛰어서 아래로 내려왔어.

아아, 나는 이 날을 얼마나 기다리고 있었던 것일까!

일요일 오전 11시 조금 전에. 안녕.

안네 M. 프랑크.

 1944년 4월 18일 Tuesday

소중한 키티.

이곳은 모든 일이 다 잘 되어가고 있어. 어제 목수가 와서 문짝에 금속판을 대어 고정시키기 시작했어.

5월 20일 이전에 러시아와 이탈리아와 네덜란드 서부에서 대규모 작전이 일어날 것을 거의 확신하신다고 아빠가 방금 말씀하셨어. 우리가 현재 상황에서 벗어난다는 것이 점점 더 힘들어질 거라는 생각이 들어. 어제 페터와 나는 적어도 열흘 전부터 미루고 있던 대화를 결국 하고야 말았어. 나는 여자애들에 대해서 모두 설명했어. 아무 두려움 없이 아주 은밀한 부분까지 매우 자세하게 이야기했어. 페터는 여자 사진이나 그림에서 은밀한 부분을 일부러 안 보이게 해놓은 거라고 생각하고 있었어. 얼마나 웃기던지. 그게 다리 사이에 있다는 걸 상상도 못하더라구.

저녁 시간은 키스를 하는 것으로 막을 내렸어. 입술을 살짝 비껴서 하는 키스였는데 정말이지 달콤한 기분이었어!

언젠가는 아름다운 구절이 있는 나의 책을 가지고 페터 방에 가서 좀 더 진지한 이야기를 해볼까 봐. 우리가 만나면 매일 서로 끌어안고 있기나 하는 것이 마음에 들지 않아. 페터도 같은 심정이었으면 좋겠어.

변덕스러운 겨울이 지나고 드디어 화창한 봄이 왔어. 4월은 과연 눈부셔. 가끔씩 진눈깨비가 오는 것만 빼면 너무 덥지도 춥지도 않고. 마로니에 나무는 이미 초록빛이 완연하고 여기저기 꽃봉오리가 돋아나고 있어.

토요일에 베프 언니가 꽃을 네 다발이나 가지고 왔어. 수선화 세 다발과 야생 히아신스 한 다발. 야생 히아신스는 나를 위해 가지고 온 거야.

쿠글러 씨가 신문 공급을 점점 잘 해주시고 있어.

대수 공부를 해야 해.

키티야, 다시 보자. 안녕.

안네 M. 프랑크.

1944년 4월 21일 Friday

매우 소중한 키티.

어제 오후에는 목이 아파서 누워 있었는데 얼마 되지 않아서 벌써 지루해졌어. 게다가 어제 열도 없었고 해서 오늘은 눕지 않고 있어. 목 아픈 것도 거의 다 나았어.

너도 이미 알지 모르겠지만 우리 총통이 어제 55회 생일을 맞았단다. 그리고 오늘은 영국 왕위 계승자인 엘리자베스 공주의 18번째 생일이야. 영국 BBC 방송에서는 아직 공주의 성년이 선포되지 않았다고 했어. 일반적으로 공주는 성년이 되면 공식 발표를 하게 되어 있거든. 우리는 아름다운 공주가 누구와 결혼할까 궁금해했어. 하지만 공주의 배필로 마땅한 사람이 떠오르지 않았어. 엘리자베스 공주의 동생인 마가렛 공주는 아마 벨기에의 보두엥 황태자와 결혼할 수 있을 거야!

이곳에서는 한차례 소동이 지나고 나면 또 다른 소동이 이어진단다. 출입문을 견고하게 고치고 나니까 이번에는 판마렌이 다시 들락거리기 시작했어. 아무래도 그 남자가 감자 녹말을 훔쳐간 장본인인가 봐. 그런데 그 사람이 자신의 잘못을 베프 언니에게 뒤집어씌우려고 한단다. 은신처에 또다시 한바탕 소동이 일어났지.

베프 언니가 화가 이만저만 난 게 아니야. 언니 심정은 충분히 이해할 수 있어. 쿠글러 씨가 그 못된 사람을 감시하려나 봐. 오늘 아침에 견적(수나 비용 따위를 어림잡아 셈함—역주)을 하러 베토벤스트라트에서 사람이 왔어. 그 사람은 우리 금고를 40만 플로린으로 치고, 다른 물건들도 우리가 보기에 너무 싸게 계산했어.

'드 프린스' 출판사에 내가 쓴 이야기 중 하나를 가명으로 출판할 수 있는지 물어볼 생각이야. 하지만 내 이야기는 모두 다 너무 길어서 성공할 가능성이 별로 없을 것 같아. 그럼 다음에 보자, 달링. 안녕.

안네 M. 프랑크.

1944년 4월 28일 Friday

소중한 키티.

나는 페터 쉬프에 관한 꿈을 한번도 잊은 적이 없어(1월 초의 일기를 볼 것). 그 꿈을 생각할 때면 아직도 내 뺨 위로 느껴지던 그의 뺨의 온기, 모든 걸 즐겁게 만드는 그 황홀한 느낌이 고스란히 느껴져. 현실 속의 페터에게서도 가끔 비슷한 느낌을 느끼지만은 꿈에서처럼 느낌이 그렇게 강렬하지가 않았어.

그런데…… 어제 저녁에 평소와 마찬가지로 페터와 둘이 끌어안고 긴 의자 위에 앉아 있는데 갑자기 활발하고 명랑한 보통 때의 안네는 어디론가 사라져버리고 사랑하고 싶어

하고 다정해지고 싶어하는 제2의 안네가 느닷없이 나타난 거야. 페터를 안고 있는데 감정이 북받쳐 올라와서 눈물이 뚝뚝 떨어졌어. 왼쪽 눈에서 떨어진 눈물이 페터의 푸른색 작업복 위로 곧바로 떨어지고 오른쪽 눈에서 나온 눈물도 코 위로 흘러서 허공을 타고 그의 작업복 위로 떨어졌어. 페터가 눈치를 챘을까? 아무런 반응이 없으니 알 수가 없었어. 페터도 나와 같은 감정을 느낀 걸까? 페터는 아무 말도 하지 않았어. 자기가 서로 다른 두 사람의 안네를 상대하고 있다는 눈치를 채기는 했을까? 그저 의문만 무성할 뿐 아무런 해답도 얻지 못했어.

8시 반에 내가 일어나서 창문 가로 갔어. 우리는 항상 그곳에서 헤어지곤 하거든. 그때까지도 몸이 떨렸어. 그때까지도 제2의 안네로 남아 있었던 거야. 페터가 내게 다가왔어. 나는 그의 목을 끌어안고 그의 왼쪽 뺨에 키스를 하고 다시 오른쪽 뺨에도 키스를 하려는데 그의 입술에 부딪혔어. 우리는 입술을 맞댄 채 힘있게 눌렀어. 아찔한 기분을 느끼면서 몸을 꼭 끌어안았어. 몸을 밀착시키고 또 밀착시켰어. 마치 영원히 그러고 있으려는 듯이 말야. 아!

페터에게는 애정이 필요해. 페터는 태어나서 처음으로 여자를 발견한 거야. 아주 짓궂은 여자애에게도 내면의 세계와 따뜻한 가슴이 있으며 그런 여자애도 누군가와 단 둘이 있을 때는 완전히 다른 사람으로 변한다는 것을 생전 처음

알게 된 거야. 페터에게는 지금까지 여자고 남자고 친구가 전혀 없었는데, 이번에 처음으로 다른 사람에게 자기의 우정과 자기 자신을 바친 거야. 나 자신도 전에는 그를 잘 몰랐고, 마음을 털어놓을 상대가 없었는데 이제 우리가 이렇게 서로 만나게 된 거야. 그래서 우리가 여기까지 온 거야⋯⋯. 그런데 나를 끈질기게 물고 늘어지는 질문이 하나 있어.

「이게 잘하는 일일까?」

그렇게 빨리 무너지는 것이 잘하는 일일까? 내가 그렇게 페터와 똑같이 열정적으로 욕망에 몸을 맡기는 것이 잘하는 일일까? 여자애인 내가 그렇게 아무렇게나 처신해도 되는 걸까? 그 모든 의문에 대한 대답은 단 하나밖에 없었어.

「아주 오래 전부터 그렇게 되기를 얼마나 바래왔는데⋯⋯. 나는 너무나 고독했었어. 이제야 위안을 찾아낸 거라구!」

우리는 오전 중에는 정상이야. 오후에도 가끔만 그렇고 거의 마찬가지야. 그러나 저녁이 되면 하루 종일 참았던 욕구와 행복감 그리고 지금까지 이미 맛본 감미로운 느낌이 밀물처럼 밀려와서 서로 상대방 생각만 하게 돼. 매일 저녁 마지막 키스를 하고 나면, 나는 뒤도 돌아보지 않고, 다시는 그의 눈 속 깊은 곳을 들여다보지 않고 뛰듯이 어둠 속으로 혼자서 도망치고 싶어!

그런데 내가 열네 개의 계단을 뛰어내려오면 나를 기다리고 있는 것이 무엇인지 알아? 밝은 불빛, 질문과 웃음소리. 나는 아무것도 들통 나지 않도록 아무렇지도 않은 듯 행동해야 해. 어제 저녁과 같은 충격을 몰아내기에는 나의 가슴은 아직도 너무 여려. 게다가 다정한 안네는 아주 가끔씩만 나타나지만 그래서 그런지 쫓아버리려고 해도 쉽게 물러나지 않아.

페터는 내가 지금까지 받은 어떤 충격보다 커다란 충격을 주었어. 꿈에서 받은 충격은 빼고 말이지. 페터는 나의 마음을 사로잡았고 온통 흔들어놓았어. 어떤 사람 이든 그런 일을 당하고는 조금 진정하고 정신을 가다듬을 필요가 있지 않을까? 아, 페터! 네가 나를 어떻게 한 거니? 네가 나한테 기대하는 게 뭐니? 우린 이제 어떻게 되는 거니? 지금에서야 베프 언니를 이해하겠어. 언니가 말한 게 바로 이거였어. 이제는 베프 언니가 왜 회의에 빠졌나 알 수 있어. 내가 지금 좀 더 나이가 들었다면 그래서 페터가 결혼하자고 했다면 뭐라고 대답했어야 할까? 안네야, 좀 솔직해져 보자! 너는 페터와 결혼할 수 없어!

아, 생각하지 말자. 너무 복잡해. 페터는 아직 강인하지도 못하고, 의지도 없고 용기나 힘도 없어. 페터는 아직 어린애에 불과하고 내면적으로 보면 나보다 더 성숙한 것도 아니야. 페터가 추구하는 것은 그저 화목하고 행복한 것뿐인걸.

내가 열네 살밖에 안 된 걸까? 내가 아직 어설픈 어린 학생에 불과한 걸까? 내가 아직 아무런 경험이 없는 풋내기에 불과한 걸까? 아니, 나는 다른 애들보다는 경험이 많아. 내 또래의 아이들 중에 거의 아무도 겪어보지 못했을 일을 난 겪어봤어.

나는 내 자신이 두려워. 욕망에 휩쓸려서 너무 빨리 내 속마음을 털어놓는 것이 두려워. 나중에 다른 남자애들과는 어떻게 될까? 이것 역시 감정과 이성의 갈등 문제야. 누구나 다 자기의 적당한 때를 알아야 하는 거야. 과연 나는 그 시기를 잘 선택했다고 확신하고 있는 건가? 안녕.

안네 M. 프랑크.

1944년 5월 2일 Tuesday

소중한 키티.

토요일 저녁에, 우리 이야기를 아빠에게 하는 것이 어떻겠냐고 페터에게 물었더니, 잠시 망설이더니 좋다고 했어. 기분이 좋았어. 페터가 나에 대해 어떤 감정을 갖고 있는지 알 수 있었기 때문이야. 아래층으로 내려오자마자 아빠와 물을 뜨러 갔어. 계단에 왔을 때 아빠에게 물었어.

「제가 페터와 있을 때 저만치 멀리 떨어져 앉지 않는다는 건 아실 거예요. 아빠, 그게 나쁜가요?」

아빠는 바로 대답하지 않고 뜸을 들이더니 말씀하셨어.

「아니, 나쁘다고는 생각하지 않는다. 하지만 이곳은 좁은 곳이다. 안네야! 그러니 좀 신중했으면 한다.」

아빠는 같은 뜻의 말을 몇 마디 덧붙이셨어. 그리고 우리는 올라왔어.

일요일 아침에 아빠가 나를 부르시더니 말씀하셨어.

「안네야, 네가 한 질문에 대해서 다시 생각해 봤는데,(이 말을 듣는 순간 나는 두려워지기 시작했어!) 그것이 은신처에서는 별로 좋은 일이 아닌 것 같구나. 나는 너희가 그저 친구 사이인 줄 알았다. 페터가 너를 사랑하는 거니?」

「전혀 그렇지 않아요.」

「그렇구나. 내가 너희를 이해한다는 건 잘 알지? 하지만 일정한 거리를 두어라. 위층에 너무 자주 올라가지 말거라. 필요 이상으로 그애를 자극하지 말아라. 이런 문제에 있어서는 남자가 항상 적극적인데 여자가 남자를 제지할 수 있는 거란다. 바깥에서 자유롭게 생활할 때는 전혀 상황이 다르지. 다른 남자애들이나 여자애들도 있고 놀러도 가고 운동도 하고 뭐든지 마음대로 하잖니. 하지만 여기서는 달라. 너무 친하게 지내다가 헤어지고 싶어지면 어떻게 할래? 멀리 떠나버릴 수도 없어. 언제나 얼굴을 마주 대하고 있어야 하니까. 안네야, 페터와의 관계를 너무 심각하게 생각하지 말거라!」

「심각하게 생각하지 않아요. 하지만 페터는 착하고 교육도 제대로 받은 애예요.」

「그래, 하지만 강인하지 못해. 그건 좋은 영향도 쉽게 받지만 나쁜 영향도 쉽게 받는다는 뜻이야. 페터는 근본이 좋은 애니까 좋은 영향을 더 많이 받기를 바란다만!」

우리는 좀 더 이야기를 했어. 아빠가 페터와도 이야기를 하기로 했어. 일요일 오후에 앞채 다락방에서 페터가 물었어.

「그래, 아빠께 말씀드렸니?」

「응, 어떻게 됐는지 말해 줄게. 아빠는 우리 행동이 나쁜 게 아니라고 하셔. 하지만 여기서는 우리가 너무 비좁게 살고 있기 때문에 싸우는 일이 생길 수도 있다고 하셨어.」

「하지만 우리는 싸우지 않기로 했잖아? 난 그 약속을 지킬 거라구.」

「나도 그래. 그렇지만 아빠는 아무것도 모르고 계셨거든. 아빠는 우리가 그냥 친구로 지내는 줄 아셨대. 너는 친구로 지내는 게 불가능하다고 생각하니?」

「아니. 너는?」

「나도 너랑 같은 생각이야. 아빠께 너를 믿는다고 말씀드렸어. 페터, 나는 너를 아빠만큼 굳게 믿어. 넌 그럴 만한 가치가 있는 애라고 생각해, 그렇지?」

「그러기를 바래.」

페터는 얼굴이 빨개져서 어쩔 줄 몰라했어

「페터, 나는 널 믿어. 너는 성격이 좋아. 나중에 꼭 성공할 거야.」

그 후에 우린 다른 이야기를 좀 했어. 내가 다시 물었어.

「우리가 여기서 나가면 너는 나를 모른 척할 거야!」

페터는 얼굴이 빨개졌어.

「아니야, 안네야. 나에 대해서 어떻게 그렇게 말할 수 있니?」

그 순간 누가 우리를 불렀어.

아빠가 페터와 이야기를 했어. 페터가 월요일에 내게 그 말을 했어.

「너희 아빠는 우리의 우정이 결국은 사랑으로 발전할 거라고 생각하셔. 그래서 서로 조심할 거라고 말씀드렸어!」

아빠는 내가 저녁에 위층에 올라가는 것을 좀 자제했으면 하지만 난 그러기 싫어. 페터와 같이 있는 게 좋아서이기도 하지만 내가 페터를 믿는다고 이야기한 이상 페터에게 그것을 증명해 보이고 싶어. 내가 그를 믿지 못하고 아래층에 있으면 그걸 증명할 방법이 없잖아.

그래, 나는 갈 거야!

뒤셀 씨와 판 단 아저씨의 관계가 다시 좋아졌어. 토요일 저녁 식사때 뒤셀 씨가 멋진 네덜란드어 표현을 써가면서 화해를 청했어. 그러자 판 단 아저씨도 기분이 풀렸어. 뒤셀 씨는 그 표현을 외우는 데 아마 하루 종일 걸렸을걸.

일요일은 뒈셀 씨 생일이었는데 조용히 지냈어. 우리는 1919년산 고급 포도주를 선물했어. 판 단 아저씨 가족은(이번에는 판 단 아저씨네가 선물을 할 수 있었어) 피클과 면도날 한 통을 선물했고, 쿠글러 씨는 레모네이드, 미프 아줌마는 〈리틀 마틴〉이라는 책, 베프 언니는 작은 화초를 선물했어. 뒤셀 씨는 우리에게 달걀을 하나씩 나누어주셨어. 안녕.

안네 M. 프랑크.

 1944년 5월 11일 Thursday

소중한 키티.

또 한바탕 우스운 일이 벌어졌어.

페터가 머리를 자를 때가 됐나 봐. 머리 자르는 일은 평소처럼 아줌마가 맡았지. 7시 25분에 페터가 자기 방으로 사라지더니 7시 30분 정각에 파란색 수영복에 운동화만 달랑 신고 나타났어.

페터가 말했어.

「엄마, 준비됐어요.」

「그래, 가위를 찾고 있단다.」

페터는 아줌마가 가위 찾는 것을 돕는답시고 아줌마가 화장품을 넣어두는 서랍을 마구 뒤지기 시작했어. 아줌마가 불만스럽다는 듯이 말씀하셨어.

「페터야, 온통 엉망으로 만들지 말고 그만 좀 둬라.」

페터가 뭐라고 대답을 했어. 잘 들리지는 않았지만 아마 버릇없이 말을 한 모양이야. 아줌마가 페터의 팔을 찰싹 때리자 페터도 자기 엄마의 팔을 때렸어. 아줌마가 다시 있는 힘을 다해서 페터를 때리니까 페터는 얼굴을 찡그려 웃기는 표정을 짓더니 「자, 이 사람아! 이리 오게나!」 하는 거야.

아줌마가 그 자리에 못 박힌 듯 서 있으니까 페터가 아줌마의 손목을 잡고는 방을 가로질러서 끌고 갔어. 아줌마가 울고 웃고 욕도 하고 발도 구르고 난리를 쳐도 페터는 놔주지 않는 거야. 페터는 아줌마를 다락방 계단 앞까지 끌고 가더니 더 갈 데가 없으니까 아줌마의 손목을 놓았어. 아줌마는 방으로 다시 오더니 한숨을 크게 내쉬면서 의자에 앉으셨어.

내가 농담조로 말했어.

「엄마를 납치하려고 하네요.」

「그래, 그런데 날 아프게 하잖니.」

나는 아줌마에게 다가가서 벌겋게 부푼 팔목을 물로 식혀드렸어. 페터는 여전히 계단 아래에 서서 안달을 하더니 마치 조련사처럼 허리띠를 손에 들고 자기 방으로 올라갔어.
그렇지만 아줌마는 페터를 따라가지 않고 책상 앞에 앉아서
손수건을 찾으셨어. 아줌마가 「먼저 내게 용서를 빌어야 한
다!」 하시니까, 페터가 말했어.

「좋아요. 용서를 빌지요. 안 그러면 시간 낭비니까!」

아줌마도 더 이상 참을 수 없었는지 웃음을 터뜨렸어. 아
줌마는 일어서서 문 쪽으로 가셨어. 그러더니 우리에게 설
명을 해야겠다는 생각이 들었나 봐(아빠와 엄마와 나는 그때
설거지를 하고 있었어).

「우리 집에 살 때는 저애가 저러지 않았어요. 그때 같으면
페터를 한 대 때려서 계단 밑으로 굴러 떨어지게 했을 거예
요! 저애가 이처럼 버릇없이 구는 일은 없었
는데. 더 맞아야 한다니까요. 현대 교육
의 결과를 좀 보세요. 지금 아이들이란.
저는 무슨 일이 있어도 엄마에게 그렇
게 대들지 않는 걸로 알고 있어요. 프랑크
씨, 프랑크 씨는 엄마한테 이런 식으로 대하
셨나요?」

아줌마는 몹시 흥분해서 방 안을 이리저리 서성대면서 온
갖 질문을 퍼부었고 위로 올라갈 생각을 하지 않았어. 그러
더니 결국 사라지셨어.

아줌마가 올라가신 지 5분도 안 되어서 볼이 부어서 내려
오더니 앞치마를 내던지셨어. 내가 벌써 끝나셨냐고 물어보

니까 잠시 내려왔다고 하더니 쏜살같이 아래로 내려가는 거야. 아저씨 품에 안기려고 가는 것이 분명했어.

아줌마는 8시가 되어서야 아저씨와 함께 올라오셨어. 사람들이 페터를 찾으러 다락방으로 갔어. 사람들이 페터에게 있는 대로 욕을 퍼부었어. 무례하고, 버릇없고, 남보기 창피하고, 안네가 어떻고, 마르고트가 어쩌고……, 그 이상은 잘 알아듣지 못했어.

오늘은 아마 페터와 아줌마가 화해를 했나 봐. 안녕.

안네 M. 프랑크.

추신 : 화요일과 수요일 저녁에 우리의 친애하는 여왕께서 새로운 활력을 얻기 위해서 네덜란드 귀국을 앞두고 휴가를 떠나신다고 발표했어. 여왕께서는 「머지않아 내가 돌아올 때면……, 해방이 빠른 시일 내에……, 영웅주의와 힘든 시련……」 같은 말씀을 했어.

여왕의 연설에 이어서 게르브란디 총리의 연설이 있었는데 총리가 '슈'를 '스'로, '쥬'를 '즈'로 잘못 발음하는 것을 듣다 못해 엄마가 「아!」 하고 한숨을 내쉬었어.

에이델 씨의 목소리를 꼭 닮은 사제 한 분이 유대인들과 강제 수용소와 감옥과 독일로 끌려간 사람들을 보호해 달라고 신에게 간구하는 것으로 저녁 방송이 끝났어.

1944년 5월 11일 Thursday

소중한 키티.

위층에 만년필이 든 내 사물함을 놔두었어. 위층 사람들
의 낮잠(2시간 반)을 방해하기 싫으니까 연필로 쓰더
라도 좀 참아줘.

나는 지금 할 일이 무척 많단다. 이상하게 들릴
지 몰라도, 그 많은 일을 다 할 시간이
없어. 내가 할 일이 어떤 것들인지 간단
하게 말해 줄까? 도서관에 책을 반납해야
되니까 내일까지 〈갈릴레오 갈릴레이의 생애〉 1권을 다 읽
어야 해. 어제 읽기 시작했는데 지금 220쪽을 읽고 있어. 모
두 320쪽이니까 다 읽을 수 있을 거야.

다음 주에는 〈선택의 기로에 선 팔레스타인〉과, 〈갈릴레오
갈릴레이의 생애〉 2권을 읽어야 해. 어제는 카를 5세(1500~
1558 신성로마제국 황제-역주)의 전기 1부를 다 읽었어. 지금
까지 그려놓은 그 많은 계보와 주석도 정리해야 해. 책을 읽
다 정리한 외국어 단어가 3쪽인데 모두 적고 외워야 해.

영화배우에 관한 자료도 엉망이어서 정리를 해야 하는데
말야, 그런 일을 하려면 며칠씩이나 걸리고 이 안네 선생께
서 일에 치여 죽을 정도니까 당분간 그냥 놔두는 수밖에 없
어. 게다가 테세우스, 오이디푸스, 펠레우스, 오르페우스,
이아손, 헤라클레스(모두 그리스 신화에 나오는 영웅들-역주)

등 영웅들의 이야기가 내 머릿속에서 마치 여러 가지 실로 짠 옷감의 실들처럼 서로 얽혀서 구분이 잘 안 되니까 한번 정리를 해야 되고, 미론과 페이디아스(둘 다 고대 그리스의 조각가-역주)에 관해서도 시대적 배경을 정리해 두어야 해. 지금 공부하는 방식으로는 7년전쟁이나 9년전쟁에 관해서도 모든 게 헛갈려. 또 내 기억력의 한계도 생각해야지. 생각해 봐. 벌써 이러니 내가 80살이 되면 어떻겠니!

또 성경 공부도 해야 하는데, 시간이 얼마나 걸려야 〈수산나의 목욕 이야기〉가 나올까? 소돔과 고모라의 잘못이라는 것은 무얼까? 궁금한 것도 많고 배울 것도 너무 많아. 〈팔츠의 공주〉는 완전히 포기하기로 했어.

키티야, 내가 왜 정신이 하나도 없는지 이해하겠지?

또 다른 문제인데, 내가 오래 전부터 신문 기자가 돼서 결국에는 유명한 작가가 되려는 꿈을 갖고 있다는 걸 잘 알고 있지? 내가 과연 이 위대한 꿈(또는 과대망상)을 실현하게 될까? 미래가 그 답을 알려주겠지. 어쨌든 지금까지는 생각하고 있는 이야깃거리가 많이 있어. 전쟁이 끝나면 〈은신처〉라는 제목의 책을 출판하고 싶어. 내가 과연 그 일을 해낼 것인지는 모르겠지만 어쨌든 이 일기가 도움이 될 거야.

〈캐디의 일생〉도 끝내야 하는데. 이야기의 뒷부분은 이미 구상해 두었어. 캐디는 요양소에서 병이 다 나은 후에 집으로 돌아와서 한스와 편지를 계속 주고받아. 캐디는 얼마 안 있어 한스가 엔에스베이(NSB)에 동조하고 있다는 사실을 알게 돼.

캐디는 유대인과 자기 친구 마리안네의 비극적인 운명으로 심한 충격을 받았던 일이 있기 때문에 자연히 한스와 관계가 멀어지게 돼. 둘은 다시 만나서 화해를 하지만 한스가 그 뒤에 다른 여자를 만나기 때문에 둘은 헤어져. 캐디는 크게 상심하지만 그래도 무슨 일이든 해야 하니까 간호사가 되기를 원해. 마침 아버지 친구의 권유로 캐디는 스위스의 폐결핵 요양소에서 근무를 하게 돼.

첫 번째 휴가를 맞아 코모호(이탈리아 북부에 있는 호수 – 역주)로 놀러간 캐디는 그곳에서 우연히 한스를 만나. 한스는 캐디 다음에 만난 여자와 2년 전에 결혼을 했는데 부인이 신경쇠약을 앓다가 자살했다고 해. 한스는 부인과 살면서 자기가 캐디를 얼마나 사랑했는지 깨달았다고 하며 캐디에게 청혼을 해. 캐디는 자신의 의지와 상관없이 여전히 한스를 사랑하면서도 자존심 때문에 청혼을 받아들이지 않아. 한스가 떠나고 몇 년이 지난 뒤 캐디는 한스가 지금 영국에 있고 건강이 매우 악화되었다는 소식을 접하게 돼.

캐디는 27살에 시몬이라고 하는 부유한 시골 사람과 결혼을 해. 캐디는 시몬을 사랑하지만 결코 한스만큼 사랑하지는 않아.

캐디는 1남 2녀를 낳아. 아들은 니코, 딸은 각각 릴리안, 유디트라고 하지. 시몬과 캐디는 행복하게 살지만 한스의 그림자가 항상 캐디의 머릿속에 남아 있어. 그러던 어느 날 캐디는 꿈속에서 한스를 만나 작별 인사를 하게 되고 그때부터 한스 생각을 털어버리게 돼.

　이 이야기는 완전히 감상적인 실없는 이야기만은 아냐.
아빠가 실제로 겪은 경험도 조금 들어 있으니까. 안녕.

　안네 M. 프랑크.

1944년 6월 5일 Monday

　소중한 키티.

　은신처에 다시 문제가 좀 생겼어. 뒤셀 씨와 우리 가족이
버터 배분 때문에 싸웠는데 결국은 뒤셀 씨가 졌어. 뒤셀 씨
가 판 단 아줌마와 가까워져서 장난도 치고 키스도 하고 다
정하게 웃어주기도 해. 아마도 뒤셀 씨가 여자가 그리워지
기 시작했나 봐. 판 단 부부는 쿠글러 씨 생일에 우리도 못
먹는 생강과자를 왜 만들어야 하냐고 해. 왜 그렇게 쩨쩨한
지 몰라. 위층 사람들은 정말 혐오스러워.

　판 단 아줌마는 감기에 걸렸어. 뒤셀 씨는 우리에게 떨어지
고 없는 것으로 알고 있던 맥주 효모를 갖고 있다
가 들켰어.

　독일 제5군이 포위도 폭격도 없이 로마를
점령했어. 히틀러에게는 대단한 선전거리
가 생긴 거지!

채소와 감자는 거의 다 떨어지고 빵에는 곰팡이가 슬었어. 빼빼(새로 들어온 창고 지키는 고양이 이름)는 후추를 먹지 못해. 그 고양이는 자기 밥그릇은 침대로 알고, 대팻밥은 화장실로 안다니까. 그러니 계속 집에 두는 건 있을 수 없는 일이야.

계속 날씨가 안 좋아. 프랑스 파드칼레주(프랑스 북서부와 벨기에 접경지대에 있는 주—역주)를 비롯한 서부 전선 위로 폭격이 지속되고 있어.

달러를 사용할 수가 없어. 금은 더더군다나 안 돼. 비밀 금고가 바닥이 나려고 해. 다음 달에는 무엇을 먹고사나? 안녕.

안네 M. 프랑크.

 1944년 6월 6일 Tuesday

매우 소중한 키티.

정오에 영국 라디오에서 「오늘이 디데이입니다」라고 방송을 하더니 정말 연합군의 상륙이 시작됐어.

오늘 아침 8시에 영국은 칼레와 불로뉴와 르 아브르와 셰르부르(넷 모두 다 프랑스 북서 해안의 항구 도시—역주)와 파드칼레주에 대한 대규모 폭격을 발표했어(파드칼레주에는 매일 있는 폭격이지만). 점령지 주민에 대한 주의사항도 있어. 해안

에서 35킬로미터 이내에 사는 사람들은 폭격에 대비해야 한다는 안내와 영국군이 상륙하기 1시간 전에 전단을 뿌릴 거라는 내용이야.

독일 뉴스에 따르면 영국 낙하산 부대가 프랑스 해안에 침투했어. 영국 BBC 방송에서는 상륙작전에 참가한 영국 배가 독일 해병대에 맞서서 싸우고 있다고 보도했어.

9시 아침식사 때 은신처 식구들은 이번도 2년 전 디에프 상륙작전(1942년 8월 연합군은 프랑스 북서부의 항구 도시인 디에프 상륙작전을 벌였으나 실패로 끝남–역주)처럼 시험으로 해보는 것이라고 결론을 내렸어. 그런데 10시에 영국 방송에서 독일어와 네덜란드어와 프랑스어 및 다른 언어로 「공격이 시작되었다!」는 발표가 나왔어. 이번 것은 정말이었던 거야.

11시 영국 라디오에서 독일어로 연합군 최고사령관 드와이트 아이젠하워 장군의 연설 방송이 있었어.

영국 라디오가 정오에 영어로 「오늘이 디데이입니다」라는 성명 발표를 내보냈고, 아이젠하워 장군이 프랑스 국민에게 이렇게 말했어.

「이제 맹렬한 전투가 벌어지겠지만 아군이 승리할 것입니다. 1944년은 완전한 승리의 해입니다. 행운을 빕니다!」

영국 라디오 방송은 1시에 영어로 다음과 같이 보도했어.

「1만1천 대의 비행기가 출격 준비를 완료하고 병력 수송과 전선의 배후 폭격을 위해서 출동 중이다. 4천 대의 크고 작은 배가 셰르부르와 르 아브르 사이의 해안으로 연이어

상륙하고 있다. 영국군과 미국군은 지금 본격적으로 전투를 수행하고 있다.」

뉴스에 이어서 게르브란디 네덜란드 총리, 벨기에 총리, 하콘 노르웨이 왕, 프랑스 드골 장군, 영국 왕 그리고 처칠 수상의 연설 방송이 있었어.

은신처는 흥분의 도가니로 변했어. 그토록 기다려온 해방의 날이 정말 오는 걸까? 지금까지 그렇게 자주 입에 오르내렸지만 아직은 그저 기적이나 비현실적인 이야기처럼 보이는 해방이 정말 오는 걸까? 올해 1944년이 우리에게 승리를 안겨줄까? 아직은 아무것도 알 수 없지만 희망이 우리를 살아가게 하고 있어, 우리에게 새삼 용기와 힘을 주고 있어.

수없이 닥쳐오는 불안과 고통과 결핍을 이겨내려면 용기가 있어야 해. 지금은 침착하게 인내해야 할 때야. 입을 악 다물고 터져 나오는 비명을 참아야 해! 프랑스, 러시아, 이탈리아나 독일 사람들은 비탄에 빠져 비명을 지를 수 있겠지만 우리 유대인은 아직은 그럴 수 없어!

아, 키티야! 상륙작전에서 가장 멋진 일은 우리의 친구들이 가까이 오고 있구나 하는 느낌이란다. 끔찍한 독일인들이 너무도 오랫동안 우리를 탄압하고 우리 목에 칼을 들이대고 있었기 때문에, 그 무엇보다도 우리 편이 생긴다는 것과 해방이 온다는 것이 우리에게는 중요해! 이제는 단지 유대인만의 문제가 아니고 네덜란드와 유럽 내 독일 점령 지역 전체의 문제가 된 거야. 마르고트 언니 말로는 아마 9월이나 10월쯤이면 내가 다시 학교에 다니게 될 거래. 안녕.

　안네 M. 프랑크.

추신 : 최신 뉴스야! 오늘 오전 그리고 밤까지도 짚으로 된 인형이며 마네킹이 독일 진지 뒤쪽으로 떨어졌어. 그 인형들은 땅에 닿자마자 폭발했어. 낙하산 대원들도 많이 내려왔어. 낙하산 대원들은 모두 사람들 눈에 띄지 않도록 얼굴을 까맣게 칠하고 있었어. 밤새도록 5백만 킬로그램이나 되는 폭탄이 해안 위로 떨어졌고, 아침 6시에 최초의 배 몇 척이 상륙을 시작했어. 오늘 2만 대의 비행기가 투입됐어. 상륙을 하는 시간에 독일 해안 포대(적탄을 막고 아군의 사격을 편리하게 하기 위해 견고하게 쌓아 만든 화포 진지－역주)는 이미 격파되어 있었고, 소규모의 교두보(적군이 점령하고 있는 해안 등지의 한 지역을 점거하여 아군의 상륙을 돕거나 작전의 기반이 되게 하는 거점－역주)가 설치되었어. 날씨가 나쁜데도 불구하고 모든 일이 잘 진행되고 있어. 군대나 주민이나 모두 한결같은 의지와 희망에 불타고 있어.

소중한 키티.

또 한 번의 생일을 맞는구나. 이제 15살이야. 선물을 꽤 많이 받았어. 슈프링거의 책 다섯 권, 속옷 세트, 허리띠 두 개, 손수건, 야쿠르트 두 개, 잼, 벌꿀 두 병(작은 것), 엄마와 아빠가 주신 식물학에 관한 책, 마르고트 언니로부터 받은 금도금 팔지, 판 단 아저씨 가족이 선물한 파트리아 전집 1권, 뒤셀 씨가 주신 바이오몰트(영양제—역주)와 스위트피, 미프 아줌마의 사탕, 베프 언니의 사탕과 공책, 그리고 가장 멋진 건 쿠글러 씨의 선물인데 소설책 〈마리아 테레사〉와 더블크림치즈 세 조각을 가져오셨어. 페터로부터는 모란꽃 다발을 받았어. 가련한 페터, 선물을 뭘로 할까 고민은 많이 한 모양인데 별로 빛이 나지 않았어.

그렇게 폭풍과 소나기가 몰아치고 바다에 심한 풍랑까지 계속되는 고약한 날씨에도 불구하고 상륙작전은 여전히 척척 잘 진행되어 가고 있어. 처칠, 스머츠(남아프리카공화국의 정치가—역주), 아이젠하워, 아널드(미 육군 항공사령관—역주)가 어제 영국군이 해방시킨 프랑스 마을 여러 곳을 방문했어. 처칠은 해안을 폭격하는 어뢰정을 타고 있었어. 처칠은 두려움을 모르는 사람 같아. 처칠이 부럽다!

이곳 은신처에서는 네덜란드 국내 분위기가 어떤지 알 수가 없어. 물론 사람들은 게으름뱅이 영국이 드디어 소매를 걷어붙이고 나선 것을 기쁘게 생각할 거야. 사람들은 영국이 이곳을 점령하는 것이 싫다고 매일 떠들어대면서 그것이 앞뒤가 맞지 않는 이야기라는 걸 몰라. 단적으로 그들의 생각은 그러니까 영국 사람들이 자기 자식들을 희생해 가면서 네덜란드와 다른 피점령국을 위해서 싸워야 한다는 거야. 영국은 네덜란드에 남아 있을 권리가 없고, 독일의 피점령국들에게 가장 정중한 사과를 해야 하고, 인도제국을 원래 주인인 민족에게 돌려주어야 하며, 결국에는 약하고 가난한 신세가 되어 영국 땅으로 되돌아가야 한다고 하는 거야!

바보가 아니고서 어떻게 그런 식으로 생각할 수 있니? 그런데도 네덜란드 사람들 가운데는 그런 바보가 많단다. 만약 지금까지 여러 번 주장되었던 것처럼 영국이 독일과 평화조약을 맺었다면 네덜란드나 그 주변 국가는 어떻게 되었을까? 지금쯤 네덜란드가 독일이 되어 있을 거야! 아직도 영국을 경멸하고, 노인들로 구성된 정부라고 모욕하고, 영국인을 비겁하다고 하면서도 독일인을 미워하는 네덜란드인들은 한번 사정없이 흔들어줘야 해. 그러면 머릿속이 좀 맑아질 거 아니니?

수천 수만 가지 바람과 생각과 비난이 나의 마음속을 오가고 있어. 나는 사람들이 생각하는 것처럼 그렇게 허황한 생각을 하는 아이는 아니야. 내 스스로가 자신의 결점과 잘못을 남들보다도 더 잘 알고 있어. 다만 내가 나아지고 싶어

하며, 앞으로 나아질 것이고 이미 많이 나아졌
다는 것을 알고 있는 것이 남들의 생각과 다를
뿐이야!

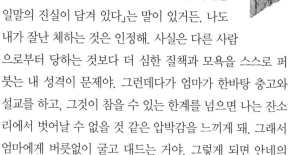

내가 좋아하는 격언 중에 「모든 비난 속에는
일말의 진실이 담겨 있다」는 말이 있거든. 나도
내가 잘난 체하는 것은 인정해. 사실은 다른 사람
으로부터 당하는 것보다 더 심한 질책과 모욕을 스스로 퍼
붓는 내 성격이 문제야. 그런데다가 엄마가 한바탕 충고와
설교를 하고, 그것이 참을 수 있는 한계를 넘으면 나는 잔소
리에서 벗어날 수 없을 것 같은 압박감을 느끼게 돼. 그래서
엄마에게 버릇없이 굴고 대드는 거야. 그렇게 되면 안네의
사전에 단골로 등장하는 말이 튀어나오게 되어 있지.

「나를 이해하는 사람은 아무도 없어!」

그 말은 내 마음속에 깊게 뿌리박고 있어. 그 말이 틀린
말처럼 들릴지 몰라도 그 말에도 일말의 진실이 들어 있어.
내 스스로 자신에게 너무 많은 비난을 하다보니까 그런 내
마음을 바로잡아 주고 나의 진지한 고민에도 관심을 기울이
고 위로해 주는 사람이 그리운 거야. 그렇지만 아무리 찾아
봐도 아직 그런 사람을 찾지 못했어.

키티야, 너 지금 페터라고 말하고 싶지? 그래, 페터가 나
를 좋아하는 건 사실이지만 페터는 애인이 아니고 친구야.
그가 나를 좋아하는 감정은 하루가 다르게 커지고 있지만
우리 두 사람을 사로잡고 있는 그 감정이 묘한 것이어서 나

도 그게 어떤 감정인지 아직 이해가 되지 않는단 말이야.

그에게로 향한 강한 그리움이 어쩌면 과장된 것이 아닌가 하는 생각이 가끔 들 때가 있지만 그건 아닌 것 같아. 한 이틀 동안 위층에 올라가지 않을 때가 있는데 그럴 때면 다시 그리운 마음이 전처럼 강하게 되살아나거든. 페터는 사랑스럽고 착하지만 나를 실망시키는 점이 많다는 걸 부인할 수는 없어. 특히 종교에 대해 반감을 갖고 있는 점과 음식이나 다른 주제에 대해서 잡다한 이야기를 늘어놓는 것이 마음에 들지 않아. 그래도 약속한 것처럼, 우리가 결코 싸우는 일이 없을 것이라는 점만은 확실해.

페터는 온화하고 이해심 많고 아주 너그러운 애거든. 아줌마가 말하면 가만히 듣고 있지 않을 이야기도 내가 말하면 페터는 그냥 듣고 있어. 페터는 책 위에 묻은 잉크 자국을 없애려고 정성을 들이고 자기 물건들을 잘 정돈하는 애야. 그런데 페터는 왜 자기 생각을 마음속에 꽁꽁 묻어두고 내가 알면 안 되는 듯이 구는 걸까? 페터가 사실 나보다 더 닫혀 있어. 그러나 경험상 알게 된 바로는 가장 닫혀 있는 사람도 어떤 순간에는 자기 속을 털어놓을 상대가 있어야 하고 그 욕구가 다른 사람보다 더 크다는 거지.

페터와 나는 사고와 성찰을 할 시기를 은신처에서 보냈어. 우리는 종종 미래와 현재와 과거에 대해서 이야기하지만 전에도 말했던 것처럼 이야기 속에 본질적인 것이 빠져 있어.

하지만 나는 본질적인 것이 확실히 존재한다고 생각해!

내가 자연과 관계된 것이면 사족을 못쓰는 것이 어쩌면 내가 너무 오랫동안 밖으로 나가보지 못해서 그런 걸까? 전에는 내가 아름다운 파란 하늘, 새들의 노랫소리, 달빛, 꽃이 피는 것 같은 자연 현상에 대해 오랫동안 무관심하게 지냈던 것으로 기억 나. 나의 그 무관심이 이곳에 와서 바뀌었어. 날씨가 아주 더웠던 이번 성령강림절에는 창문을 열고 혼자서 달빛을 바라보기 위해서 11시 반까지 자지 않고 있었어. 하지만 불행히도 달은 휘영청 빛나는데 감히 창문을 여는 위험을 감수할 수가 없었단다.

또 몇 달 전에는 저녁에 창문이 열려 있을 때 우연히 위에 혼자 있게 되었는데, 환기를 시키는 시간이 끝날 때까지 그곳에 남아 있었어. 비 내리는 어두운 저녁과 폭풍우와 흘러가는 구름이 나를 사로잡았어. 1년 반 만에 처음으로 밤을 마주 대했던 거야. 그날 저녁 이후로 같은 광경을 보고 싶은 마음이 강해져서 도둑이나 쥐가 득실거리는 건물이나 폭격도 두려워하지 않게 됐어. 혼자서 아빠의 전용 사무실이나 부엌에 내려와서 창문을 내다보고는 했어. 이 세상에는 자연의 아름다움을 찬양하는 사람도 많고 자연이 좋아 노천에서 자는 사람도 많고 또 감옥이나 병원에서 언젠가는 자유롭게 자연 속을 거닐 꿈을 꾸는 사람도 많겠지만, 부자나 가난한 자나 누구나 차별 없이 누릴 수 있는 자연으로부터 자신이 고립되어 있는 것에 대해서 이렇게 절절하게 향수를 느끼는 사람은 거의 없을 거야.

내가 하늘과 구름과 달과 별을 바라보면 마음이 편안해지고 희망을 갖게 된다고 이야기한 것은 허튼소리가 아니야. 그 방법은 쥐오줌풀(불안이나 긴장을 없애주는 신경 강화작용이 있는 풀—역주)이나 강력한 신경안정제보다도 더 효과가 커. 자연 앞에 서면 내 자신이 작게 느껴지면서 그 어떤 시련도 극복할 수 있는 용기가 생겨!

나는 지금 자연과 접할 수 있는 기회가 지극히 적고, 그것도 감히 들치고 볼 용기가 나지 않는 지저분한 커튼이 쳐 있는 잔뜩 먼지가 낀 창문 너머로밖에 볼 수 없는 운명에 처해 있지만 지금 내게는 자연이 그 어떤 다른 것으로도 바꿀 수 없는 유일한 것이란다!

내가 스스로에게 던지는 수많은 질문들 중에 이미 몇 차례나 내 머릿속을 어지럽혀 온 문제가 있어. 왜 과거에도 그랬지만 현재까지도 여자가 사회에서 남자보다 훨씬 못한 자리를 차지하는 것일까? 그것은 부당하다고 이구동성으로 말하는 것만으로는 충분하지 않아. 나는 왜 그런 부당한 일이 생기는지 그 이유를 알고 싶어! 남자가 신체적으로 힘이 세니까 처음부터 여자를 지배해 왔다고 할 수 있을 거야. 남자는 생활비를 벌고, 아이를 만들고, 남자는 뭐든지 다 할 수 있는 권리를 갖고 있어……. 여자들이 지금까지 그 원칙이

그대로 지켜지도록 내버려둔 것은 바
보 같은 짓이야. 세월이 지날수록 그
원칙은 더욱 확고해지거든. 다행히도
학교 교육과 직업 생활과 경제 발전

덕분에 여자들이 조금은 눈을 뜨고 있어.
많은 나라에서 여자들이 평등한 권리를 획득했고, 인류 역
사상 오래 전부터 남자와 여자를 구분하여 세상을 이분해
온 것이 부당하다는 사실을 수많은 사람들이－여자들뿐만
아니라 남자들도－깨닫고 있어. 현대 여성들은 완전한 자립
에 도달할 수 있는 권리를 요구하고 있어!

그러나 아직 멀었어. 여성이 존중받는 사회가 되어야 해!
일반적으로 이 지구상 그 어디에서고 남자는 존경을 받고
있어. 왜 여자가 더 존경을 받으면 안 되는 거냐구! 사람들
은 투사와 전쟁 영웅을 존경하고 기리고 있어. 발명가들은
영원한 명성을 누리고 있고, 순교자들은 숭배를 받고 있지.
그렇다면 인류 중에서 여성을 투사로 인정하는 사람이 몇
명이나 될까?

〈삶의 투사들〉이라는 책에서 한 구절에 큰 감동을 받았
어. 그 내용은 대충, 여자는 아기를 낳는 것 하나만으로도
그 어떤 전쟁 영웅보다 더 큰 고통을 겪는다는 거야. 그런데
그렇게 고통을 겪은 보답이 뭐야? 아기를 낳아 몸매는 망가
지고 아이들은 머지않아 엄마 곁을 떠나고, 젊은 시절의 아
름다움도 잃어버리게 되지. 여성은 인류의 생존을 위해서

싸우고 고통받는 투사들이야. 큰 소리로 외쳐가며 자유를 위해 싸우는 그 어떤 영웅보다도 더 용감한 투사들이란 말이야!

여자들이 아기를 낳지 말아야 한다는 뜻은 절대 아니야. 오히려 그 반대지. 원래 여자가 아기를 낳는 것이 자연의 섭리이고, 그건 아주 잘 된 일이야. 나는 다만 여성이 사회에서 수행해 온 힘들지만 중요하고 위대한 역할을 인정하려고 한 적이 없는 남자들과 이 세상의 상황을 비판하는 것뿐이야. 그 책의 저자인 폴 드 크라이프는 소위 문명화된 사회에서는 이제 더 이상 출생이 자연스럽고 단순한 일이 아니라고 이야기하고 있어. 나는 그의 말에 전적으로 찬성해. 남자들은 너무 편해. 여자들이 겪어야 하는 고통을 절대로 겪을 일이 없을 테니까!

아기를 낳는 것이 여자의 의무라는 생각이 다음 한 세기 동안 바뀔 거야. 그 대신 불평 없이 싫은 내색도 하지 않고 그 무거운 짐을 짊어지는 여성을 존경하고 찬미하게 될 거야! 안녕.

안네 M. 프랑크.

1944년 7월 21일 Friday

소중한 키티.

지금 나는 희망에 부풀어 있어. 모든 일이 잘 풀렸어. 아주 잘 되어가고 있어! 좋은 소식이야! 히틀러 암살 기도가 있었단다. 이번에는 범인이 유대인 공산주의자나 영국 자본주의자가 아니고 독일 정통 가문의 장교인데 그것도 아주 젊은 백작이라나. '신이 도우셔서' 총통이 목숨은 보전하고 불행히도 가벼운 상처와 화상을 입은 것뿐이래. 히틀러 측근 장교 몇 명이 죽거나 부상당했대.

범인은 사살당했어. 어쨌든 독일 장교나 장군 중에 전쟁에 신물이 나서 히틀러를 망각 속에 묻어버리고 군사 독재 지휘권을 찬탈하고 연합군과 평화조약을 체결하고, 다시 군비를 강화해서 한 20년쯤 뒤를 도모해 보려는 사람들이 많다는 이야기야. 어쩌면 히틀러를 당장 죽이지 않고 시간을 끌게 하는 것이 신의 섭리인지도 몰라. 순수 혈통의 독일인들끼리 서로 죽이도록 내버려두는 것이 연합군 측으로서는 일도 쉬워지고 이로운 일이지. 러시아와 영국이 할 일이 줄어들고 전후에 자기 나라 안의 파괴된 도시를 복구하는 시간도 절약될 테고.

하지만 아직 그런 상황에까지 이른 것은 아니야. 또 그런 쾌거가 앞당겨 일어나는 것을 전혀 바라지도 않아. 내가 지금 말하는 것에 아주 대단한 진실이 있다는 것을 알 수 있을 거야. 내가 전과는 달리 큰 이상을 위해 부르짖지 않고 있다는 거 말야.

친절하게도 말야, 히틀러가, 오늘부터 전 군대가 게슈타포에 복종해야 하며 군인이나 일반인이나 자기의 상관이 비겁하고 비열한 이번 암살 기도에 가담했다는 것을 알게 되면 그를 총살할 권리가 있다고 충성스럽고 헌신적인 독일 국민에게 발표했어!

참 가관일 거야. 예를 들어서 어떤 병사가 너무 걸어서 발이 아파서 더 이상 못 걸을 지경인데 그의 상관이 자기를 못 살게 군다면, 그 병사는 총을 들고 「당신이 히틀러 총통을 암살하려고 했던 거지. 자, 그에 대한 보복이다!」 하면 그만이야. 빵! 그 병사를 감히 혼내려고 했던 그 장교는 그만 생의 문턱(아니면 죽음의 문턱이던가)을 넘는 거지 뭐! 나중에는 장교들이 부하를 마주치거나 명령을 내릴 때마다 겁이 나서 벌벌 떨 거야. 부하에게도 발언권이 있고 부하들 권력이 더 크니까 말이야. 내 말이 무슨 뜻인지 알겠지? 혹시 내가 또 횡설수설하고 있는 건 아니겠지? 나도 어쩔 수가 없어. 논리적으로 말하기에는 기분이 너무 좋아서 말야. 10월이면 학교에 가서 벤치에 앉아 있을 수 있거든! 참, 조금 전에 앞당겨 생각하지 말자고 했었나? 내가 모순덩어리라는 별명이 붙은 것도 당연하지 뭐! 안녕.

안네 M. 프랑크.

소중한 키티.

지난번 편지는 '모순덩어리' 라는 말로 끝났는데 이번 편지 시작에도 그 말을 써야겠구나. '모순덩어리' 가 정확히 무슨 뜻인지 알겠니? '모순' 이 무슨 뜻이냐 하면, 이 말에는 두 가지 뜻이 담겨 있지. 즉 '외적 모순' 이라는 뜻과 '내적 모순' 이라는 뜻이야. 외적 모순이라는 것은 다른 사람의 의견에 굽히지 않고, 다른 사람보다 많은 것을 알며, 자기 주장을 굽히지 않는 것, 한 마디로 사람들이 잘 알고 있는 나의 결점들을 말하는 거지. 내적 모순은 다른 사람들은 이해하지 못하는 거야. 나만의 비밀이지.

내 안에 두 가지 다른 성격이 있다고 네게 여러 번 말했었지? 한편에는 활발하고 명랑하며 모든 것을 빈정대는 시선으로 바라보고 즐겁게 살며 모든 것을 가볍게 대하는 내가 있어. 가벼운 연애도 하고 키스나 포옹도 하고 농담도 하는 그럴 때의 나를 말하는 거야. 그런 나는 종종 앞으로 나서려고 하면서 좀 더 아름답고 순수하고 진지한 또 하나의 나를 밀쳐내고 있단다. 안네의 아름다운 면을 아는 사람은 없단다. 그래서 나를 받아주는 사람들이 드문 거야. 내가 반나절만 재미있는 광대 노릇을 하면 그것만으로도 모두들 한 달 동안은 질리는 거야.

마치 진지한 사람들에게는 애정 영화가 단지 오락이나 일시적인 기분 전환에 불과해서 금방 잊혀져버리고 좋지도 않고 나쁘지도 않고 그저 그런 것으로 여겨지는 것과 같지 뭐. 네게 이런 말을 해야 한다는 것 자체가 불쾌하지만 또 하면 뭐 어때. 사실이 그런 걸. 그런데 진지한 나보다는 경솔한 내가 우세한가 봐. 그래서 항상 이기나 봐. 안네라는 이름의 반쪽을 차지하고 있는 경솔한 안네를 근본적으로 바꾸고 쫓아버리려고 내가 얼마나 애를 썼는지 너는 모를 거야. 그런데 그럴 수가 없어. 나는 그 이유를 알아.

내가 지금까지 지내왔던 대로 나를 알고 있는 사람들이 나의 진지하고 아름다운 면을 발견할까 봐 두려워. 사람들이 그런 나를 보고 조롱하고, 내가 우습고 감상적이라고 하면서 나를 진지하게 받아들이지 않을까 봐 두려워. 나는 습관적으로 진지하지 못하게 행동한단다. 경솔한 안네는 그런 나를 잘 받아들이지만 진지한 안네는 그걸 견디지 못해. 진지한 안네는 15분 만 무대에 세우면 입을 열어야 할 때가 되어도 입 한 번 열지 못하고 마치 미모사처럼 위축되어 얼른 경솔한 안네에게 자리를 넘겨주고는 너도 모르는 사이에 사라져버린단다.

사람들 앞에서는 단 한 번도 다정한 안네가 드러난 적이 없지만 나 혼자 있을 때는 항상 다정한 안네가 우세하단다. 나는 내가 어떤 사람이 되고 싶은지, 실제 내면적으로 어떤 사람인지를 잘 알아. 하지만 그 모든 게 나 혼자만의 생각일 뿐이야. 내 자신은 나를 내적으로 행복한 사람이라고 생각

하는데 남들은 나를 외적으로 행복한 사람으로 보는 것은
아마 그렇기 때문일 거야. 아니 확실히 그 때문이야. 내면적
으로는 순수한 안네가 나의 길을 인도하지만, 외면적으로는
나는 그저 고삐 풀린 망아지에 불과해.

　내가 이미 말했듯이 나의 말과 생각은 전혀 다르단다. 내
가 남자애들이나 졸졸 따라다니는 아이에다 연애 박사, 잘난
척하는 아이, 가벼운 연애 소설이나 읽는 아이로 알려져 있
는 것은 바로 그 때문이야. 명랑한 안네는 빈정대고, 무례하
게 굴고, 아무렇지도 않은 듯 어깨를 으쓱하고 전혀 신경 쓰
지 않는 듯이 행동하지만, 조용한 안네는 그와는 정반대로
행동하는 거야. 정말 솔직히 말하자면 그렇게 하는 것이 고
통스러워. 나를 바꾸기 위해서 무척 애를 쓴단다. 그러나 내
가 끊임없이 맞서 싸워야 하는 나의 적이 나보다 강하단다.

　내 안에서 흐느끼는 목소리가 들려.

　「거 봐! 네 꼴이 어떤가 좀 보라구. 나쁜 평판과 빈정대는
얼굴들 또는 당혹스런 표정들, 너를 기분 나쁜 아이로 보는
사람들, 그 모두가 네 안에 있는 선한 반쪽이 하는 충고를
듣지 않기 때문에 생긴 일이라구.」

　나는 그 충고를 따르고 싶어. 하지
만 그럴 수가 없어. 침착하고 진지
할 때면 모두들 내가 연극을 하고
있다고 생각한다니까. 그러니 다
시 농담을 할 수밖에. 게다가 식

구들은 내가 그러고 있으면 아프다고 생각하
고는 해열제나 진정제를 주거나 맥박을 짚어
보고 이마를 만져보고 변비가 생긴 건 아닌지
물어보고 기분이 왜 그렇게 나쁘냐고 따지고 난리를 친
다니까. 나는 사람들이 내게 그렇게 관심을 기울이는 것을
오랫동안 참지를 못해. 처음에는 화가 나서 톡톡 쏘고 슬픈
생각이 들고 그러다가 결국에는 나의 내면과 외면을 다시
뒤바꾸고 말지. 좋은 안네는 안으로, 나쁜 안네는 다시 밖으
로 나오는 거야. 그러면서도 나는 계속해서 내가 원하는 사
람이 될 수 있는 방법을 찾고 있어. 만약 이 세상에 나 외에
아무도 살지 않는다면 그런 사람이 될 수 있을 텐데…….
안녕.

　안네 M. 프랑크.

　– 안네 프랑크의 일기는 여기서 끝이 나 있다.

에필로그

1944년 8월 4일 오전 10시에서 10시 반 사이에 차 한 대가 프린센흐라흐트 263번지 앞에 와서 멈추었다. 나치스 친위대 복장을 한 카를 요세프 실버바우어가 차에서 내렸다. 민간인 복장에 무장을 한 독일 경찰 앞잡이 네덜란드인 세 명 정도가 그와 동행하고 있었다. 은신처를 밀고한 사람이 있었던 것이 분명하다. 혐의는 즉시 창고 담당자 W. G. 판 마렌에게 돌아갔다. 전후에 두 차례에 걸쳐 조사가 있었으나 충분한 증거를 확보하지 못하여 판 마렌은 재판을 받지 않는다.

독일 경찰은 은신처에 살던 여덟 명을 체포한다. 이들에게 도움을 주던 빅토르 쿠글러와 요한네스 클레이만도 체포하고 값나가는 물건들과 남아 있던 돈도 모두 가져간다. 그러나 미프 히스 산트라우쉬츠(미프 아줌마)와 엘리사베트 베이크 포스카윌(베프 언니)만은 잡혀가지 않고 무사했다.

쿠글러와 클레이만은 체포된 바로 그날 암스텔베인서베흐 구치소에 수감되었다가 한 달 후에 암스테르담에 있는 베이터링스한스 구치소로 이송된다. 그들은 1944년 9월 11일에 재판도 받지 않은 채 아머스포르트에 있는 경찰 임시 수

용소에 감금된다. 클레이만은 1944년 9월 18일에 건강상의
이유로 석방되고, 1959년에 암스테르담에서 사망한다. 쿠글
러는 1945년 3월 28일 탈출에 성공하나 얼마 안 있어 독일
로 끌려가 강제 노동을 한다. 그는 1955년에 캐나다로 이민
가서 1981년에 토론토에서 사망한 것으로 알려져 있다.

엘리사베트 베이크 포스카윌은 1983년에 암스테르담에
서 사망하고, 미프 히스 산트라우쉬츠는 현재 암스테르담에
서 남편과 함께 살고 있다. 은신처 식구들은 체포된 뒤 4일
동안 암스테르담의 베이터링스한스 구치소에 머물다가 베
스터보르크에 특별히 설치한 네덜란드 내 유대인 임시 수용
소로 이송된다. 그들은 1944년 9월 3일 폴란드의 아우슈비
츠에 있는 유대인 수용소를 향하는 마지막 호송 행렬에 섞
여서 강제 수용을 향한 길을 떠난다.

그들은 3일 후에 아우슈비츠 수용소에 도착한다. 에디트
프랑크 홀랜더(안네의 엄마)는 1945년 1월 6일 지치고 허기진
상태로 그곳에서 숨을 거둔다. 네덜란드 적십자사에서 확인
한 바에 따르면 헤르만 판 펠스(판 단 아저씨)는 아우슈비츠
에 도착한 날인 1944년 9월 6일 가스실에서 숨진 것으로 되
어 있으나, 오토 프랑크(안네의 아빠)는 헤르만 판 펠스가 그
보다 몇 주 후 가스실이 폐쇄되기 바로 얼마 전인 1944년 10
월 또는 11월에 사망했다고 증언하고 있다.

아우구스타 판 펠스(판 단 아줌마)는 아우슈비츠에 있다가
베르겐벨젠 수용소와 부헨발트 수용소를 거쳐서 1945년 4

월 9일에 테레시엔슈타트로 이송된다. 그녀는 그곳에서 다른 곳으로 다시 이송되었다가 그곳에서 사망했을 것으로 추정되지만 아직도 그녀가 언제 어디서 사망했는지 밝혀지지 않고 있다.

마르고트와 안네는 10월 말에 뤼네부르크 황야에 있는 베르겐 벨젠 수용소에 수용된다. 환경이 지저분하고 비위생적이어서 1944년 겨울에 수용소에 발진티푸스가 퍼진다. 수용소에 감금된 유대인 수천 명이 그 병으로 죽는데, 마르고트가 병에 걸려 죽고 나서 며칠 후에 안네도 병에 걸려 죽는다. 자매가 죽은 날짜는 2월 말과 3월 초 사이가 될 것이다. 두 자매는 분명 베르겐 벨젠 어딘가 유대인이 집단으로 묻혀 있는 구덩이 중 하나에 묻혀 있을 것이다. 베르겐 벨젠 수용소는 1945년 4월 12일 영국 군대에 의해서 해방된다.

페터 판 펠스(페터 판 단)는 1945년 1월 16일 아우슈비츠 수용소에 강제 수용되었다가 오스트리아에 있는 마우트하우젠 수용소로 옮겨져서 수용소가 해방되기 3일 전인 1945년 5월 5일에 사망한다.

프리츠 페퍼(알버트 뒤셀)는 부헨발트 수용소와 작센하우젠 수용소를 거쳐 노이엔감메 수용소에 수용되고 1944년 12월 20일에 그곳에서 죽는다.

오토 프랑크는 여덟 명의 은신처 식구들 중에서 강제 수용소에서 살아남은 유일한 생존자이다. 러시아 군대에 의해 아우슈비츠 수용소가 해방된 후에 그는 우크라이나의 오데 사로 해서 배를 타고 프랑스 마르세유에 도착한다. 그는 1945년 6월 3일 암스테르담으로 돌아와서 1953년까지 그곳에 머물다가 누이와 남자 형제와 친척들이 사는 스위스의 바젤로 이사간다. 그는 그곳에서 비엔나 출신의 엘프리데 게링어와 결혼한다. 엘프리데 게링어도 아우슈비츠 수용소에서 살아남았고 마우트하우젠 수용소에서 남편과 자식을 잃은 처지였다. 오토 프랑크는 딸 안네의 일기를 알리는 일을 하면서 바젤 근처에 있는 비르스펠덴에서 지내다가 1980년 8월 19일에 세상을 떠났다.